直到身着白色衬衫的男人推门而出，姜西恍惚间以为自己看到了初见时的陈微予，耳边似乎响起远处的邮轮发出的巨大轰鸣。

原来那是爱人归来，那是执念不死。

姜孝儿

他在蔚蓝之巅2

姜芋几 / 著

黄河出版传媒集团
宁夏人民出版社

图书在版编目（CIP）数据

他在蔚蓝之巅．2 / 姜芋几著．-- 银川：宁夏人民出版社，2022.12
ISBN 978-7-227-07735-0

Ⅰ．①他… Ⅱ．①姜… Ⅲ．①长篇小说－中国－当代
Ⅳ．① I247.5

中国国家版本馆 CIP 数据核字 (2023) 第 001350 号

他在蔚蓝之巅 2　　姜芋几 著

责任编辑　白　雪　杨敏媛
责任校对　陈　晶
封面设计　苏　荼
责任印制　宋　华

黄河出版传媒集团
宁夏人民出版社　出版发行

出 版 人　薛文斌
地　　址　宁夏银川市北京东路 139 号出版大厦（750001）
网　　址　http://www.yrpubm.com
网上书店　http://www.hh-book.com
电子信箱　nxrmcbs@126.com
邮购电话　0951-5052104　5052106
经　　销　全国新华书店
印刷装订　长沙金鹰印务有限公司
印刷委托书号（宁）0025789

开本　880 mm × 1230 mm　1/32
印张　9.5
字数　225 千字
版次　2023 年 7 月第 1 版
印次　2023 年 7 月第 1 次印刷
书号　ISBN 978-7-227-07735-0
定价　45.00 元

目录 CONTENTS

目录

CONTENTS

第一章

这一次需要我陪你吗？

01

在得知姜西要在邮轮上过夜之后，陈鹤予主动提出陪同，于是两个人约好直接在S市碰面。

出发之前，姜西问陈鹤予，需不需要她在西桥站等他一起去邮轮的集合点。陈鹤予当时还没买票，于是二人约好直接在邮轮的集合点碰面。

姜西到得早，在集合点附近的便利店里买了关东煮坐在里面吃。盛放关东煮的纸碗被吃得见底的时候，陈鹤予给她打了个电话，说他已经到了。

上邮轮的时间是下午五点到六点，六点准时开船。

姜西让陈鹤予在江边等等她，自己在附近找地方换上礼服后，赶往江边。

远远地，姜西就看见了那艘气势恢宏的邮轮。邮轮周身泛着金色的光，比姜西那天在芜周乘坐的那艘邮轮更为豪华。

三楼甲板上已经有身着华丽礼服的女士和西服笔挺的男士在走动，但岸边等待上船的人还有很多。

江边人头攒动，姜西一身香槟色纱裙并不显突兀。人群中，穿着高定礼服的美女比比皆是，或淡妆或浓抹，赏心悦目。姜西从其中两个美女身边路过，只觉得香气袭人，已分不清谁更胜一筹。

姜西提着裙子走到一个显眼的地方，给陈鹤予打电话。

手机里的铃声响到第三声时姜西便看到了人。

她挂了电话，将手机握在手里，视线定格在前方。

她心里的第一个念头是：绝了。

陈鹤予今天竟然穿了西服，上身是白色的衬衣、黑色的外套，下身是剪裁适宜的西裤，衬得他一双长腿笔直，令人叫绝。他衣领前不是规规矩矩的领带，而是一枚精致的蝶形领结，身上那股淡然又慵懒的气质在领结的衬托下更显出几分洒脱。

因为人群过于喧闹，陈鹤予还没来得及听见铃声，电话已经被挂断，他自然不知道姜西给他打过电话。

他靠在江边的护栏上，面容间露出难色，因为有三位女士拖着长裙将他围了个圈，大概是在跟他搭讪，他回话回得似乎有些不耐烦。

姜西站在离他不远的地方抿嘴一笑，居然一时不想走过去，只想看他在这种境况下到底会怎么办。

哪知下一秒，陈鹤予便直直朝她看了过来。

见到她，他先是一愣，然后微皱的眉头舒展开。他站直身子，双手举在身前礼貌地示意三位女士后退，口型像是在说“抱歉，我女朋友来了”。

正在朝姜西走来的是她许久未见的男朋友，她第一次见他穿西装的男朋友。姜西还是头一次发现这个站姿总是懒洋洋的男人原来身姿可以这样板正。

陈鹤予单手解开西服外套的两颗纽扣，动作流利优雅。

在距离姜西两步远时，他忽然停步，看着她那副不知是要哭还是要笑的表情，他无奈地笑了一下，问："怎么了？"

姜西脸上扯着大大的、难看的笑，那应该算是个笑。她的眼眶早在他朝她走来的那一刻便泛红了："我好想你啊，男朋友。"

姜西穿着无袖的礼服，白皙的手臂上没有一丝遮掩。她朝他伸直手，嘟囔道："抱抱。"

浦江边的人流中，豪华的金色邮轮下，陈鹤予露出淡然一笑。他两步上前，牢牢地抱住了他的宝贝。

"先别哭。听你说要住一晚，那就留着晚上再哭。"

姜西听懂了他的意思，本来满是伤感的情绪一下被他打断了。她握着拳头轻轻地敲他的背："我们两个的剧本是不是换了？这句话应该我来说，明明是我比较觊觎你。"

"是吗？"陈鹤予坏坏一笑，说，"嗯，晚上我会记得躺平一点儿。"

天快黑了，姜西上船的第一件事便是找侍应生要房间。她在前台递上邀请函，报了自己公司的名字，带着房卡跟着侍应生上了二楼。

她的职位低，分配到的自然不是豪华套房，她原本想要自己加钱升级房型，却被告知此次活动不允许客人自行付费。

房间里只有一面方形小窗，空间小而温馨，除了床之外，只剩下供走路的狭窄过道。

姜西在门口放下手提包后，便提着裙子，绕过床直奔那扇方形小窗户而去。

她刚将窗帘拉上，手还留在上面，就感觉腰上一紧，人已经被身后的人抱住。

陈鹤予一只手抱着她，一只手解着那枚蝶形领结。

姜西在他怀里转过身来，笑盈盈地仰头吻他。刚刚在江边的时候人多，两个人光是拥抱了一会儿，就已经有人开始起哄。

冰凉的唇向她吻了上来，陈鹤予头一次这么粗鲁地撬开她的牙关。他的大掌按在她脑后，嫌不够深入似的搂紧她贴向自己。

来势汹汹的吻中，姜西居然还能多嘴地问："你的西装哪儿来的？"

"租。"他回了一个字。

姜西将手放在那枚他没解开的领结上，说："那不能弄坏了。"

陈鹤予笑道："没几个钱，坏了就买下。"

"那我给你买。"姜西的手已经滑下来，在解白衬衫的扣子。

等衣襟敞开，她将手贴了上去。

"小姑娘。"陈鹤予无奈地又低头亲了她一下，感受到她主动贴上来，他哑着嗓子最后确认，"不会后悔吗？"

"再问这个我就生气了！"姜西努起嘴，搂着他的脖子耐心吻他，手不安分地开始游走。

"有几天没见了？"陈鹤予制止住她的手。

"这个你问我？"姜西咬他下唇，"上次见面是送你走那天，一共三个星期，二十一天。"

西裤的质感这样好，她忽然有点儿不相信这是没几个钱的东西。可是她哪儿管得了那么多呢，多贵都行，她有的是钱，坏了也赔得起。

她屈腿勾了一下他膝盖后方。陈鹤予有一瞬间的错愕，没想到自己竟然这么直接地被面前的女人扑倒了。

陈鹤予笑得不行，躺在床上仰脸看着她如此主动，一时不知道该怎么制止。

两个人都被对方突飞猛进的吻技吻得意乱情迷。朦胧之间，姜西睁开眼，看着陈鹤予好看的额头、英挺的鼻梁。

温热的气息交杂，二人的位置交换，陈鹤予双手撑在姜西脸两边。

西服早在门口的时候就已经被脱下，现在他身上只剩下白色衬衫和褶皱的黑色西裤。陈鹤予居高临下地看着身下脸颊微红的人。

姜西捂住嘴才控制自己没叫出声，他今晚真的好诱人。

“哥哥。”她忍不住叫了一声。

一通电话破坏了暧昧的气氛。

陈鹤予靠在床头笑着整理衣服，姜西提着裙子愤愤地走到门口拿手机。看清来电显示后，她无奈地按了接听键：“苏总监，你好。”

姜西是苏瑞丽请来的人。确认姜西已经上船办理了入住手续，但一直没见到人，苏瑞丽这才打了电话提醒她外边的答谢晚宴即将开始。

“我得去外面应酬。”

挂了电话，姜西低头将身下的纱裙提起来，上前两步跪到软软的床上，凑到陈鹤予怀里腻歪了一会儿。

“才见面就要分开。”她有些不满足，抬头又在他唇上啄了两下。

陈鹤予抱着她加深了这个吻，感觉到她仰着下巴配合，男人的掌心顺着她的下颌线抚摸下去。他忽然咬了一口她的下唇，问：“为什么穿抹胸？”

“漂亮，特意穿给你看的。”她含糊不清地说。

“这玩意儿不会掉？”

他倒不是介意女人穿得暴露，以他女朋友的身材，穿显腰身的衣服确实更加好看。但暴露和走光是两回事，他的手绕着上方的裙边游走了一圈，顺手帮她将抹胸往上提了提。

本来还在专心致志亲吻的人“扑哧”一声笑了，姜西往后退了退，睁开眼瞧他，问他：“你是在吃醋吗？”

“不是。”他纯属好奇。

姜西自己也揪着裙子两边提了提。她拍拍胸脯说：“紧得很，拽都拽不下来，不信一会儿你试试。”

他无语地在她腰上掐了一下，自己靠在床头，躺得挺自在：“还出不出去了？”

姜西俯身，飞快地亲了他一下：“我去了，一会儿就回来！”

02

姜西一直对酒店的工作人员很有好感，和他们相处，她感觉很舒服。

苏瑞丽有着一张五官并不算出众的面庞，但面相十分和善，她皮肤很白，妆化得精致好看，同姜西握手问好的时候轻声软语，十分礼貌。

“真遗憾陈庭今天没来，不过还好你来了。姜西，希望今天的晚宴不会让你失望。”

姜西心想，怎么会失望。

从宴会大厅的任意一扇窗子望出去，城市繁华都能尽收眼底。明珠塔近在咫尺，世贸大楼高耸入云，江畔一座座摩天大楼看得格外清晰。汽笛悠扬，泛白的水浪被邮轮推着一直往前涌动。

室内则是各界名流，盛满香槟的酒杯轻碰，西装革履的商务精英扎堆寒暄，气氛实在是好。

姜西也被路过的侍应生递上了一杯香槟。她说：“苏总监你太客气了，今天能来参加温爵仕的答谢晚宴，是我们众达的荣幸。”

苏瑞丽穿着拖地的黑色绸缎礼服，而姜西身着香槟色拖地纱裙。苏瑞丽一只手提着裙子，另一只手挽着姜西的手臂。

她笑得温和："带你认识几位你们领域将来有机会合作的老板。"

今天的答谢晚宴上车企大佬来得多，巧的是来的几位姜西都认识。经由几位大佬介绍，姜西和许多同行交换了名片，她的小小名号虽然没有在车企圈激起任何涟漪，但提到"在闫青山闫总手下工作"，大家脸上都会露出"原来如此"的表情。

半场宴会游走下来，姜西的手提包里已经装了不少名片，她自己带来的一盒名片也送出去了大半。

苏瑞丽还有客人要招待，临分别前，姜西非常感激她帮忙引荐，豪爽地把杯子里的香槟灌入口中，向她示意。

等苏瑞丽走了之后，姜西去甜品桌上拿了杯橙汁。刚刚说话太多，说得她口干舌燥的。

橙汁酸酸甜甜的，姜西喝得很饱，这下连她路过时偷偷地瞄了好几眼的小蛋糕也吃不下了。想到陈鹤予还没有吃东西，姜西把自己的两个空杯子交给侍应生时，顺便问他哪里可以点餐送到房间。

给陈鹤予点了份炒饭，让侍应生送到房间后，姜西坐在休息区的座椅上给陈鹤予发短信，让他收到炒饭后及时吃。

"补充体力哦。"她一边打字一边笑。

发送完消息，她的视线落在自己的裙摆上。因裙摆过长，她刚刚不小心踩了好几脚，不仅差点儿绊倒，裙子也脏了。

姜西叹了口气，一抬头，看见苏瑞丽又过来了，她连忙收起手机站起来。

和苏瑞丽一起来的还有一位男士。

苏瑞丽笑道："姜西，正找你呢。"

面前的这位先生四五十岁的年纪，穿着银灰色西装，头上藏着些许白发。姜西觉得面生，一时不知道这是哪位人物。

苏瑞丽介绍："这位是雷兴同雷先生，芜周市环保协会现任主席。上周你们来芜周办新车发布会的时候，雷先生不巧去了外地，他本是有意去参加发布会的。"

雷兴同看着姜西笑了笑，说："我收到了众达的邀请，但实在是不巧，出差在外没能赶回来。不过现在网络发达，我跟我的助理在网上看完了你们发布会的全程直播。恭喜姜小姐，你们的发布会举办得很成功。"

姜西连忙伸手："谢谢雷主席您的关注。雷主席您好，我是众达运营部的工作人员姜西，负责新能源汽车的运营。"

雷兴同一愣，面上仍是温和的笑，道："哦？你不是领风汽车的工作人员？"

姜西双手递上名片，见雷兴同接过，笑着解释说："我不是领风的。领风是我们众达旗下的高端明星品牌，这次在芜周上市的'领风 Just'新能源混动汽车的推广计划有我们运营部的参与，所以我们部门的同事也到场参加了发布会。"

"原来是这样。"雷兴同将名片放进口袋，说，"抱歉，今天我是临时赶过来的，没有带名片，不如我们加个微信？"

姜西受宠若惊地打开了自己的微信二维码，说："当然好了，雷主席。"

"雷先生考虑购置两辆众达的汽车作为商务用车，姜西，不如你帮忙推荐一下？"苏瑞丽在一旁说。

姜西问："五座车还是七座车？"

雷兴同答道："五座，买两辆给底下的小家伙们开。最近协会招了不少年轻人，他们每天在岛上跑来跑去，没车也不方便。"

姜西点点头，说："工作用车不跑长途的话，我们最新上市的'领风 Just'就非常不错，它是新能源混动 SUV，无论是外形还是内饰都非常适合商务出行。但如果您不着急购买汽车，并且对新能源汽车有购买意向的话，我们预计在明年推出的众达新能源第五代汽车非常不错，作为我们目前研发耗时最久、电池全系统升级的车型，相对来说，会比‘领风Just’更为节能。”

雷兴同笑了：“职业本能，最后四个字很吸引我，姜小姐很会推销。”

被识破了心思，姜西不好意思地低头笑了笑：“对自己部门的产品是会有这样的私心。不过都是一个大品牌旗下的，主席您选哪款都是对我们众达的支持，您随心就好。”

雷兴同又问了问两款车的区别，姜西对众达的每一款汽车都十分了解，因此对答如流。雷兴同满意地接受了姜西的建议，决定先等着，他愿意等新能源第五代汽车上市。

“和你聊天很愉快，姜小姐，希望有机会再见面。”雷兴同临走前又伸手同姜西握了握。

得到肯定和支持，姜西回房间找陈鹤予的步伐都是格外轻松的。

她在门口“咚咚咚”地敲门，而后听到里面的人起身，懒洋洋地过来开门的声音。

姜西一只手提着裙子，另一只手里举着块奶油布丁蛋糕，说：“我给你带蛋糕过来了哦。”

陈鹤予把手撑在门框上，睨着她手心里的蛋糕，蹙眉道：“你确定不是你想吃？”

“一起吃嘛。”她笑嘻嘻地从他撑着门框的胳膊下钻进房间。

蛋糕摆在哪里都不合适，这里没有桌子，可以放东西的地方只有两个床头柜，可两边的床头柜上已经放了他们带的行李包。

姜西走过去，把陈鹤予的行李包放到地上。反正他的行李包是个黑色的大布包，耐脏。

她把蛋糕摆在空出的位置上，去抱关上门走回来的男人。

她勾着他的脖子，挂在他身上。

陈鹤予垂眼看她："又喝酒了？"

"是香槟，没什么度数，我今天一直在喝果汁。"

"今天为什么没喝酒？"按照她的性子，有酒喝的场合不大喝一场都说不过去。

"因为，"她脱掉高跟鞋，踮起脚亲他，一字一句里都带了魅惑，"想清醒地同你一起沉沦。"

他们有很多天没见面了，没见面的时间里两个人都忙，连联系都显得奢侈，此刻理应有很多话要当面说。

可是他们今天碰面的时间已经很晚，再拖下去今晚就要过去了，不能浪费时间。

体温因为亲吻逐渐升高，姜西摸着他的衣服布料，亲他的时候又嗅了嗅，问："你已经洗好澡，刷好牙了？"

他穿的已经不是那件显得他十足禁欲的白色衬衫了，此刻他身上是件短袖，是他经常穿的那件。

她的手放到他胸口的位置，这次字母"C"在他心脏的位置。

他有那么多件黑色 T 恤，而今天这件是他们第一次见面时他穿的。

"嗯。"两个人不约而同地回忆起第一次见面的情景，嘴角扬起弧度，最后两个人莫名大笑起来。

陈鹤予先问："你笑什么？"

姜西说："你的手在干吗？"

"衣服质量不错。"他挫败感满满地松了手。

这裙子看着容易掉，居然真的扯不下来，他白忙活了半天。

姜西哭笑不得，忍不住捧着他的脸又亲了亲："哥哥，我先去洗澡。你，等我。"

浴室里的镜面上满是水汽，地面有从淋浴间溅出来的水迹，姜西本来想穿礼服纱裙出去，想看看裙子掉落后，向来自持的他会是什么表情。

但这条裙子她还要继续穿，弄得一塌糊涂到底不像话。

最终姜西裹着浴巾出去了，白色浴巾绕着她的身子围了好几层，看不出凹凸有致的身材。

陈鹤予听见浴室门推动的声响后看了过去，一时间呆愣在床边。

小姑娘束着头发，散在额前的碎发湿漉漉的，有几缕头发蜿蜒地贴在两侧脸颊上。

她的脸很红。

在浴室门口逗留了一会儿，姜西笑盈盈地凑过来，甩掉拖鞋，再次上前两步跪到他身边。

夜色已浓，外滩上一片闪烁的霓虹。璀璨的夜景倒映在江上，目送着邮轮渐行渐远。

“我很想你。”姜西吻他额角，“一直在想。”

陈鹤予用一吻吞下了所有。

03

大概是累了，姜西入睡很快。她的脸埋在被子里，手揪着他胸前的衣服不放，束头发的发绳早就不见了，发丝凌乱地铺在纯白色枕头上。

陈鹤予靠坐在床头，看了她很久。

他抬手替她拨开发丝，看见她睫毛上还沾着水珠。

床头柜上的奶油蛋糕黏糊糊地卧在白瓷盘里，陈鹤予想到刚刚抱着的人因为推不开他，一会儿说饿了要吃蛋糕，一会儿又说渴了想喝水，他不给，她就哭。担心这里隔音差，她呜咽的时候都替自己捂好了嘴。

他知道他根本不可能离开她了。

将门轻轻地关上后，陈鹤予离开了房间。走廊上的地毯铺得很厚，鞋子踏在上面几乎没有声响。

走廊尽头，弧形的楼梯旋转而下。

陈鹤予站在扶手旁往楼下看，偌大的宴会厅里依旧人头攒动，酒杯碰撞的脆响隔着一层楼的距离都能听见。

他站了一会儿，感觉身后有人迈步而来，他转身避让。

“鹤予。”身穿银灰色西装的中年男人愣了愣，突然激动地走近。

他们已经有多年没见过面了。

在雷兴同的印象中，陈鹤予还只是个十几岁的孩子，神采飞扬，长得又好看。当初他妈妈带他回芜周，他们第一次见面是在芜周的码头上。少年穿着白色校服和黑色校裤，海风将他的衣服吹得鼓起，他的短发凌乱，眉眼间英气十足，笑容干净，神情不似现在疏离。

陈鹤予差点儿以为自己认错了：“雷主任，好久不见。”

雷兴同摆摆手，拍了两下他的肩膀，将他从上到下打量了一番：“有熟人说看见你上了这艘邮轮，我还不信，本抱着试一试的心态来看看。还好我来了。”

雷兴同面上难掩激动之情。

陈鹤予的母亲是他的故友。故友因为工作意外离世，他没能见上她最后一面已是遗憾，后来他又听说故友这一走，她的孩子没多久就病了，还病得不轻。

三周前，陈鹤予去芜周的时候他在外地，待他回到芜周时陈鹤予已经走了。这次来 S 市开会，雷兴同本没有过来参加温爵仕酒店集团答谢晚宴的计划，还特意交代了助理为他不能到场向主人家表示歉意，却没想到助理刚下邮轮就看见了靠在栏杆处等人的陈鹤予。

雷兴同立刻问协会会长要了陈鹤予的联系方式，他人都已经到了机场，又临时改变行程，往浦江边的邮轮集合点赶，终于在此刻和他见上了一面。

“即便这次没见到，我也打算下次到芜周去拜访您。怎么样，您身体还好吗？过去您就患有风湿病，我印象很深。”

雷兴同摇摇头：“亏你还记得，老毛病，没什么。倒是你，你怎么样？我听老蒲说你……”

陈鹤予弯唇笑了笑，笑容很淡。

虽然知晓他病情的人不多，但《蔚蓝宝藏》是芜周市环保协会联合多国协力拍摄完成的，雷兴同是芜周市环保协会的主席，自然早就知道他生病的事。

“安慰和劝告的话，前段时间在芜周的时候，老会长已经和我说了很多，连您的也说了。雷主任，难得一见，我们还是聊点儿别的。”陈鹤予做了个请的姿势，邀请他去楼下的休息厅。

“楼下都是窗，你看不得。”雷兴同叹了口气，“去我房间里聊吧，鹤予。这么多年没见，我确实有很多事要问你。”

姜西睡到一半，扯开蒙住眼睛的被子，迷迷糊糊地睁开眼，反应了一会儿，才想起这是在邮轮上。

她撑着手臂坐起来，将小小的房间扫视了一圈。该在的衣物都在，浴室内的灯亮着，浴室的门也开着，只是没看见陈鹤予。

人呢？

她抓了抓头发，用手撑着身子往床头挪，忽然感觉腰部一疼。

“嘶——”姜西眯起眼缓了缓，然后摸到了床头的手机。

居然已经凌晨一点了？那陈鹤予会去哪里？

这艘船上除了这一层楼的房间可以住宿，楼上楼下到处是窗，他出去岂不是找罪受？

姜西一把掀开被子，冲进浴室飞快地换好衣服。她刚衣着整齐地迈出浴室，房间门忽然开了。

“你去哪儿了？”姜西满脸急切，一把把门外的人拉进来。他手里端着一杯水，姜西顾不上那杯水，关门之后就去看他的眼眶。

如果悄悄地吐过，那他的眼眶一定是红的。

姜西摸着陈鹤予的脸，仔仔细细地看了个遍。

陈鹤予被她看笑了，拉下她的手问：“什么时候醒的？”

“刚醒，醒来没看见你，我都快吓死了。”最后几个字说出口时，她的声音已略显沙哑。

陈鹤予抬了抬下巴，示意她去床边坐下，然后把手里的水递给她：“问服务生要了杯蜂蜜水，给你润润喉咙。”

姜西不解地看着他。

“嗓子不疼？”

“你这么晚出去要蜂蜜水，不是在告诉他们我们干了什么吗？”

“我说是我要。”陈鹤予在她身边坐下，偏头看她，笑问，“我们干什么了？”

姜西端着杯子，水还是温的。她坐得端端正正，不给他看正脸，说：“亲亲。”

“还有。”

“抱抱。”

“嗯，还有？”

姜西抿了口杯子里的蜂蜜水，愤愤地凑到他面前亲了他一下：“陈鹤予，没见过你这么疯的。”

陈鹤予面不改色：“男人本性，你没见过而已。”

他靠在床头，看着她喝完半杯水，然后过去接住她手里的杯子，揽住她的腰继续亲她。

他闭着眼认真地吻她，姜西反而有点儿心不在焉的。

发现了她的不专心，陈鹤予睁开眼，笑了笑。

“明天几点下船？”陈鹤予问。

“最早是七点，我们晚一点儿也没事，可以在这里吃完早餐再走。”

他有一下没一下地摸着她乱成一团的头发，摸着摸着，忽然拉住她的手，说：“走吧，带你换间房，这里太小了。”

“什么？”姜西被他拽了起来。

直到陈鹤予一只手拎着两个人的行李，一只手牵着她进了这艘邮轮中最大的一间豪华套房时，姜西还是蒙的。

这房间比刚才的房间大了好几倍，桌子、沙发、吧台一应俱全，格调高出不止一点半点。

“不是不能升级房间吗？你怎么弄到的，花了多少钱？”

姜西虽然满脸不可置信，但眼底分明溢出惊喜。

陈鹤予把两个人的行李放在门口的置物柜上，说：“我说没花钱你信吗？我刷脸得来的。”

姜西不信，但嘴上还是顺着他的话问：“长得帅的人就可以为所欲为吗？我们这种长得一般般的连花钱都办不了事是吧？”

陈鹤予“嗯”了一声，去吧台拿过一瓶矿泉水拧开，靠在吧台上，看着姜西说：“开心吗？”

“开心。”

姜西是真的开心。

她在家里住的是大房间，出去住酒店也没住过像刚才那间那样小的。如果今晚她是自己一个人来参加这场晚宴，一个人住在那间房里，估计要失眠。

有更舒服的地方住当然好。她坐在床边张开手，示意陈鹤予过来。

陈鹤予放下手中的矿泉水瓶朝她走来，姜西起身抱住他，摸着他的背，感受他肌肉的力量，问："你困吗？"

"还好。"

"那好，哥哥请。"姜西掀开被子，率先钻了进去。

04

短暂的周末已过，周一早上，姜西一到公司就被叫去了闫青山的办公室。

她站在门口敲了敲副总裁办公室的玻璃门："闫总，您找我？"

闫青山坐在偌大的办公桌后朝她勾手："姜西，你进来。"

姜西在闫青山办公桌前站定，闫青山的视线从面前的电脑屏幕移到姜西身上，探究似的看了她一遍。

姜西被看得不自在，开口问道："闫总，怎么了？"

"芜周市环保协会主席雷兴同，你认识他？"

"上周五，我在温爵仕的答谢晚宴上见过他一面，加了微信。雷主席似乎想买众达的车，让我推荐了一番。"姜西略微不安地说，"我说错什么话了吗？"

"没有。"闫青山看着今天早上刚刚收到的邮件，惊讶道，"芜周市两年一度的环保论坛今年会在我们临州市举办，众达是协办伙伴之一。"

姜西松了口气："那是需要我帮忙吗，什么时候？"

闫青山看着她，诧异于她居然对这件事一无所知，便直言道："不是帮忙，我等会儿发给你点儿资料，你回去想想，写篇稿子吧。雷兴同给我发邀请了，他点名要你做这一次环保论坛的开幕演讲。"

"我？"姜西反手指着自己，问，"闫总，其中是不是有什么误会？我参加过这么多场论坛，还从来没上场发过言，我也没在集团做出过什么有实质性贡献的项目，雷主席是不是认错人了？还是说，他只是让我来帮忙引荐？”

“我既然让你写稿子，就不存在这些假设。”闫青山用食指轻敲桌面，说，“邮件转发到你邮箱里了。姜西，这是一个好机会，别觉得自己上不了台面。你爸要是知道你因为区区一场开幕演讲就产生自我怀疑，才真的要恨铁不成钢了。”

姜西迷迷糊糊地从闫青山办公室回到工位时，下意识地叹了口气。

这一声叹气引来一旁的灿灿注目：“西姐，最近没睡好？”

姜西扶住椅子看向灿灿：“嗯？你怎么知道？”

“你脸上的黑眼圈都快比你的眼睛大了。最近这么忙吗，还是你又熬夜看东西了？”灿灿说。

姜西顿时噤声。

陈鹤予送女朋友回家，照例上楼坐坐，这一坐也就没急着走。

他手里提着候车时在车站买的小甜点。他大老远提回来，奶油肉眼可见地化了，于是姜西先把东西放到厨房的冰箱里，结果刚转身，陈鹤予便将她抵在料理台上。两人一路拥吻到浴室，浴室的洗手台太凉，陈鹤予抽了条毛巾垫在上面，将她抱了上去。

总之那一下午，二人耳鬓厮磨了很久。

姜西打着哈哈掩饰了过去，转眼又对上了电脑对面莫壁微的视线。

姜西抿抿唇，低下头去，没有和她说什么。她打开电脑，查看闫青山给她发的邮件。

芜周岛很小，芜周市的环保协会规模却很大。姜西不止一次在姑婆口中听到这些。人文与自然、大爱与情怀，在这个岛屿和这个协会中体现得淋漓尽致。

两年一度的环保论坛，芜周环保协会一直以来都是主办方。这次环保论坛在临州举办，但凡能和该领域沾上边的协会或企业都主动申请成为协办单位，众达的新能源分部就是其中之一。

闫青山今天特意把姜西叫到办公室询问了一番，就是惊诧于成为这场环保论坛的协办单位都需要争抢，姜西是怎么做到让芜周环保协会的主席主动点名做论坛开幕式演讲嘉宾的？

晚上，姜西抱着公司的笔记本电脑回到家里。她先是在沙发上瘫坐了好一会儿，拿出手机翻看几届环保论坛的相关消息。网络上关于前几届环保论坛的内容不多，大多是公众号的推文，还有几个相关网站上发出的会议文章。

姜西看了闫青山转发给她的邮件，知道今年的论坛主题与新能源有关，这大概就是众达的新能源分部能成为协办单位的原因之一。

但为什么让她来做开幕式演讲嘉宾呢？

早上闫青山虽然对姜西的不自信表达了不满，看那眼神分明是怀疑她走了什么后门。可是，苍天啊，她只是厚着脸皮向雷主席推荐了众达未上市的第五代新能源汽车。

雷主席总不会因为听了她这么三两句的推销就想要她来做开幕式的演讲嘉宾吧！

姜西都能想象的到主持人在介绍开幕式演讲嘉宾的时候有多尴尬，她在众达没有一官半职，干巴巴的介绍词恐怕都要叫底下的大佬们笑话。

于情于理，闫青山才更适合代表众达做开幕式演讲嘉宾。姜西忽地从沙发上坐了起来，想着要不要给雷兴同发个邮件，将闫青山推荐给他。

打开公司的邮箱后，姜西的手指又顿在了笔记本电脑的触控台上。

如果雷兴同同意了，那闫总会不会有点儿尴尬？

如果雷兴同不同意，他会不会觉得众达的员工担不起大任？

她苦恼地哀号了一声又重新躺回去。好烦啊，不是她不自信，是这件事本身不合理啊！

姜西这边正烦着，手里握着的手机忽然振动起来，继而响铃。

姜西抬手一看，是伍清越的来电。最近伍清越在医院实习很忙，再加上学校里的实验多且繁杂，两个人的联系都减少了大半。

“喂，清越。”姜西在沙发上躺平，把手机靠近耳边。

伍清越一顿，语气莫名有点儿怪：“你在干吗？”

“下班刚到家，在家里躺着。”姜西的声音蔫蔫的。

伍清越追问：“没去艺术馆？”

姜西莫名其妙道：“我到家都九点了，艺术馆都关门了。”

“哦。”伍清越试探性地说，“你男朋友呢，他没陪你啊？”

“今天周一啊，朋友，我上班，他也上班，我下班那么晚还怎么约会？”姜西勾着嘴角笑了下，嘟囔着补充，“我们周末才能在一起。”

姜西握着手机等了一会儿，按理说依照伍清越的性子，她这会儿该调侃了才对，结果电话那头的伍清越很久没说话，姜西只能根据心电监护仪发出的“嘀”声判断她还在医院。

“你怎么了？”姜西腾地坐了起来，“你遇上什么事了？听你的语气好像不开心。”

伍清越站在病房门口，单手插在白大褂的口袋里，视线落在素白病床上正在昏迷中的英俊男人的脸上。

长久的沉默后，伍清越出声了。

“没事。”她僵硬地笑了一下，笑声尤其难听，“就是想跟你说，谈恋爱其实也没必要天天见面，好歹分点儿时间给朋友。你最近忙不忙？明天晚上我们一起吃个饭怎么样？我还挺想吃你们公司对面综合体商场里的烤鱼的。”

“明天吗？”姜西认真地想了想，有些为难地说，“我最近可能都没空，有个挺重要的任务，我得写个稿子。”

“每天都要加班吗？”伍清越像是在确认。

姜西更加觉得莫名其妙：“大概是……这周我应该都写不完稿子。不过你要是有心事，挤出半个晚上时间给你还是可以的。你真的没事吗？”

伍清越方才放心，道：“我没事，就是好久没联系你了。行了，你忙吧，忙完我们再吃饭。我现在准备下班回学校，挂了。”

伍清越匆匆地挂了电话，头疼地扶额。

病房外，护士推着小推车进来给病人量体温。伍清越耐心等待护士量完体温，才急切地问道：“怎么样？”

护士将体温枪递给伍清越看：“伍医生，还是没退烧，38.5℃。”

伍清越叹了口气：“再观察一下吧，至少降了0.5℃。今天晚上辛苦你了，重点观察一下。”

“不用联系他家人吗？”

小护士是新来的，没有见过病床上的男人，看伍清越如此关照他，她还以为这人是伍医生的男朋友，结果伍医生说不是。

这个男人不是她的男朋友，是她好朋友的男朋友。

刚刚那通电话，伍清越差点儿就要告诉姜西：你男朋友被送到医院急救了。

可一想到陈鹤予极力让自己保持清醒，恳求她千万不要告诉姜西，不要告诉姜西他私下吃了很多晕车药的模样，她就不忍心开口告知了。

虽然那些药在可食用的剂量之内，可他的身体已难以承受。伍清越来不及问他频频吃晕车药的目的是什么，陈鹤予就没了意识。

姜西又有一个星期没有见到陈鹤予，不过在这一个星期的时间里，姜西总算是把演讲稿给写完了。

演讲稿要给闫青山过一遍，毕竟这次演讲不仅关系到众达的颜面，还相当于在所有参加论坛的人员面前为众达做了一次推广。

这么一想，姜西的压力更大了，因此她整篇稿件的撰写过程并不容易。

将稿子交给闫青山后她也没能松一口气。她想，只要没到上台的那天，大概要一直绷着神经。

完成了手头上的工作，姜西看了一眼日历。她认认真真地反复对了三遍，确认环保论坛当天正好是七夕节，并且是她和陈鹤予在一起的第一个情人节。

下班之前，姜西终于等到了闫青山的邮件回复。闫青山给几个地方写了批注，另外又在邮件末尾提了三点，让姜西把这三点加进演讲稿内。

姜西细细地看了两遍邮件，确定要改动得不多，心里才放松了一点儿。

难得今天准时下班，姜西给艺术馆拨了个电话。接电话的正好是袁姐，姜西便让她晚上多做点儿饭，说她终于又有时间去蹭饭了。

袁姐连连说好。

姜西在老街的停车场里停好车，走路去艺术馆。这个点的客流量很大，姜西进门就看见了高个子的陈鹤予，在穿着五颜六色的花裙子的客人中，他尤为显眼。

他穿着红马甲在工作，身边是两个戴眼镜的女人，她们似乎对墙上的一幅古画尤为感兴趣，听着陈鹤予的讲解，偶尔还会提问。

姜西假装也是来赏画的，夹着包状似不经意地走到两个女人身后，摆出一副感兴趣的表情。

陈鹤予一开始没注意到她，直到姜西捧场地“哇”了一声，他才看到两个女人身后站着的姜西。

他饶有深意地看了她一眼，没搭理她。

陈鹤予的讲解娓娓动听。

这个男人不仅长着一副好相貌，也有一副清亮的好嗓音。日常说话时还好，一旦做类似讲解的工作，需要大段大段地讲话时，他嗓音的优势就完美地体现出来了。

姜西坐在艺术馆后院的秋千上等陈鹤予。她来回晃了一阵，就见陈鹤予脱下红马甲从前厅展馆里出来了。

“今天怎么没加班，忙完了？”他在边上的石凳上坐下。

“我来跟你请个罪。”姜西心虚得脚点地刹住秋千，脸贴在秋千的粗绳上看着他。

“脸别靠在绳上，脏。”陈鹤予抬手虚虚地挥了下，问，“请什么罪？说得这么严重。”

姜西索性从秋千上下来，走到陈鹤予旁边的石凳上坐下。怕人看见，她在石桌下牵住了他的手。

“这周太忙，都没来得及告诉你，我下周要参加一个论坛，去做开幕演讲。”

陈鹤予和她十指相扣，夸她：“这么厉害！”

“哎呀，这个不重要，重要的是举办论坛那天是七夕节，我还没想好要送你什么礼物，没想到就连和你一起过都不能了。论坛结束以后有晚宴，我需要代表公司去参加，这种场合早点儿溜走恐怕不好……要不你跟我说说你想要什么礼物吧，我送给你，然后改天我们补过七夕节，好吗？”

姜西自顾自地说着，视线放在两个人相扣的手上。他的手掌很宽大，牵着很舒服。

她全然没有察觉陈鹤予突然变得微妙的眼神。

姜西抬头的时候，陈鹤予已经别过脸。他轻咳一声，问她：“你这一个星期就是忙着准备这个开幕演讲？”

“是啊。”姜西忽然委屈起来，说，“还好我写的稿子在我领导那边过了，要是没过，我真的要崩溃了。”

陈鹤予没说话。

姜西一愣，拉了拉他手，问：“你生气了吗？”

“没。”陈鹤予看着她，说，“我只是在想，要给你什么礼物。”

“姜西。”他叫她名字的时候眼神变得很亮，“做开幕演讲嘉宾紧张吗？”

“紧张啊，我收到消息以后就没睡过好觉，还做了好几个噩梦。”

陈鹤予缓缓地点了下头，手在石桌下将她的手握得更紧：“那，这一次需要我陪你吗？”

第二章

我会在台下看着你

01

一周后，主题为“自然之友·可持续发展能源”的环保论坛于市中心温爵仕酒店举办。

七夕佳节，酒店内节日气氛浓厚，爱心装饰处处可见。从正门口的迎宾员到前台的接待员，胸口铭牌下方都别了枚别致的爱心铭牌。

姜西被陈鹤予牵着进门，起初她没看清酒店员工胸口别的是什么，直到电梯口有酒店员工停步向他们问好才看清。

她摇了摇两个人相牵的手，说：“他们在胸口别了颗爱心，好可爱。”

陈鹤予扫了酒店员工胸口的铭牌一眼，又垂眼看着身边的人，就见她只是短暂地欣喜了一下，很快又恢复了满是焦虑的愁容。

两个人停在电梯口等电梯，电梯门镜面明亮，将两个人照得清清楚楚。男人穿着普普通通的短袖和运动裤，神情淡淡的，站姿随意，右手牵着穿黑色正装的女人，女人身材纤瘦，束起马尾之后显得脸更小了。

“叮——”电梯应声打开，陈鹤予伸手挡住门让姜西先进。

他问她：“还是紧张？”

姜西左手被他牵着，右手抱着一沓文稿。进电梯之后，她右脚轻轻地点了下地，说：“还是好怕啊，我担心忘词，也担心PPT翻过页，还担心我腿抖。”

陈鹤予垂眼一看，平静地说道：“你已经在抖了。”

“啊啊啊，怎么办！”姜西有些抓狂。

陈鹤予还是头一次见她这么紧张。

一直以来，姜西给他的印象虽然不算女强人，但绝对是个对公司和工作尽心尽力、勤勤恳恳的好员工。

他唯一一次见她哭，是崔栩仟团队对众达的品牌形象不满意，而她对此无能为力。除此之外，工作和应酬她都做得得心应手，做事大大方方，就连追他的时候，她都没有羞怯过。

电梯到达举办论坛的大厅楼层，姜西本应该右转去嘉宾休息室，陈鹤予却领着她左转，打开了一扇空会议室的门带她进去。

偌大的会议室内空空荡荡的，里头有张“U”字形的会议桌，旁边的窗户开了条小缝。

“这是哪儿，能随便进吗？”

“嗯。”陈鹤予笃定道。

他过去拉开一把椅子，示意姜西过去。

姜西一坐下，他便从她怀里拿走稿子，说：“虽然已经对过几遍了，但再来几遍也无妨。我问，你答，答不上来就自由发挥。”

姜西点点头，舒了口气，手在裤子上摸了摸。

她写的稿子陈鹤予已经看过很多遍，在艺术馆的时候也和她对过很多遍，姜西没有任何答不上来的地方，只是她依然紧张。

陈鹤予翻开第一页，说：“众达发展史。”

姜西摆摆手：“过，这个我做梦都能对答如流。”

陈鹤予：“电动车最大的优势。”

姜西：“能源的多样性。这个太简单了。”

陈鹤予：“汽车产业发展方向？”

姜西：“电动化、智能化、网联化。”

抽查完这篇稿子，陈鹤予抛出最后一个问题，让她谈谈对新能源汽车未来的展望。

姜西想了想，便滔滔不绝、有理有据地讲了十分钟。

陈鹤予听完一笑：“说得不错，论坛期间有个沙发会议，你要是能上场说一下也不错。”

姜西瞥他一眼，从他手里拿回稿子，说：“你饶了我吧。虽然沙发会议有五人同时上场，不至于像现在这样让我单枪匹马地上，但能上场的五位都是大佬啊。一个开幕演讲，我就慌了两周，你再让我跟大佬们在台上自由对话，别说腿软了，我人都可能直接没了。”

“怎么这么不自信？”陈鹤予皱眉。

姜西摇摇头：“我也不知道，就是心里莫名不安。”

从会议室出来，姜西去了趟卫生间。出来后，她对陈鹤予说想喝咖啡，但不要酒店里的，她想喝酒店边上连锁咖啡店的冰拿铁。

陈鹤予拿起手机看了一眼时间，还早，于是他笑道：“你什么时候喜欢喝咖啡了？”

“刚刚突然想到的。”姜西说。

想到她上场前若是喝不到咖啡，大概会更加不安，陈鹤予点了下头：“行，我去给你买，你去休息室等我。”

姜西抱着稿子冲陈鹤予谄媚一笑。

还好他陪她来了，否则这个时候她大概想哭了。

主办方贴心地为上场嘉宾准备了专门的休息室，姜西按照主办方的指引找到了地方。

姜西推门进去，发现这是间有沙发、圆桌和椅子的套间，里面暂时没有人，但是椅子上挂着件女式外套，圆桌和茶几上都摆着有芜周协会标志的一次性杯子，显然有人来过，只是现在离开了。

没有人正好……她可以再看一会儿稿子。

论坛早上十点钟才开始，现在是八点钟，还有两个小时。但姜西必须在九点钟去论坛的会场签到，和主办单位过一遍流程，再和几位芜周的领导打个招呼。

一页页文字早已烂熟于心，但姜西的不安感还是有些强烈，也不知道到底是为什么。

她坐在椅子上，闭着眼睛继续背东西。她神情专注，连有人推门进来了都不知道。

直到冰咖啡隔着杯套贴上她的脸，她回过头，才看见俯身的陈鹤予。

他站在她的椅子后，低头亲她。

姜西闭上眼，感受到他的唇瓣贴着她的唇瓣，他带有胡茬的下巴抵在她的脸上。

两个人温温吞吞地亲了一会儿，最后还是她推开他，说："等会儿该有人进来了。"

陈鹤予离开她的嘴唇，嘴角带着浅浅的笑意。他一声不吭、一动不动地盯着姜西，看得她心跳得更加厉害。

是动心的感觉。

"看什么？"

她刚问完，陈鹤予下巴一扬，又吻住她。

"邀请即肯定，你不需要自卑，你代表的是众达，你的身后是众达。"片刻后，陈鹤予停下来，看着她说，"等会儿上了台，拿起话筒之后，整个现场都是你的主场，不要管台下有什么人，是哪个部门的领导，是哪个领域的大人物，你只管做好你自己。

不要怕，你能做好。”

姜西点点头，然后仰起脸主动亲了他一下：“你会在台下看着我吗？”

他反问：“要我看着你吗？”

姜西低头：“我想看到你。这几天稿子都是和你对的，我一旦卡住的时候，看到你就都能想起来了。”

自从两个人谈恋爱后，作为男朋友，陈鹤予尽职尽责，有求必应。姜西一度感慨，好在她追他了。虽然他没有可观的物质条件，工作收入也只勉强够他自己一个人温饱，可他对她是真的好。

陈鹤予起身，摸了摸她的头，一字一句都是肯定：“好好表现，我会在台下看着你。”

论坛即将开始举行。

姜西是第一位上场的嘉宾，此时她手里已经被工作人员塞了静音的话筒，身边的主持人正在向她交代最后需要注意的事项。

她在心里默默地重复了一遍流程：开场签到、主持人致辞、开幕演讲、芜周市环保协会会长年度汇报、五人沙发会议、××能源集团 CEO 演讲……

“姜小姐，别紧张。”主持人是位三十岁左右的漂亮女士，身穿宝蓝色的正装。看到姜西攥紧话筒后发白的指尖，她不由得安抚道。

姜西扯出一抹笑容道：“正在努力平静内心，不过没问题，我一般上了台就好了。”

主持人笑笑，没多说什么。

头顶上方，正方形灯布满整个会场的天花板，将整个会场照得明亮耀眼。

台下，第一排是领导席，席上是配套的一席一位的棕木桌椅，棕木桌上还有蓝底黑字的领导名字牌，再往后是摆放着方正的皮质沙发椅的贵宾席，只有三排。

贵宾席往后是套着白色围布的单椅嘉宾席，这种白色布椅摆满了除领导席和贵宾席以外的所有空处。

往常姜西跟着闫青山或者陈庭参加这样的论坛时，通常是坐在嘉宾席的最后几排，连中间都很少坐。没想到这一次，她竟然可以坐上贵宾席的皮质沙发椅。虽然不是正中间的位子，是在会场最左侧，为了方便她上下台。

主持人已经上台做最后的话筒调试，姜西立在舞台左侧准备上台，她看了一眼手腕上的表，又往后大致扫了一圈，整个会场只有寥寥几个位子空着，其中就包括后排的一个位子。

她抿了下嘴唇，难掩失望之色。

“各位到场的来宾，我们的论坛会议即将开始，请在座的各位嘉宾稍等片刻。”

此话一出，会场前后两扇大门同时关闭。

光线弱下几分，姜西望着那个空位，心中剩下的一点儿期待逐渐消失。

陈鹤予是不打算来了？

也对，他在这里谁也不认识，而且论坛从十点钟开始，要到下午一点才能散场去楼下自助餐厅吃午餐，这么一来要让他在这里无聊地坐上三个小时……还不如让他在外面等她，他们还是可以一起吃午餐的。

姜西将手背到身后，深呼吸一口气，露出自信的笑容，准备上场。

舞台上，主持人的开场致辞结束，正在向来宾介绍重要嘉宾。

第一排的领导席上除了芜周市环保协会的会长、主席等人，还有从全国各地请来的企业总裁。主持人也介绍了坐在贵宾席上的嘉宾，姜西仔细地听着，每位嘉宾的前缀都很长，原来都是在环保领域有过杰出贡献的重要人物。

姜西崇拜地往贵宾席上看了一眼。

台上，主持人字正腔圆、激情饱满地宣布“自然之友·可持续发展能源”环保论坛正式开始。

“首先，让我们以热烈的掌声欢迎众达汽车集团新能源分部代表姜西女士为我们本届论坛做开幕演讲！”

02

雷鸣般的掌声中，姜西踩着五厘米高的细跟鞋，平稳地跨过两级台阶上台，在满场热烈目光的注视下走到舞台正中央。

她背后LED屏幕上的蓝光渐渐消退，取而代之的是她此次演讲的PPT主页。

“邀请即肯定，你不需要自卑，你代表的是众达，你的身后是众达。”

没错，邀请即肯定，她的身后是众达！

“各位领导、各位嘉宾，上午好，我是来自众达汽车集团的姜西。”

舞台上，姜西从容淡定地说完开场白之后，报出了她此次的演讲主题。

之前的紧张通通烟消云散，唯独偶尔望向台下的眼神飘忽，姜西左手举着话筒，右手捏着PPT遥控器，从可再生资源谈到了新能源开发，从新能源开发谈到了众达的新能源汽车。

会议给每位嘉宾四十分钟时间，姜西需要在半个小时之内做完演讲，剩下的十分钟由台下嘉宾自由提问。

姜西讲到一半的时候，短暂地停顿了一下，心底那股不安的感觉重新涌上来。她握紧话筒，背过身假装看大屏上的PPT，轻轻地吐出一口气。再转身时，她又是满面笑容。

正在此时，会场的后门忽然“砰”的一声被工作人员从外推开。

制服整齐的工作人员挡住门，抬手向男人做了个邀请的手势。

整个会场的注意力都在舞台上，没有人注意后门进来了一个男人。

他穿一身剪裁合体的灰色西服，全身上下没有一丝褶皱。他微微颔首，向为他开门的工作人员致谢，继而将那张总是苍白的脸转向宽敞的舞台。那双看所有人都是神情疏离的眼在看到舞台上的人时，忽而变得温情脉脉。他单手插在西装裤子的口袋里，长腿迈开，通过过道往前方走去。

察觉到后门口有动静，姜西随意一瞥，却在看到来人之后，错愕地睁大了眼。

姜西的视线定在了陈鹤予身上，嘴里却机械地吐着牢记于心的稿子上的内容，她好想提醒他：大哥，你走错地方了，你走错了啊！我给你安排的位子在后排，你跑到贵宾席去干什么！

陈鹤予完全无视姜西复杂的眼神，在她惊疑的注视下，陈鹤予在贵宾席第一排，靠近过道的那个位子上悄然坐下。

姜西真的快要傻掉了。

经过短短几秒的停顿，姜西回过神后，立即将前一句话重复一遍，继续演讲。她面带微笑，连贯的应变处理没让台下的人看出她的失误。

陈鹤予一坐下就引起了邻座的人的注意。

原本专注于舞台上演讲的人一个个朝他看了过来，纷纷露出惊讶的神色。陈鹤予身边的老先生神情最为夸张，他不顾场合地“啊”了一声，盯着陈鹤予那张好看的脸看了好一会儿，颤抖着手，叫了他一声“鹤予”。

第一排领导席上的人听到身后的动静，纷纷转过头来。陈鹤予有些不好意思，朝熟悉的人颔首示意。

那几位领导笑着向陈鹤予点了点头，甚至有三位离陈鹤予很近的领导还主动伸出手，迫不及待地和他握了握。

他的身后有人在拍他的肩膀，也有人在轻声叫他的名字，姜西在舞台上完整地看到了所有场景，她再一次感谢自己将稿子背得这样熟。即便此刻她满心疑惑，但还是能把稿子里的每一个字清晰地吐出来。

上台之前，姜西问他能不能在台下看着她，如果他在台下，她或许可以安心一点儿。

而现在，陈鹤予就在台下，与她相隔不过几米的距离。他身边坐的是环保领域的大佬，而那几位大佬此刻激动得连演讲都忘了听。

而他跟众人打过招呼后，便双腿交叠，以一种极其优雅的坐姿坐在台下，与往常随意的坐姿完全不同。他此刻双手交握成拳放在膝盖上，面色淡然地目视前方。

他在看她，且只在看她，目光坚定，温柔如水。

“我想看到你。这几天稿子都是和你对的，我一旦卡住的时候，看到你就都能想起来了。”

“好好表现，我会在台下看着你。”

演讲到了末尾，屏幕上方射出蓝色追光，映在姜西的脸上。

“我的演讲到此结束，非常感谢大家的聆听。低碳环保，人人有责，从小事做起。感谢。”

陈鹤予眉梢一挑，率先鼓掌。

紧接着，满场都是掌声。

主持人亦鼓着掌上台道：“非常感谢姜西女士为我们带来的精彩演讲。好，现在到了我们的提问交流环节，各位听过我们众达汽车集团所要传递的环保理念之后，还有没有什么想要深入了解的？”

姜西的眼神还有一点儿飘忽，现在她根本不敢去看陈鹤予的眼睛，好像多看他一眼，她就要被他亮瞎眼了。

“有。”台下传来沉稳的声音。

姜西咬着牙朝发声的男人看过去，这道声线她再熟悉不过，不是陈鹤予还会是谁？

陈鹤予直接站了起来，他一只手依然插在裤兜里，嘴角一勾，露出了坏笑：“姜小姐，可否谈一下众达对新能源汽车未来的展望？”

姜西缓缓地眨了两下眼。

这个问题……他今天早上在会议室里问过她。

姜西愣神，握着话筒看着他，却没有回答。

陈鹤予接过小跑过来的工作人员递上的话筒，却没有重复问题，只是把话筒凑到嘴边，用鼻腔发出一声懒洋洋的询问：“嗯？”

姜西回神了……

她握紧了话筒，好烦，刚刚被他露出的坏笑给帅到了。陈鹤予笑起来一向是淡淡的，像刚才那样嘴角露出的坏笑，轻易就能把人迷倒。

姜西说：“感谢提问。作为众达全国数万员工之一，我仅发表一下我本人对新能源汽车的看法及未来展望。”

这是她的专业领域，姜西早上能脱口而出讲十分钟，现在在台上照样能原封不动地说出来。

在她这十分钟的回答过程中，陈鹤予始终站着陪她。姜西偶有停顿，他也微笑鼓励。

在陈鹤予的全程陪同下，姜西说完了对新能源汽车未来的展望。

她在台上放下话筒的时候，陈鹤予第一时间回应了，他一字一句地说："众达会以有你这样的员工为荣。姜小姐，感谢答复。"

最后，姜西腿软着下了台。

她才落座，就听到身后有人喊陈鹤予的名字。

她们不叫他"陈鹤予"，她们都叫他"鹤予"。

她身后几位气质极好的女士似乎已经讨论这个话题很久了。

"鹤予到底是什么时候回国的？为什么我们一点儿消息都没有听到？"

"刚刚看到雷主席和老会长的眼神了吗？他们显然早就见过他，不是我们没得到消息，是他懒得一个一个地通知我们。"

"你们上一次见鹤予是什么时候？我得有四年没见过他了，上一次见他还是在佛罗里达，约了他一周，他都不肯来找我见个面、一起吃个饭，最后还是我跑到他所在的那座岛上去找他吃了顿饭。"

"就你们两个人单独吃的饭？"有个女人暧昧地笑了一声。

"可能吗？他那团队几十个大老爷们儿……就我和江珈两个女的。"

"我上次见他还是他毕业那年吧，我出差去了趟他学校的海洋中心研究院。他那会儿烦躁得不行，不想在研究院干了，正准备辞职。"

"好可惜，南安的国家海洋中心是世界一流的。"

其余人纷纷应和……

姜西怔住了。

佛罗里达和南安？

她猛然回忆起陈鹤予曾经在医院留的那个海外号码，可他又那么颓丧地对她说过"我不是什么海归华侨"。

姜西带着满腹的惊叹与疑问，侧头朝贵宾席看了一眼。

隔着人群，她看见陈鹤予低头轻咳一声，而后重新扣上西装的纽扣。他和身边的老先生打了声招呼，接着起身往外走。

姜西的目光紧随着他的身影，她的第一反应是他要走，还在犹豫着自己要不要追出去。

不等她起身，就见陈鹤予正在朝她走来。

出神间，陈鹤予已经在她身边的空位坐下，姜西来不及张口说出一个字，已经有人凑上来热切地问候她身边的这个男人。

“鹤予，什么时候回的国？”

“陈鹤予，要不是今天亲眼看到，我都不相信有一天你还会坐在这里。”

说话的女人很漂亮，姜西微微侧身，注意到她举手投足间表现出激动得想要拥抱老友的冲动。

“好久不见，奥莉，苏珊。”他和身后的两人打招呼，再对着其余几位颔首。

“过来做报告？”奥莉一头卷发，风情万种。

陈鹤予说：“不做。”

“那就是休假？鹤予，太久没有听说你的消息，你知道圈内传得多离谱吗？他们说你隐退了。我听了只当是个笑话，能把话传成那样的人一定不了解你。”苏珊很瘦，她将胳膊搭在奥莉的腿上晃了晃。

陈鹤予笑了下，看了姜西一眼。

两个人眼神相对，姜西向他投去困惑的眼神。

眼前是老友叙旧，姜西不好突兀地插嘴，她也不知道该说什么。

她手里抱着没处放的稿子，渐渐地越抱越紧了。

陈鹤予伸手过去，接过她手里的稿子，顺势向后座的几位女士大方地介绍：“我女朋友，姜西。”

“哇！”后座的人皆睁大了眼朝姜西看过来。

奥莉和苏珊对视一眼，都笑了。

苏珊说："爆炸新闻，鹤予居然有女朋友了，这简直比隐退传闻还不可信。姜小姐，你真的是他女朋友吗？"

苏珊说话的时候已经把手伸了过来，姜西庆幸此刻陈鹤予接走了她手里的稿子。她迎着众人的目光，羞涩地一笑。

和苏珊握完手又和奥莉握手后，姜西点头："第一次见面，你们好。我们在一起不久，他大概还没来得及通知大家。"

"姜小姐，你刚刚的开幕演讲非常精彩，"奥莉看着陈鹤予说，"鹤予的眼光非一般挑剔，如今看来，他的眼光确实好。"

后座两位女士你一言我一语地说了很久，把姜西说得很不好意思，最后还是陈鹤予收了尾，众人才将注意力转移到了台上。

03

论坛在下午一点整结束。

前后两扇大门打开，厅内的人陆续起身往外走。

姜西被陈鹤予牵着站起来，就见面前来了一大堆人。她一愣，发现这些人正是方才领导席和贵宾席上的嘉宾。

今天在场上，她听见最多的词除了"环保"和"能源"，当数"好久不见"了。

衣着整齐、头发花白的老人家颤抖着手紧紧地握住了陈鹤予的双手。

"三年零六个月了，我这三年零六个月一直盼着和你再见一次。鹤予，你躲了很久。"老人家说。

姜西被这伤感的气氛感染了。

最初她还有些蒙，而后她逐渐不安起来，不安于陈鹤予到底是什么身份，怎么几乎半个会场的人都认识他？

姜西看向陈鹤予，他面上带着抱歉的笑意。

"还走吗？"老人家问。

“不走了。”陈鹤予答道。

老人家欣慰地笑笑，这才注意到一旁的姜西。

姜西不自觉地往陈鹤予身边靠了靠，还用右手揪了揪他的衣摆。

陈鹤予拉住揪他衣服的手，道：“姜西，叫霍爷爷。”

姜西乖巧地朝老人家点了点头：“霍爷爷好。”

陈鹤予继续给姜西介绍：“这位是临州市环保局的郑局长，这位是生态环境管理中心的刘部长，这位是京州环保总局的姚秘书长……”一连串的介绍过后，他说，“还有芜周市环保协会的雷主席，你们应该见过。”

雷兴同笑道：“姜小姐，又见面了。”

终于在一群陌生人之中看到了熟悉的脸，姜西在错愕之中尴尬地笑道：“各位好……雷主席，承蒙邀请。”

雷兴同由衷夸赞道：“我没有找错人，小姑娘今天的开场演讲很不错。”

“谬赞了雷主席，没让各位前辈笑话就好。”

一群人和陈鹤予寒暄了好一阵才舍得走，他们原本还想要继续聊，陈鹤予大概是考虑到此时的姜西还是满心疑惑，于是让长辈们先走，他和姜西跟在后面。

“我们是去楼下吃饭吗？”坐扶梯的时候，姜西问道。

“嗯。”

“这家的自助餐很好吃，中式面点做得很好。你喜欢吃小笼包吗？”

“还好。”

“我们去一楼还是二楼？二楼的餐厅是单开的，似乎没有小笼包。”

“我们去一楼。”

姜西长长地“哦”了一声。

酒店大堂里放起了抒情音乐，姜西偏头寻找着音乐来源，可四下张望了一圈也没见到音响播放器。

姜西平时是个心里藏不住话的人，可是现在，她宁愿随意地扯些乱七八糟的话题也没问出心中的疑惑。

她抿着唇，低下头去看自己的鞋。扶梯到了尽头，两个人同时迈步，姜西忽然听到陈鹤予叫了一声她的名字。

“嗯？”她简单地回应。

陈鹤予刚要开口，肩膀就被身后的人拍了拍，是奥莉。

“鹤予，和小女友去吃饭？一起啊。”奥莉冲姜西抛了个电力十足的媚眼。

姜西无所谓，自助餐吃的就是个热闹。她刚要点头，却被陈鹤予打断。他忽然看了姜西一眼，若有所思地说道：“我们得回休息室一趟，姜西，你的咖啡还在那里。”

她早上坚持要喝冰咖啡，考虑到她不在生理期，陈鹤予给她买的是少冰的拿铁。

推开门走进休息室，姜西一眼就看见了她那杯咖啡。透明咖啡杯上沁出些许水珠，原木色的纸吸管已经肉眼可见地被泡弯了。

她走过去握住杯子。

来休息室的路上，她径直走在前面，一次都没有回头看陈鹤予，也不知道刚刚她步子频率加快了那么多，陈鹤予有没有跟上。

明明几个小时前，他们还在这里接吻，而此刻，她居然连回头都需要勇气，甚至刚刚两人指尖相触时，姜西的手指都下意识地缩了一下。

忽然，姜西听见“咔嗒”一声响，她下意识地朝声音发出的地方看过去。

纯白色的幕布从上方弹了下来，占据了一整面光秃秃的墙壁。姜西正诧异这间休息室怎么会有幕布，扫了一眼才发现这里原来是一间会议室，那有幕布也就不奇怪了。

过了几秒钟，室内某个角落突然发出低低的海鸥鸣叫的声音，紧接着纯白色的幕布上突然出现了画面——一阵泛白的海浪缓缓滚来，海浪越来越大，直至覆盖镜头。

姜西在心里喟叹，这样令人回肠荡气的片段，即便才看了两期，她也知道这是《蔚蓝宝藏》的片头。

她眯着眼紧盯着屏幕，不知这部她因为昨晚睡不着才看了两期的纪录片怎么会突然在这里播放起来。

姜西放下手中的咖啡杯，绕过两张并排放着的椅子，在幕布前站定。

画面仍旧在继续，一段接着一段的镜头迅速过去，水声、风声、轮船开动声，一时之间都交杂在一起，她被巨大屏幕里的海洋世界所吸引，眼里映出聚集在一起的五彩斑斓的鱼群。

又一阵巨大的海浪掀起，幕布上鱼群与风浪的镜头切换着，姜西望着翻涌起来的鱼群，瞬间觉得压抑到有些难以呼吸。

她低声叫："陈鹤予。"声音颤抖。

她的手往后一探，然后被他宽大的手掌握住了。

浪打礁石的脆响中夹杂着呼呼的海风，海浪涌起又退去。

"这里就是边际了，再过十分钟会有潮水涌上来，现在我们看到的白色的线，就是在飞速前进的浪潮。"

音响中的声音澄澈，姜西一顿，手握得更紧了。

纪录片里的这一段，是片方采景时的意外之喜，是呀啦嗦海域难得一见的涨潮景象。

其中陈鹤予的声音并不是后期录音，而是他本人在现场拿着收声话筒，躲在摄影机后面的无剧本讲解。

“周围的海域环境与人类密不可分。初到这里时，我们的工作人员加上渔民总共三十多人，由珂可尔师傅驾船，我们一起清理了金贝沙岛附近这片区域里的海洋垃圾。人力有限，所以我们坚持呼吁保护海洋环境，没有破坏，就没有伤害。

“现在是凌晨三点，我们要结束最后的录制。沙滩上的小龟是上来乘凉的，这片海域现在安静得足以让它好好休息。我期待多年之后，再次来到金贝沙海滩时能与它重逢，即便这很难，但总要心存一丝期待吧。

“要说再见了，那我们再见。”

她脑袋里“嗡嗡嗡”地响起过去的声音。

“回去吧，路上小心。”

“再见哦，陈鹤予，明天就见。”

“知道了，走吧。”

“你会想我吗，陈鹤予？”

“不知道。”

“那你说一声再见。”

“嗯，再见。”

幕布上的视频开始播放片尾，无序的中英文名字出现在演职员表上，姜西没有看见眼熟的名字。

大段的特别鸣谢出现在片尾，姜西隐隐地觉得陈鹤予的名字会出现于此，果不其然，片尾出现了一行黑底白字。

特别鸣谢总策划人：Cheney Chen。

姜西脸上的表情只能用复杂来形容。

陈鹤予曾给过她一张 VISA 卡。那时候陈鹤予突然出院，只留了一张 VISA 卡给她，姜西将那张卡反复看了许多遍，对上面刻的英文名字印象尤其深刻，那个名字正是 Cheney Chen。

“我毕业那年是 2012 年，毕业后，我在学院的研究中心待过半年。”陈鹤予抿了下唇，看着已经黑了的屏幕，继续说，“那时年少气盛，我曾经尝试过稳定的生活，结果没能坚持太久。离开研究中心后，我加入了当地的一个海洋环保组织，可依然觉得人生被局限了。直到后来，我联系上了几位国内的前辈一起拍片子，才算是找到了人生归属。”

他看着一动不动地愣在原地的姜西，心里有些不忍：“忘了说，我大学主修的是地理，辅修海洋生物和船运，所以比开车，我确实不如你，但我的开船技术更好。”

“海洋摄影是我的兴趣所在，拍纪录片的念头在我十八岁那年一闪而过，真的付诸实践已经到了我二十一岁时。我一开始是断断续续地外出取景，后来才有目的地去拍，最后就有了这部片子。”他停了一会儿，说，“姜西，我的过去确实很难开口。不过这一次，不用你问我，我会一次性说完。”

姜西听到的每个字都像是一颗石子，还是最细碎的那一种。那些石子冲击着她的耳廓，震荡着她的耳膜。

原来他也是今天这场环保论坛的受邀嘉宾之一，雷兴同主席早在得知他在临州时就给他发了论坛的邀请函。姜西想，如果今天他不是以姜西家属的身份过来，他的确是该坐上论坛前排的贵宾席的。

陈鹤予说了许多，多到将他的家世都交代清楚了。

他出生于S市，爷爷是陈圻亭，那位做成衣白手起家的陈老先生。姜西上学的时候曾经在姑婆那里听过这个名字，只是高中毕业之后，她就再没有从姑婆口中听过了。

两个人的手不知道在什么时候已经松开了，房门紧闭的休息室里没有了从音响中发出的声音，也没有了男人讲述人生经历的声音。一时之间，气氛降到了冰点。

姜西不知道该说什么，她用手绞着自己的衣服下摆，假意声讨道："你在南安的研究中心做什么，研究员？我听到了，她们说你是在南安念的书。"

陈鹤予顿了一会儿，说："只待了很短的一段时间。"

"在你看来半年很短吗？我们认识的时间更短，只有几个月。"

陈鹤予料到了姜西的态度，他尽量用平缓的语气回复："我不和你咬文嚼字地辩论。"

姜西僵硬地弯了弯唇，道："可是你对我说过什么？你说你自己不是什么出身名校的海归。我是没有问过你，可是你也没有和我说实话。"

姜西盯着陈鹤予的眼睛，他的眸色幽深，像是夜间的海面，但她的一句话就能掀起墨蓝的波浪。

他好像无话可说，过了很久才"嗯"了一声，遗憾地说："我没有学成归国，姜西。"

姜西一噎，她叹了口气，往边上走了两步，然后靠在一张桌子上，一下子变得很沮丧。

她想，她已经好几年没有这样沮丧过了。

"我脱离我曾经的工作团队已经很久了，现在回想起来，唯有和他们一起拍的这部纪录片还算值得一提。"

姜西的手心在出汗，随着陈鹤予的讲述，她湿润的掌心里被递进来一样东西。

冰凉的触感激得手心发凉，她拎起来一看，是陈鹤予从S市回来后一直戴在身上的那条项链。

小小的吊坠里有蓝汪汪的液体在晃动。

"项链是我妈让我给我未来媳妇儿的。"陈鹤予站在幕布前，替姜西戴上了那条项链，扣锁的时候他松松地圈住她白皙的脖颈，语气真挚地说，"除了它，现在我已经没什么能给你了。

"但是七夕快乐，姜西。"

论坛结束时已经很晚了，陈鹤予和姜西留下来参加晚宴。

下午有茶歇，陈鹤予夹了好几块水果挞给姜西吃，以至于晚宴的时候姜西几乎吃不下餐食了。他们与几位论坛领导席和贵宾席上的嘉宾坐在一桌，这一桌只有他们两个后辈，饭桌上的话题自然也就落到了他们两个身上。

雷主席今天下午也上台做了演讲，台上的他思维严谨，气场强大，私底下的他却亲切儒雅，招呼姜西吃菜的时候还不忘叮嘱陈鹤予要多多照顾女朋友。

姜西为表礼貌，硬着头皮多吃了几口。

“吃不下了？”陈鹤予偏头低声问姜西。

姜西点了点头，陈鹤予便若无其事地将她碗碟里的余菜夹来吃光了。

吃完晚宴，外边的天已经黑透，陈鹤予要在这里住下。他将送姜西到地下车库，一下午姜西的话都很少，眼下只有他们两个人，姜西更是彻底无话。下午的论坛她心不在焉，不知道听了些什么，她一直分神在消化陈鹤予说的那些话，那个遥不可及的他所经历过的那些不可思议的事。

“到了给我发消息。”

“你明天回来吗？”

两个人的声音同时响起。

第三章

他把自己囚禁在了她的身边

01

月末，突然传来老街要改造的消息，整条街都要改造。于是趁着旅游旺季刚刚过去，整条街的店铺都宣布临时歇业。艺术馆是整条老街的招牌，原本是照常开放，考虑到道路改造时的不便，最后决定休业三天。

陈鹤予在环保论坛结束后只回过艺术馆两次，一次是回来收快递，也不知道他买了什么东西，还在周日特地回来取，另一次是他知道即将休业了，回来给艺术馆的人送水果。他买了不少水果，还提前冰镇过，大家吃得很畅快。

东西送到后，陈鹤予转身便走，小达特地追到门口将他拉住，嘴里碎碎念地说个不停，问他是不是找了新工作，所以连艺术馆都不回了，然后又八卦地问起他和姜西的关系，怎么两个人都不往艺术馆跑了。

陈鹤予的脸色不是很好看。

天气还是很热，小达没讲几句话都热到流汗，一看陈鹤予，脸上清清爽爽的，只是几天不见，他看着似乎瘦了一些，轮廓更明显了。

“姜西多久没来了？”陈鹤予问道。

小达一愣：“啊，你们没在一起啊？”

陈鹤予没说话，小达挠挠头，继续说：“忘了，反正七夕节以后，西姐就再也没有来过艺术馆。这两天我们还在念叨呢，你不在，西姐不在，姜馆长去了外地也没回来，艺术馆是越来越冷清了。尤其是鹤予哥你不在，馆里客流量都少了大半呢！”

“鹤予哥，你们不会是分手了吧？”见陈鹤予不答，小达越想越奇怪，他惊呼出声。

话一出口小达就后悔了，他被向来温和的鹤予哥瞪了一眼，猜他们大概没有分手，但肯定闹矛盾了。

当天陈鹤予一走，姜西就来了。

相比陈鹤予的清瘦，姜西的脸似乎还圆润了些，她两边脸颊粉粉的、鼓鼓的。进门和艺术馆的讲解员阿姨们打招呼的时候，她嘴角微笑的弧度都更加深了。

得知陈鹤予来过，姜西若无其事地“哦”了一声，捧了一盒蓝莓便直奔后院的秋千，一边荡，一边悠闲地吃。

吃完一盒蓝莓，姜西缓缓地抬起头，随着秋千的晃动望着深色的夜空。她脑海里一遍遍地过着昨晚通宵看完的《蔚蓝宝藏》，一时之间觉得夜空也和大海一样神秘。

天空之上是什么？是宇宙。

深海之下有什么？陈鹤予的潜水纪录是112米，他遇见过沉船文物，看到过海底生物厮杀，上过的岛、下过的海不下百处。他曾因纪录片的突然爆火录制过央台未露面的声音访谈节目，也曾因潜水水压过大而在上浮的过程中失去意识。

姜西冷静了几天，终于在昨晚将两季《蔚蓝宝藏》完完整整地看完，紧接着整个白天都在各大搜索引擎上一遍遍地搜索“Cheney Chen”。

原来网上没有关于陈鹤予的只言片语，只是因为他是 Cheney Chen。

在她的世界里，在她的认知里，这仿佛是两个人。

一个是全世界的Cheney Chen；一个是她的男朋友，一个待在这个小小的艺术馆，做着平凡的讲解员的陈鹤予。

“西姐，你怎么还坐在这里啊？”小应手上搭着红马甲走近，就着矮脚路灯一看，顿时惊呼出声，“我的天，快起来！看看你的腿被蚊子咬成什么样子了！”

说着她把右手臂上的红马甲往左手一抛，把姜西从秋千上拉下来。等姜西双脚站定，小应立刻低下身去查看她小腿上被蚊子咬的红包。

姜西今天穿着半身裙，小腿露出一截。刚来艺术馆的时候，她还是一双白白净净的小腿，没想到草丛里的这群蚊子跟饿死鬼投胎似的，把她的腿咬得十分可怖，红色圆包一个紧挨着一个。

“你都不觉得痒吗？”小应嘴里叨叨着，去馆长办公室找花露水。

由于在艺术馆抹了好几遍花露水，一直到家里，姜西都没觉得痒，她一度以为自己失去了知觉。直到睡前去浴室淋浴，热水淋上去，她直接在浴室里叫出了声。

哪里还是痒的感觉，密密麻麻的痛意从脚踝处一直往上，她一双腿热得不行。她觉得有点儿不对劲，匆匆地打开凉水冲了会儿，低头的时候又觉得有点儿头晕，于是她赶紧从浴室出来，穿好衣服联系伍清越。

姜西向来是什么话都同伍清越讲的，唯独这次没有跟她说最近发生的事。自己的男朋友虽然在国际上也算个知名人物，但在国内几乎没人知道他的身份，姜西不至于刚刚得到陈鹤予的解释，在没有征得他的同意的情况下就转头告诉好朋友。

医院里还有空闲的床位，虽然是个双人间，但边上的病人刚刚出院，姜西正好一个人落个清静。

伍清越是从学校赶来的，包里带着厚厚的课本和一台笔记本电脑，此时她正坐在边上的空铺上写研究报告。

姜西住院之后睡得迷迷糊糊，隐约记得自己是因为感染所以住了院，眼下还在打抗生素。

伍清越问了她几次要不要把陈鹤予叫过来，姜西清醒的时候回了她一句“别告诉他”。

伍清越只觉一阵头疼，这两人天生就该是一对。

上一次躺在这里的另一个人，也是在清醒的时候拜托自己千万别告诉姜西。

只不过这一次，伍清越没心思陪这对闹别扭的情侣玩了，她有要紧的课题要赶，有重要的病人要跟进，只能当一次“叛徒”。

隔天一早，伍清越给陈鹤予发了条消息。

姜西这一夜虽然睡得还不错，但也许是发过烧的缘故，她早上睁眼的时候仍旧觉得眩晕，甚至出现了幻觉。

她好像再次见到了那个习惯穿一身黑衣黑裤的男人，他脸庞清瘦，面色有着病态的苍白，一双神情疏离的凤眼里未含半分笑意，面色冷淡。

姜西盯了他约莫有半分钟，才确定眼前的这个男人是真实的陈鹤予。

她抬眼习惯性地在他的黑色短袖上搜索字母“C”，正面和袖口都没瞧见，姜西猜测应该是在背后。

她双手撑在身体两边，缓慢地坐起来，问他：“你怎么来了？”

听着她微微沙哑的声音，陈鹤予眉头一皱。

他叹了口气，人往椅子背上一靠，说："让你考虑还要不要我，不是让你折磨自己。"

也许是刚刚醒的缘故，她脸色白，唇色也白。陈鹤予抬眼瞧了她一会儿，一阵自责。

几天不见，小姑娘不但没了往日的精气神，居然还把自己折腾进了医院。

上一次意外住院的时候他就问过伍清越，姜西为什么会有喝酒的习惯。

答案当然是因为2013年众达的尾气超标案，她是举报人，举报了自己的生父。她有正义感，亦有满满的负罪感。

姜西曾亲手将生父送进监狱，哪怕最后责任不在她父亲身上，但她到底是害得一个辉煌过的人身上留下了不光彩的一笔。姜父出狱后，姜西心中没有一刻放下过罪恶感。

好在那年她读大学了，可以留在京州，可以在另一座城市想着法儿地折磨自己。

他们两个人真的很像，想不通事情的时候，都习惯折磨自己。

姜西撇撇嘴，听到他的声音忍不住开始鼻酸。这个声音讲解过《蔚蓝宝藏》，声音的主人曾越过汪洋大海，别说是黑夜，他连深海都不怕，可现在他躲了起来，把自己囚禁在了这里，囚禁在了她的身边。

陈鹤予看着她，叹了口气，问："你在想什么？"

"你还能回到海上吗？"

从她嘴里听到"海"字，陈鹤予心中有种异样的触动。他分明听清楚了她的问题，却还是蹙着眉问："什么？"

"我最近翻了评论，很多人都在等《蔚蓝宝藏3》。第二季的片尾播放了一段《蔚蓝宝藏3》的预告，所以，不可能没有第三季。

你们一定有计划，只是中断了，对不对？”

“会有人拍第三季，早晚的问题。”陈鹤予说，“只是，我不会再参与任何跟海洋相关的工作，包括《蔚蓝宝藏3》。”

陈鹤予不知道姜西近来在重复地做一个梦。

她的这个梦很简单，漆黑静谧的夜里，一片汪洋大海中，远远地漂浮着一艘小帆船，身形清瘦的男人立在船头，只留下一个孤寂的背影，他静静地站了很久很久。

姜西梦醒之后每每都会心神恍惚，她心里想着，这个人一定很孤独。再一回忆，她觉得那个背影跟陈鹤予的一模一样。

陈鹤予担心姜西继续发问，逃避似的站了起来。

姜西听到木椅拖拉摩擦地面的声音，抬头看他的脸，才注意到他的头发比之前更短了一些。

“伍医生说你今天可以出院，是送你回家还是……”陈鹤予问。

姜西的音量很低，弱弱地说道：“你这几天都住在哪里？”

“我一直在温爵仕酒店。”病房内的空调一直开着，陈鹤予大约是担心她冷，视线一扫，看到床头柜上的遥控器，他拿过来把温度往上调高了两度，然后说，“雷主席会在临州待一段时间，所以论坛结束之后，我们几个没走。”

“除了雷主席，还有谁？”

“他的行政助理。”陈鹤予想了一下，说，“几位协会成员也在。”

姜西长长地“哦”了一声。她点点头，不自觉地摸了摸自己的鼻尖，说：“他们没人和你住一个房间吧？”

姜西说这句话的时候本是把头低了下去，察觉到床旁边站着的男人没有一点儿回应，她又缓缓地抬头，看到了对方快挤到一起的眉头。

姜西撇撇嘴，实话实说道：“我想跟你回温爵仕酒店。”

02

从中心医院到温爵仕酒店的路程并不远，陈鹤予拿着姜西的就医卡楼上楼下跑了两趟，替她办好了出院手续，又从药房取了需要涂抹的药膏，最后和值班的伍清越打了声招呼，便在医院正门口打了辆车带她回酒店，路上只花了十分钟。

室外的阳光仍旧很毒，姜西头顶着一个从伍清越那里顺来的白色遮阳帽，帽檐很长，几乎有一指宽。她将帽檐拉低，遮住自己的脸。

一进温爵仕酒店的大堂，冷气霎时冲散浑身的燥热。陈鹤予让姜西坐在沙发上等会，他拿着姜西的身份证去了前台。

回来的时候，陈鹤予手里多了两张早餐券。

酒店的自助餐厅里，姜西喝着南瓜粥，吃着小笼包。陈鹤予只拿了一杯豆浆。他坐在姜西的对面，慢悠悠地等她吃完。

姜西放下还剩一小半南瓜粥的碗，陈鹤予问她还想吃什么，她摇摇头。陈鹤予示意她把桌上的橙子吃了，然后他端起她面前的小碗，将她碗中剩下的南瓜粥一饮而尽。

陈鹤予住的楼层很高，是温爵仕酒店的行政套房，进门是浴室，往里是茶道桌、厨房、吧台和小餐厅。他早上走得匆忙，白色的棉被此时乱糟糟地盖在床铺上，三个枕头整齐地叠在床沿，剩一个枕头孤零零地摆在靠边的位置。

在医院住了一晚，姜西觉得浑身不舒服，进门就说要洗澡。陈鹤予找了件白色短袖给她，让她当裙子穿。

二十分钟后，浴室里传来吹风机的响声，陈鹤予关好房间内的窗户和阳台门，这才把空调打开。

他知道她怕热，又担心她才发过烧过冷不好，最后调了个不冷不热的温度。

细软的发丝随便一吹便干了，姜西找出抽屉里的木梳梳头。梳子带下来几根头发，她将其揪出来，丢进了靠近门口的垃圾桶内。

她对着镜子一照，还好，那天晚上熬通宵后眼底留下的青色已经淡去，不过这张脸虽然称不上惨白，但到底没有前几天的好气色了。

原来生个病就会这样，怪不得陈鹤予一直脸色苍白。

她后退两步，低头朝自己的双腿看去，短袖的下摆正好齐臀，原本她并不介意，可是今天这双腿并不美观。虽说腿上被蚊子咬的包已经消肿了，可是红印还在，大团大团的粉红色布满了她的小腿，甚至大腿上也有一些。

姜西最后还是走了出去。

推开浴室门，左侧便是厨房，陈鹤予双手撑在厨房的台面上，守着刚刚沸腾的水壶。

听见身后的动静，陈鹤予侧身看了她一眼："好了？"

姜西"嗯"了一声，走过去，坐到小吧台的高脚椅上。

陈鹤予倒了半杯热水放在一边，转身抓起一旁挂在椅背上的白色衬衫，走到姜西面前，勾了勾食指，示意她从高脚椅上下来。

不知道他要干什么，也没看清他手里是件什么样的衬衫，姜西就乖乖地下来了。她双脚落地的时候，陈鹤予伸手环住她，她配合地举起双手，看着陈鹤予将白色衬衫在她腰间系了个结。

"没裤子给你穿，将就一下。"他说。

衬衫从她的腰部一直罩到了膝盖，像一条蓬松的短裙。

陈鹤予打结打得认真，用手拽了拽确定不会掉，手才离开她的腰部。

姜西猜到了他下一步动作是后退，于是提前朝他迈了半步。她踮起脚，白皙的胳膊直接环住他的脖子。

没想到她会突然抱他，陈鹤予身子一僵，很快，他顺势微微倾身，配合着她的身高，用了几秒钟消化这个突如其来的拥抱。他低头，耳朵贴着她刚刚吹干的发丝，感受着那柔顺的发丝。他掌心覆在她背上，不敢使力。

“你要理解，突然知道自己的男朋友是大神，是需要时间消化的。”

姜西仰着头，用脸蹭了蹭他的发鬓，为这段时间没有找他做解释：“这段时间我想了很多，我们两个完全是不同的人生轨迹，我在国内按部就班地上学、长大，而你从十五岁开始，就已经知道自己要做的事情是什么了。你的征途是大海，你去过的岛比我去过的国内城市还要多得多，什么格陵兰岛、新几内亚岛、加里曼丹岛、巴芬岛、苏门答腊岛……而我只尝过苏门答腊岛的咖啡豆。我们的眼界、我们的世界观相差甚多，所以我陷入了一种自我怀疑中：‘这样一个人怎么会喜欢我？或者说，这段感情会不会是你的一时兴起？’”

陈鹤予有些意外，他偏头要去看她的脸。姜西的头往反方向侧去，将自己的脸贴在他胸口，说：“等会儿。”

“你真的这么想？”陈鹤予说。

姜西在他怀里点头。

“说你不自信，看来还真是。”他揽着她，说，“你家境不错，从小成绩应该不错，读的专业又是自己感兴趣的，长得也不错，现在工作也不错。说说，你为什么不自信？”

姜西说：“举个不恰当的例子，好莱坞女星盖妮有一天突然出现在你面前，说她仰慕你很久，你会是什么反应？”

“谢谢。”

“嗯？”

“我当时说了一声‘谢谢’，说的英文。”他特意把英文讲了一遍。

姜西仰头看他，对上了陈鹤予那双含笑的眼。他一本正经地说："她挺高的，比你高很多。"他在姜西头顶上方比了一下，"差不多到这里吧。"

姜西愣了好一会儿才道："你说的是真的还是假的？"

"我们在一个颁奖典礼的后台见过面，不过没有合照。"他无奈地说，"我没证据。"

"盖妮的眼睛真的是绿色的吗？"

"不知道，没细看。"

"她的头发是银白色的吗？像艾莎？"

"艾莎？"陈鹤予显然是第一次听说这个名字。

"一个动漫人物。艾莎的头发就是银白色的，非常漂亮，和电影里的盖妮一模一样，不知道盖妮本人是不是更漂亮。"

陈鹤予指了指床头的贴画，说："接近那个颜色。"

姜西随着他指的方向看过去，眯眼看了看。她回忆了一下印象中的盖妮，盖妮的头发好像就是这个颜色。

陈鹤予见她居然盯着那个方向发起了呆，便伸手在她脸上轻轻地戳了戳："想什么？"

"我总是会纠结些有的没的东西，比如你在不在乎我，我在不在乎你，诸如此类没'营养'的东西。你别太介意，因为你的女朋友我就是这种女生。"

"还纠结什么了？一并说说看。"

这次有些难开口。姜西抿抿唇，忽然仰头在陈鹤予嘴上亲了一口，然后直勾勾地盯着他的眼睛道："能问吗？你的病……是不是和以前的工作有关？"

"嗯。"陈鹤予对她的疑惑丝毫不感到意外。

"潜水留下的后遗症？"

陈鹤予的表情有些不自然，他瞥向方才替姜西倒的那杯热水，无意识地点了点头，说了一声：“对。”他又说，“水凉了，你喝完了就去睡一觉。”

姜西没再追问。

他早上出去的时候太阳并不大，可是伍清越的消息来得太突然，他情绪紧绷，难免也出了汗。

陈鹤予去洗了个澡，速度比姜西更快。他从浴室出来的时候，姜西还在喝他倒的那杯热水。

两个人用的是同款沐浴露，陈鹤予从浴室出来，姜西便闻到了他身上的香味。隔得远远的，她吸了吸鼻子，觉得陈鹤予好像更香了一点儿。

“十二点会有午餐送到房间，你现在可以睡一会儿。”

“我不困。”

陈鹤予难得态度强硬，见她喝完了水还站在原地没动，过去把姜西拉到床边。陈鹤予让她在一旁等着，自己弯腰铺床，又在床沿拿了新枕头给她，而后他用眼神示意她上去睡觉。

姜西坐到床边，拉住了陈鹤予的手。

他的手指很凉，但他的手掌又大又宽，姜西两只手都握了上去。她坐在那里抬头看着陈鹤予，问：“你会走吗？”

不知道是哪来的担心，在得知陈鹤予就是Cheney Chen之后，姜西始终没有去找他的原因之一就是担心，好像只要她朝他再跨出一步，他就会走，去一个她不知道的地方，就好像陈鹤予去过的各种不知名的岛屿、海域。世界那么大，多的是她连名字都没有听过的地方。

“我去隔壁，有个会要开，”陈鹤予自然地握住她的一只手，说，“算走吗？”

“可是我心里还有话没和你说完。你这几天一直在雷主席这里吗？”

“他找我帮忙，我推不掉。”

姜西双腿一盘，往里坐了些，她顺势把陈鹤予也拉过来：“小达他们都以为你不会回艺术馆了。”

陈鹤予将被子一角掀开盖在她腿上，也跟着坐下，轻微地叹了口气，视线从两人交握的手上转移到她略显苍白的面容上。他盯着她的眼睛，问：“那你呢，你希望我回去吗？”

姜西摇摇头：“我以为我是希望你回来的，但是今天看到你，我忽然又希望你和雷主席一起走。”

陈鹤予一副愿闻其详的表情：“走？雷主席是芜周市环保协会的现任主席，即便我跟他走了，也只会去芜周。”

“至少那是一座岛，你可以在那里重新开始。”

即便是在国内，无论在哪个社交平台搜索陈鹤予的英文名字，后面紧跟的关键词一定是“天才制片人”。

他在国内被称为“天才制片人”，在国际上是被认证过的海洋环保专家。姜西在这段时间好不容易消化了他大神的身份，现在却得知这位大神和他曾经在那个领域熠熠生辉过的圈子了断了。

作为观众，她觉得可惜；作为他亲密的女友，她觉得遗憾，她为陈鹤予感到遗憾。

“我让很多人失望过。”陈鹤予的语气与以往大有不同。

往常他再怎么淡然，也不至于用这样颓丧的语气说话。他冷笑着自嘲：“那天你见到的生态环境管理中心的刘部长、京州环保总局的姚秘书长，还有芜周市环保协会的前辈们，比如雷主席，这些人都知道我是没法再下海的。

“我以为我一辈子都会在海上漂泊下去，从未想过有一天我会留在一座城市，过最简单的生活：工作，结婚，生子。

“你问我还能不能回海上？姜西，实话告诉你，我不能，也不会再去。我永远都过不了心里这一关。”

陈鹤予看见姜西嘴唇微动，似乎想说些什么。猜到了她想说什么，他先她一步开口：“我不是没试过，而且试了不是一次两次。”

“为什么不行？如果只是在海面上呢？不下海的话，也看不到暗处啊。”姜西不明白，忽然想到了什么，她继续说，“那天在浦江上你不就好好的吗？我们在江上过了一夜。还是说，在江河湖泊上可以，唯独海上不行？”

不是江河湖泊上可以，也不是唯独海上不行。

那一晚，姜西不知道他吃了多少药才上的那艘邮轮。只要是船只，只要在荡漾，那种难以言喻的难受之感对他而言不会有丝毫分别。他不仅会在黑暗中产生生理性的恶心反应，在海里或是海上，反应也是相同的。

放在以前，即便姜西是他的女友，他也会坚定地说不。

但这次他犹豫了，他还没有给史乔岳那边答复。

如果他答应了史乔岳，不用姜西说，他势必要回去工作，只是从实地拍摄者转为幕后工作者。如果他不答应，史乔岳的态度很明确，他们公司不可能让崔栩仟接有“尾气排放超标”黑历史的汽车公司的代言，他现在还没将小仟的人设形象塑造好。

“《蔚蓝宝藏》前两季你都看了？”陈鹤予找了另一个枕头摆好，放在床头，扯开话题。

“都看了，一口气看完的，我的眼睛都快瞎了。”姜西靠到床头，枕着陈鹤予刚摆好的枕头。

“两季总计 1528 分钟，你熬夜熬得觉都没睡？”

“花了一天一夜时间。其实有快进的地方，比如血腥的地方我就没看，还有这部片子的第二季第九期讲的是鲸，我前不久才看完一季专讲鲸的纪录片，所以也没有看。”姜西说，“对了，那部关于鲸的纪录片有我姑婆参与，她其实是海洋摄……”

“等等。”姜西正说得起劲，忽然戛然而止，她后知后觉地说道，“你和我姑婆早就认识？”

“我母亲师从姜馆长。”陈鹤予说。

师从姜馆长……

她还以为一切都是巧合，原来有这一层关系。

03

“好了，我要走了。”陈鹤予按掉了两个电话后，对姜西说。

姜西扯过被子躺了下去，她拿被子遮住脸说：“你去开会吧，我睡一觉。”

姜西没睡着，但她还是躺到了侍应生来敲门送餐时。

陈鹤予点的是猪肚汤和几样时蔬，配了份米饭，米饭煮得很烂。

姜西慢悠悠地吃完，然后拨了电话叫客房的服务人员过来收餐具。她躺得太久，有些不舒服，靠墙站了会儿之后又进浴室洗了个澡。

她将白色短袖套上，还把陈鹤予的那件白色衬衫按照原样系在腰间。洗完澡，她被复杂的情绪扰得头疼，感觉到困意来袭，她躺回床上睡下了。

天说变就变，下午三点，姜西被雨水敲打玻璃窗的声音吵醒。她睡得有些头昏，在床上翻了个身缓了缓，睡意才慢慢退去。抬手拨开额前的刘海后，她睁着眼，安安静静地听了会儿雨声。

直到雨停了姜西才爬起来，她趿上薄底的布拖鞋，推开门来到阳台上。

雨过但天并没有晴，此时外面的天空上乌云密布，强劲的东南风穿透阳台，吹得姜西的头发凌乱。她手腕上有发绳，便随意将长发在脑后绑了个髻。

望着半空中蒙着的一层白色雨雾，感受着与室内温差不大的温度，她转身走进房间，本打算关闭空调，接收来自室外的自然凉风，但她的手刚刚碰上空调调控面板，又忽然顿住了。她转身去关了阳台门，又把房间里所有的窗帘全部拉上，然后打开了所有的灯。

满室亮堂，姜西拢住松松垮垮的衬衫，慢悠悠地坐回床沿上。

晚餐在五点送到，陈鹤予也恰好在此时回来。晚餐是双人份的，看来他早就准备好了回来和她一起吃饭。

晚上，陈鹤予在吧台工作，让姜西自己在床上休息。可下午睡了那么久，姜西哪里还睡得着，于是她捧着手机玩了两个小时的游戏。下床去上卫生间的时候，她往陈鹤予待的方向看了一眼，很好，这个男人一脸专注地盯着电脑，连看都没有看她一眼。

姜西从卫生间出来，轻手轻脚地开门一看，陈鹤予着实专注，压根没注意到她双手抱胸靠在卫生间门口看他。

陈鹤予端端正正地坐在高脚椅上，修长的手指不停地在键盘上敲打着。

姜西看过陈鹤予做讲解，但她还是第一次看到陈鹤予使用电脑办公，有种很不一样的感觉。她不知道他在做什么，也不好奇他在做什么，她关心的只是他什么时候能忙完，毕竟两个人很久没见了。

她绕到他身后倒水喝，水杯倒满的时候，陈鹤予回身看了她一眼："没睡？"

姜西捧着水杯，水是温的。她用拇指和食指捏着杯子，懒洋洋地道："白天一直在睡，刚刚在玩游戏。"

"过来。"陈鹤予将笔记本电脑往边上一推，电脑屏幕上是一份文档，上面有大段大段的文字。

姜西走到陈鹤予坐的高脚椅边，扫了一眼屏幕，问："这是什么？"

陈鹤予说："雷主席希望能和众达展开一场合作，关于第五代新能源汽车。"

"项目还没敲定，我就是提前和你说一声。芜周市的年度宣传片计划在下个月开拍，往年合作的汽车品牌一直是驰腾，今年计划有变，芜周市委宣传部希望今年的年度宣传片内出镜的汽车全部是有绿色牌照的新能源汽车，但驰腾目前没有新能源汽车项目，所以他们决定另择合作方。恰好，芜周市环保协会的几位重要成员目前都在临州，他们都听了你这次在环保论坛上的开幕演讲。抛开另一个因素不说，协会这边也已经向宣传部反馈，今年的最佳合作对象将会是众达。"陈鹤予问，"第五代上市了吗？"

姜西眼睛一亮，急忙说："还没有，但是有概念款，原本是要留给合作的形象大使试驾的。"

"特写镜头不会多，我看了往年的宣传片，主要是拍摄公路上的车流。"

"镜头多少倒是无所谓，不过，全部用第五代新能源汽车取景恐怕还是有点儿困难，这款车目前还没有上市，汽车的形象大使也还没有敲定。"姜西把杯子放在吧台上，坐到旁边的高脚椅上，说，"第四代新能源汽车行不行？既然要求绿色牌照，那领风的混动汽车肯定用不上，众达目前上市的最新款新能源汽车便是第四代。不过这样也不错，毕竟第五代快出来了，第四代肯定是要降价的，算是再为第四代打个广告。"

姜西十分佩服自己的运营头脑，她心里已经开始拟合约条款了。

陈鹤予笑了一下，心里虽然有答案，嘴上还是问了一句："你们第五代形象大使找的谁？"

"崔栩仟啊，崔大明星，我们邀约好几次了，"姜西撇撇嘴，端起桌上的水杯喝了一口水，又说，"同样也被拒绝了好几次。"

陈鹤予点头，做出恍悟的表情：“好说。”

“好说什么？”姜西觉得奇怪，看了他一眼。

陈鹤予说：“芜周市委宣传部已经敲定了一位出镜嘉宾，嘉宾是临州人，众达又是临州的本土汽车品牌。芜周选择众达，也有出镜嘉宾的原因。”

姜西完全没把“出镜嘉宾”往艺人的方向想，她单纯出于好奇，问了一句：“定了哪位出镜？”

陈鹤予滑动无线鼠标，把文档往下拉，大段文字的下方，是附加页。

附加页是一段文字介绍和一张配图。

姜西看见配图上的人直接愣住了。陈鹤予没忍住，笑道：“是崔栩仟，崔大明星。”

姜西再三向陈鹤予确定了事情的真实性，陈鹤予直接把芜周市委宣传部负责人的电话给了姜西。担心时间晚了会打扰到人家休息，她没敢拨电话过去，结果转头陈鹤予便用自己的手机给那位负责人拨了电话。

对方接了电话问是谁，陈鹤予客客气气地道：“袁部长，我是鹤予。”

纵使陈鹤予没开免提，姜西也在一旁听到了电话里对方惊喜的声音：“鹤予？你什么时候回的芜周？好几年没来袁叔叔家吃饭了吧！”

两个人寒暄了一阵，陈鹤予提起拍摄年度城市宣传片的事，姜西也在这通电话中得到了确切的答案。

前段时间，也就是崔栩仟来领风发布会救场之前，崔栩仟工作室就已经跟芜周市签订了拍摄城市宣传片的合同。届时崔栩仟和其他艺人在芜周录制的综艺节目将会和芜周城市宣传片前后脚播出，这无疑是宣传芜周市的极佳机会。

袁部长的电话一挂，姜西马上给闫青山打电话，告诉她这个消息，还询问是否可以让第五代新能源汽车概念款在芜周市的城市宣传片中出镜。

闫青山难得显露激动语气，回了两遍“当然”。

不过具体的事项，还是要等签订合同的时候再议。

挂掉电话，姜西觉得即便此时崔栩仟还没有成为他们的形象大使，她心里也已经有即将熬出头的兴奋感。

姜西兴奋地跑去座机前订酒，却被紧跟其后的陈鹤予无情地挂了。她也不恼，还是在笑。

两个人本就是站在床边，姜西兴奋地拉住陈鹤予的衣袖，轻轻地一拽，就把陈鹤予拽到了床沿坐下。

她没有坐，站在他身前，两只手温柔地捧住他的脸。她用眼神深深地打量他立体的五官，最后她在他嘴角吻了一下，很快又离开。

“大神，你是我的福星，我这是什么运气才有了你这样的神仙男朋友！”

陈鹤予勾了勾被她亲吻过的嘴角：“嗯。”

“你困吗？”说话的时候，姜西俯身，再次吻上他的嘴角。

陈鹤予摇头，静静地看着姜西想要什么花样。

姜西先是把自己腰间的白色衬衫解下了，她将衬衫扔在一旁，而后微微倾身。

“我今天洗了三次澡。”她玩似的又亲了他同一边的嘴角，感受着细微的胡茬，忍不住在他下巴上蹭了蹭。

陈鹤予表面上冷静得很，但其实手早就不规矩地换了地方。感受着姜西的亲吻，他头往边上一侧，忍不住笑了。

姜西有点儿尴尬。她假装恼怒地推他胸口：“你能不能自己主动点儿？”

陈鹤予一本正经地道：“我习惯从亲吻开始，谁让你玩我？”

姜西说：“因为大夏天的，我看你穿长袖很不爽。”

“体谅一下体弱多病的人忍受不了冷气一直吹，容易感冒。”

“这里的温度并不低。”

“看来你很热？其实我还好。”陈鹤予又露出了那副坏笑模样。

姜西深吸一口气，在心里骂了一声。虽然觉得他好帅，但面子上过不去，她转身趿着拖鞋就走。

陈鹤予看着姜西往吧台走去，他大步追上，把人压在吧台上。

怕她受伤，他用手臂将她与吧台隔开了。姜西的背贴着他的胸口。他在她耳边笑了笑，用右手描摹了一会儿她下巴的弧度，接着他抬起她的脸，低下头来和她接吻。

这一夜无比酣畅，黎明来得好慢。

老街开始修路，整条街上的店铺都关门了，艺术馆也从今天开始闭馆，这样冷清的景象在老街已经好几年不见了。

姜西要陈鹤予去她家，吃饭也会更方便，可陈鹤予不去。他一大早就去买了一大堆菜，打算在艺术馆将就三天。

送陈鹤予回艺术馆之后，姜西赶去公司上班，到公司大楼时正好卡到上班的点。

打开电脑，右下角跳出未读邮件，姜西按时间的早晚顺序查看，鼠标却顿在第一封邮件上。

光是看了主题消息，连正文都没有打开，姜西便直接跳了起来，急急忙忙地往闫青山的办公室跑。

“闫总。”敲门进去后，姜西喘着粗气说，“我收到您转发给我的邮件了，新能源第五代的概念车批下来了？”

“跑什么？”闫青山在偌大的办公桌后方微微抬手，示意她坐在边上的沙发椅上，“来，坐。”

待姜西坐定，闫青山眉梢一挑，道："当晚批复的。"

"那芜周市委宣传部那边……"

"我们收到合作邀请了，今天开始拟合同，合同拟好了就签。"

原本以为到签合同怎么着都要半个月，没想到所有人都在赶进度。姜西眼底满是笑意，她双手握在胸前做期许状，说："不管怎么样，也算是为新能源第五代汽车开了个好头。芜周市的城市口碑加上崔栩仟的出镜，对我们来说也是双赢。"

闫青山习惯喝绿茶，姜西早在进门的时候就闻到了她杯中散发出来的茶香，如果猜得不错，应该是六安瓜片。

闫青山的茶杯是她的嫁妆，白底配青龙图案，款式老旧得不行，半点儿都不符合她现在的生活状态，可她用习惯了。十多年了，杯子既没摔过，也没碰过，仍旧好端端的。

她将茶端到面前吹了吹，微抿一口，杯口留下一道鲜红的口红印。她说："双赢不是这么说的。如果能把握好这次机会，让崔栩仟成为我们的形象大使，这才是真正的双赢，姜西。"

"机会？"姜西没明白，"这次的拍摄，我们也会派人过去吗？"

"难道你没想到这一层？平时挺机灵，这会儿看来是乐过头了。"闫青山放下茶杯，杯底触碰桌面时发出轻响，"到时候我会派你过去全程盯场，做个样子也好，我们众达的人必须在。"

末了，闫青山又补充道："让陈庭和你一起去，你到底是陈庭带出来的人，你有搞不定的事情，陈庭出面应该就能解决。"

午休前，姜西请陈庭去小会议室，然后把闫青山的意思向陈庭转达了一遍。

得到消息，陈庭既惊讶又欣慰，只是她很快又露出为难的表情，犹豫地问姜西："闫总的意思是全程盯场，芜周市那边会同意吗？毕竟我们只是出个车，取个景。"

"我问过闫总，闫总已经和芜周市那边沟通过，没有问题。"

“多久？”陈庭仍旧心怀顾虑。

“少则一星期，多则半个月。”姜西说。

陈庭点点头，将脸侧的头发捋到耳后。她不好意思地笑了笑：“时间不短，那我得带上儿子了。泽泽外婆要回乡下两个月，我得带他两个月。”

姜西见过泽泽。

半年前，陈庭带泽泽来艺术馆看展，姜西正好在艺术馆帮忙。那会儿讲解员人手不够，姜西套了红马甲临时上阵，刚从后院走到展厅，就见陈庭带着泽泽从前门进来了，巧得很。

泽泽对画感兴趣，姜西就把泽泽抱在怀里，把整个艺术馆的画都给他讲解了一遍。

“那当然好啊。”姜西拍拍胸脯说，“庭姐，这段时间你带泽泽也辛苦了。到时候我们去了芜周，你就让泽泽跟着我，吃喝拉撒我全包！”

04

塘东老街街口原本不平整的青石板路统统被撬开，碎石板和碎石子散落满地。姜西把车停得老远，走过来花了十几分钟时间。走到街口，她正要踮着脚走过去，就被一位头戴安全帽的施工大哥叫住了。

“哎，干什么去啊？里面店都关了，这个口子等会儿就要封上了。小姑娘，你现在进去，晚会儿可就出不来了。”

姜西两步上了台阶，疑惑道：“这里要封路？”

施工大哥朝里一指，无奈道：“街口几家店遭贼了，偷的东西是不值钱，可里头还有家艺术馆呢。上头也是担心，非要我们把路口给封了。”

“街西的口子呢，也要封？”

“都封，防贼嘛。”

清冷的街巷少了叫卖声和街侧的路灯，着实有种阴沉感。这条街平日里热闹极了，姜西还真不知道原来这里治安不好。

从施工大哥口中得知街口今晚虽然会被封上，但明天早上六点就会有人来开，她便没有了顾虑，心想大不了今晚就住艺术馆里。

天色亮得都没有傍晚的样子，蝉鸣声和明晃晃的阳光依旧让塘东老街依然充满着夏日气息，除了街口施工的敲击声，整条街都静悄悄的，连走路的人也毫无意识地放缓了步伐。

艺术馆的门半关着。知道姜西要过来，陈鹤予没锁门。

推开连通后院的第二道门，姜西一眼就看到了陈鹤予。

暑气肆虐，天气闷热，他随意地靠在房门的门框上，左手拿着手机，懒洋洋地单手滑着，另一只手里捏着的大概是从草丛中随便扯下的一根狗尾巴草。

后院方正，陈鹤予的房间在后院的东北角落，长廊顶上是有坡度的窄檐，笼下的阴影让他所站之处较别处更加昏暗。

哪怕他只向前一步，都能立于窄檐的阴影之外，可姜西看着他，知道如果不是看到她人来，他绝对不会直起身来挪一步。

“陈……”姜西跨过木门槛，轻声吐出第一个字。

陈鹤予没听见姜西的声音，他右手的狗尾草忽然飘落到地面，恰好越过了那道光亮与阴影的分界线。

姜西停在原地不动，而她注视着的人也像是被定住了。

他停下了左手滑动的动作，偏着头，发愣似的盯着地面那根狗尾草。他没有无视的意思，也没有将它捡起来的意思。

傍晚的氛围在这一刻突然变浓，西边是落日余晖，晚霞满布，暗色渐渐地盖住这一方院子，陈鹤予站在那里，孤单得像个无所依的老人。

姜西没有出声。仿佛只要她不出声，这里就会一直这样静下去。

他会在沉静中吃饭、喝水，天没完全暗下来的时候，他就要进房间，然后他会做什么呢？等睡意，重复一遍又一遍的失眠。

一阵心酸忽然涌上姜西的心头。

陈鹤予以前是怎样的？

他曾经一定认识很多很多人，一定和非常多了不起的人物相处过。他曾头顶星辰浮于大海之上，在世界各地的海域内潜水、探险和拍摄；他曾在世界顶尖的海洋研究中心做过研究，写过超出他这个年纪的见解的报告，他在那个领域里一直是个天才。

他不应该是这样子的，他不应该像现在这样心甘情愿被一方院子困住。

今天来这里之前，姜西准备了很多话，她想和陈鹤予聊理想，她告诉了自己一百遍该去劝劝颓丧的他，可现在好像有一根木桩牢牢地抵在了她颈上，叫她无法多言。

他已经这么孤独了，她怎么还想着要赶走他？

“咚咚。”

姜西抬手在院门上敲了几下，然后献宝似的举起另一只手上抱着的大圆西瓜。她冲那边的人大声说道：“陈鹤予，我买了西瓜！”

陈鹤予闻声微微抬眼，他彻底无视那根狗尾草，走过来接过了她手里的西瓜。

“吃饭了吗？”他问。

“在食堂吃过了，你呢？让我猜猜，你肯定是做的炒饭吧。”

“没，吃的三明治。”他提着西瓜往厨房走，还偏头问身后跟着的人，“要切？”

“切，现在就吃，去你房间吃。”

房间里的灯早就被打开了，姜西从馆长办公室搬了一把椅子过来，和原来的椅子并排放在书桌前。

艺术馆工作专用的笔记本电脑也被姜西取了过来，她在电脑上随便找了部电影看。

她盘坐在里侧的椅子上等陈鹤予过来。

没一会儿，陈鹤予带着切得整齐的西瓜过来了。他将盘子往她面前一摆，看了一眼电脑屏幕，什么也没说，在她边上坐下了。

西瓜汁淌满盘底，姜西抽了张纸巾捏起一块西瓜，咬了一口尖尖，只觉得沁甜带沙，她顿时心满意足。

“要是冰的就更好吃了，是不是还有半个西瓜？今晚吃不完就放冰箱里，等我明天下班后过来吃，冰冰的一定很爽。”

陈鹤予靠在椅背上，“嗯”了一声，然后抽了张纸给她。

姜西连着吃了两块西瓜，没见他动手，于是她拿了一块送到他面前：“你不吃吗？”

从她进门到现在，陈鹤予除了刚开始跟她打了个招呼，再没说话。他不声不响的，有点儿奇怪。

“你吃吧。”

陈鹤予摇头。他垂眸间，桌子角上的黑色手机振动起来。

他瞥了一眼来电显示，漠然地按下锁屏键，把电话挂了。

他回头看见姜西正盯着他的手机看，便接过她手里的西瓜，随口问道：“什么时候去芜周？听说合同签得挺顺利，你也会过去。”

姜西抿了下唇，不知道陈鹤予为什么挂断那个备注为“蒲”的电话。

“消息挺灵通啊，我一个字都还没和你说呢。”她将视线从他的手机上移开，笑眯眯地说，“合同今天就签好了，不过有些流程还没走完，但是也不耽误工作的进程。今天收到了芜周市委宣传部的消息，下周二崔栩仟会到场，时间说紧张也紧张，所以我们副总安排我们这周五去芜周，提前看场地，还有一些工作也需要在现场当面交接。”

陈鹤予“嗯”了一声，看着她，问：“怎么样，开心吗？”

“当然开心啊，而且我还特别骄傲。你不说其实我也知道，这件事你肯定帮了忙，不然凭我的工作经验，就算定下了，进程也不会这么快的。所以还要谢谢你，我的好男朋友。”

姜西冲陈鹤予一个劲儿地笑，她脸上本来没有梨涡，因为咧嘴大笑，她唇下两侧看着都像被埋下了好些笑意。

“就是有一段时间不能和你见面了。”她忽然把头往边上侧，说，“如果不是要过海坐船，我真想把你带上。”

“我才不去，我怕你把我丢在芜周。”

“我确实这么想过，但我更怕你吐。”

“如果我不吐了呢？”短暂的沉默后，陈鹤予开口道，“你会怎么样？和我分了，让我走？”他状似漫不经心地来了这么一句。

姜西一愣，她抬起头，嘴角僵硬地重复着那两个字：“分了？”

她先是有些莫名其妙，很快便一脸认真地看着他：“为什么觉得你离开这里是建立在我们分手的前提下？”

陈鹤予没吭声。

也没等他吭声，姜西就放下了手里的西瓜和纸巾，望向面前烟灰色的窗帘，有些出神。

“陈鹤予，我相信一定有人比我更希望你回去，希望你回去做你原来的工作，因为那是你的专业领域。你的成就是多少人不能及的，比如深潜，比如水下摄影，还有你说你主修的是地理吧？你们在拍纪录片的时候，你还是向导？

“我花了很长一段时间消化这些信息，我不介意你因为工作离开我，因为我并不认为离开就等于分开。你走了，我就在这里，我永远都会等你回来。”

“等多久？”陈鹤予没敢看她，只是说，“要是我走了，不回来了呢？每一次出海都是冒险，每个人都随时可能会死。”

他没细数过，但他差点儿死掉的次数两只手绝对数不过来。

姜西不是没从纪录片的花絮中了解过，现在光是回想在幕后花絮中看到的他们团队遇到的那些困难，她都觉得心要碎了。

“你说得没错，我确实担心你不回来，但我不相信你会怕死。”

陈鹤予魔怔似的愣了一会儿，转开了头。

他其实很想说，他就是怕死，怕得要死。

放在以前，他一定会毫不犹豫地说出这句话，但现在他居然硬生生地把这话咽了下去。

对着姜西，他消极悲观的情绪一直在消退。

“别总把我想得太好了，人活着怎么会不怕死，除非是真不想活了。”陈鹤予说着又给姜西拿了一块西瓜。

姜西张了张嘴，内心挣扎了好一会儿，还是把话咽了下去。

她总觉得他太孤单了，从认识他开始，姜西就这么觉得。今天跨过后院门槛，看到他孤单地站在房门口的那个场景，她的心更像是被狠狠地刺了一下。

他不属于这里，他甚至不属于这座城市，他在这里只有街西的几个朋友，并且和她的姑婆有些交集，其他的呢？

他的家不在这里，他的根也不在这里。

陈鹤予之前就对姜西提过，他现在想过的只不过是普通人的生活，日子平淡些也无妨。

再平淡的日子也需要陪伴，姜西心里想着，脑子里忽然冒出两个字：结婚。

是不是结婚了就好了？结婚了，他们就可以名正言顺地住在一起，那么她的家就是陈鹤予的家，她的爸爸妈妈就是陈鹤予的爸爸妈妈。

只要他们结婚了，陈鹤予在这里就有家，也有家人了。

这周五姜西就得动身去芜周岛，最晚可能要半个月后才能回来，那就等她回来再说吧。半个月后，她就给远在M国的父母打了电话，告诉他们她交男朋友了，趁弟弟姜戈的暑假还没有结束，她问问他们要不要回来一趟，见见陈鹤予。

她在心里暗自想着，如果婚礼准备得简单一点儿，那么年底结婚也来得及。

第四章

这场欢迎宴最后成了一场不圆满的送别

01

转眼三天过去了，艺术馆闭馆时间结束，小应、小达还有讲解员阿姨们都回来了。

袁姐是第一个到的。看到姜西从陈鹤予的房间里出来，她并不惊讶，反倒是看着睡眼惺忪、手里拿着盆正要去洗脸的陈鹤予时才露出一副惊讶的神色，说了好多句“什么时候回来的”。

听了陈鹤予的回答，袁姐乐得直拍手掌，说：“我再去买点儿菜，西西今晚下班了也早点儿回来，今晚我要做一桌子菜！”

老街上还是没什么人，晚上门也关得早，姜西到艺术馆的时候，展厅的正门已经虚掩上了。

姜西透过展厅望向后院，四位讲解员阿姨坐在古树下的石凳边，围着圆形石桌剥毛豆，小应和小达从餐厅出来，两人一人一边齐力抬着一张长桌。姜西往左一看，看见陈鹤予也出来了，他过去换下了小应，和小达一起将桌子放到了后院正中央。

日头还是高挂着，姜西抱着两大瓶雪碧，一边走过去，一边嚷嚷道：“就在院子里吃啊，你们不怕晒吗？”

小应看见姜西，“嘿”了一声，说：“西姐，屋里空调坏啦，今天没等到人来修。不过你别急，等太阳再下去一点儿，院子里会变得凉快的。”

姜西心想，可不能等太阳下去再开吃，陈鹤予会受不了的。

“别啊，我都要饿死了。”姜西顺手在长桌上放下雪碧，转头朝厨房里系着大红围裙的袁姐喊，“袁姐，你催我早点儿下班，我今天可是偷偷溜出来的，我们什么时候吃饭？”

袁姐在厨房里听到了姜西的声音，回头应道：“哟，西西回来啦。那我们开吃吧，没谁可等了。”

讲解员阿姨们纷纷进厨房帮忙，把菜端出来。

姜西和陈鹤予一对眼，进屋搬来板凳。

大家进进出出了好一会儿，袁姐也放下铲勺出来了。

人都坐定后，小应惊叫：“呀，杯子还没拿呢！”她又进餐厅拿杯子。

一帮人围着长桌坐好，姜西起身给大家倒雪碧。她最先给袁姐倒，还嘴甜地道：“袁姐今天做菜辛苦啦！”然后她挨个儿给讲解员阿姨们倒饮料。

按照顺序，下一位是陈鹤予，姜西无意识地越过他，先给小达倒。

小应见状，突然“扑哧”一声笑出来：“西姐怎么偏心小达了，鹤予哥该伤心了。”

小达一愣，捧着手里的杯子，喝也不是，不喝也不是。他往左边挪了挪，小心翼翼地看了陈鹤予一眼，说：“哥，要不我这杯先给你？”

陈鹤予笑着摇摇头，朝站在身后的人举起自己的空杯子。

姜西凝视着身前的空杯子，没有下一步动作。她蹙着眉，疑惑地发问：“你也喝雪碧啊？”

陈鹤予给了她一个疑惑的眼神。

姜西谨慎地倾倒雪碧瓶身，说：“我以为帅哥和仙女一样，只喝露水呢。”

“噗——”小达没忍住，直接把嘴里的雪碧喷了出来。雪碧精准地喷到了对面人的脸上，水珠极细极密，对面小应的发丝上都是晶莹的小水珠。

一片哄笑声中，小应鼓着嘴，脸都气红了。

姜西看着一脸哀怨的小应笑得手抖，瓶身不可控制地一歪，饮料从瓶口流了出来。

小达浅灰色的短袖后背上立刻湿了一大片，好在只是一秒，陈鹤予便及时抬手扶住了瓶口。

“西姐，你谋杀啊！”

“对不起对不起，我没控制住。”

陈鹤予索性从姜西手里接过饮料瓶，替她给剩下人的杯子里倒满了饮料。

见状，一位讲解员阿姨笑眯眯地说：“西西，鹤予，你们到底还想瞒我们到什么时候，真当我们年纪大了看不出来？你们这些小年轻，就喜欢搞什么地下恋情，很刺激是不是？我和我先生当年在一起的时候，可是恨不得昭告天下。”

有人起了头，其余的阿姨也纷纷应和：“就是，我说我们西西这么漂亮又这么乖，嘴皮子还这么厉害，怎么连个男朋友都找不到——原来是眼光高，喜欢我们鹤予这样的。”

姜西一时语塞：“你们怎么知道……”

“早就知道了，包饺子那天我们就知道了。西姐，就小达这张嘴巴，你真以为他能憋得住不说哦？”小应边用纸巾擦头发边说。

“哎！说好了不出卖我的！”小达刚要恼，被小应一记白眼瞪了回去。

陈鹤予表情无辜得很，一副“我本来也没想瞒着，但是有人强迫我瞒着”的表情。

姜西面上带笑，但心里早就开始喊冤了：她明明才是那个刚和他在一起就想昭告天下的人好吗？明明是陈鹤予担心她姑婆太早知道了不好，所以才没有公布的。真有他的！

陈鹤予坐在姜西的正对面。他看了看她的表情，夹了一颗墨鱼丸放到她面前的白瓷碗里，神情散漫地冲她挑了下眉：“吃。”

姜西幽怨地用筷子插起鱼丸塞到嘴里，胡乱嚼了几下，又喝了口雪碧，哼哼两声，冲他做了个鬼脸。

塘东老街一片静谧祥和，唯独这后院里笑声肆意。陈鹤予满心感恩地尝了袁姐做的所有菜，哪怕是那道做给其他人吃的清蒸鱼，他也动了筷子。

袁姐起先没在意，直到再次看到陈鹤予伸筷子夹向鱼肉，她才轻声制止：“哎，这是黑石斑，是海鲜，你不是不吃海鲜的吗？”

陈鹤予冲桌子对面的袁姐点点头，示意没事。

真的没事，他居然能将鱼肉吃进口里了。

日头晕出一圈橙光，成片的云层由东向西迁移。

这场宴席，是为了欢迎陈鹤予回来而准备的，但是谁也没有想到，今晚的这场欢迎宴最后居然成了一场不圆满的送别。

姜西和陈庭，还有泽泽，他们到达芜周时是周五晚上，芜周市委宣传部的袁部长特意安排了秘书来码头接她们。秘书姓孙，叫孙思敬，身高估摸着有一米七五。他十分清瘦，面上架着一副黑框眼镜，看着十足斯文。

官方安排的酒店是上一次在领风开发布会时合作过的温爵仕酒店，这在姜西的意料之中。芜周岛上的酒店不多，更不用谈高端的五星级酒店，这一次的活动有崔栩仟的加入，那么首选肯定是温爵仕酒店。

只是姜西没想到都这么晚了，苏瑞丽居然还在酒店大堂里等着迎接她们。

孙思敬只负责把人送到，苏瑞丽则替她们办理了入住手续。因为提前得知陈庭带了泽泽过来，所以苏瑞丽安排的还是抢手的儿童套房。

“姜西，陈庭，你们几个住一间没问题吗？要不我再多开一间房，你们分开住是不是方便些？”苏瑞丽说。

两个拉杆行李箱立在一旁，泽泽紧靠在姜西那个玫红色的行李箱上。姜西闻言摸了摸泽泽的头，说：“不用麻烦，我和庭姐还有泽泽住一间没关系，也方便照顾泽泽嘛。”

“那行，1606，在十六楼左转第三间，朝南的海景房。”

姜西连声道谢，知道定下这样一间房肯定是苏瑞丽给了她们二人面子。

孙思敬替她们把行李送上楼才走。他临走前说：“陈主管，姜小姐，今晚辛苦了。你们早点儿休息，明天上午十点我在酒店门口等你们。”

“孙秘书，谢谢你今天来接我们。”

“不客气，明天见。”

“嘀”的一声，1606的门锁被解锁，姜西伸手推开门，清凉的海风顺着敞开的阳台门一下灌了进来，风中带着夜晚的潮湿和夏日特有的气息，她长途跋涉的劳累瞬间消除了几许。

房间不大，是少儿风格，房间内摆着一大一小两张床，床尾的床幔是海底世界的图案，碧蓝色的灯光打开后，站在阳台上，能看见夜晚的海天一线。

“终于可以好好休息一下了。”

姜西把房间门关上，泽泽单手抓着玫红色行李箱的拉杆，仰着头轻声叫道：“姜西阿姨。”

“哎，泽泽。”姜西蹲下去问，“怎么了，泽泽？”

“阿姨，我困了。”

泽泽一路上都没怎么说话，不过他本身也确实是个不爱说话的小孩子，自小就内向。

姜西知道陈庭是未婚先孕，在公司本就处于八卦话题的中心。她是姜西的顶头上司，因此对于她的基本情况，姜西早在入职的第一周就了解了。

莫壁微的到来曾经一度撼动了陈庭新能源运营部部花的位置，可也只是短短的一段时间。待大家对莫壁微的新鲜感退却，便还是觉得陈庭最漂亮、最耐看。尤其是她身上与日俱增的优雅气质，让姜西都忍不住感叹一句“盛世美颜”。

整个集团中追求陈庭的人不在少数，其中不乏集团高管，但这些人在知道陈庭虽然未婚但是有个孩子后，都很快退却了。

公司里关于“陈庭儿子的爸爸”的身份传言版本不一，但无一例外的是——泽泽的爸爸是个典型的渣男。

听说二人是高中同班同学，渣男在学习最紧张的那一年开始对陈庭穷追不舍。据陈庭高中校友说，渣男的学习成绩和陈庭相差悬殊，大概就是一个稳定在全省后一百名，而另一个稳定在年级前五十名的差距。最后当然是陈庭考上名校，而渣男高中毕业就开始打工。

男方在陈庭所读大学的旁边找了份兼职工作，虽然追求陈庭的人不少，但大概是因为那一段时间她在陌生的环境里，身边又恰好有个熟悉的、对自己好的人，二人开始相恋，一直谈到了陈庭本科毕业。大四那年，陈庭没有选择留在 S 市实习，而是回临州给众达投了简历。

他们的计划是毕业后就结婚，但陈庭在入职众达实习的第一个月，发现自己已经怀孕两个月了。她短暂地慌张了一阵，给在S市的男友打电话，叫他回临州，他却以在S市的工作逐步稳定为借口让陈庭把孩子打掉，婚事随后再谈。

“他出轨了，不止一个。”有一次，陈庭和姜西一起喝酒时，她向姜西透露过。

姜西始终觉得陈庭的温柔是刻进骨子里的。

她舍不得打掉孩子，回了趟S市问男友是否还有商量的余地，而男方像是变了个人，觉得她肚子里的孩子不过是一件物品，拿掉了就拿掉了，当作垃圾扔了便罢。

自此陈庭除了参加毕业典礼，再没有回过学校。

陈庭将两个行李箱拖了进来，将其中一个带卡通赛车图案的放倒在地上打开。她一边翻出泽泽的衣服，一边笑着说：“也是奇怪了，泽泽只要见到你就会黏着你。你数过吗？他这一晚上几乎没喊过妈妈，光顾着叫‘姜西阿姨’了。”

泽泽揉揉眼睛，没笑，也没说话。

“那不是挺好。庭姐，都说了这几天你主导工作，我来陪泽泽。”姜西笑眯眯地把泽泽揉眼睛的手拉下来，牵着他的手进卫生间，“泽泽，我们回房间的第一件事是洗手，然后让妈妈帮你洗澡。等你洗完澡啊，姜西阿姨给你讲故事，阿姨准备了好多故事要讲给你听，几个晚上都讲不完呢。”

小孩本就睡得早，泽泽洗完澡出来，刚沾上枕头就闭上了眼睛。

没等姜西换衣服上床，陈庭就摇了摇头，笑着说：“已经睡着了。”

她们轮流洗澡，泽泽和陈庭睡在较大的一张床上，姜西则在靠近泽泽一旁的小床上睡下。

床头留了盏昏黄的夜灯，阳台的门也开了半扇，窗帘没拉上，月光透过玻璃照亮了半个房间，四周安静了下来。

“姜西，开着灯你睡得着吗？不好意思，泽泽怕黑，我应该给你带一个眼罩的。”陈庭躺下去，又撑起身来轻声说道。

姜西借着光摆手，她压低嗓音说：“没事的，庭姐，我有时候睡觉也不关灯呢。”

“是这样啊。”陈庭躺了下去，“那我就放心了，你休息吧，晚安。”

姜西到芜周岛码头的时候给陈鹤予发了语音消息，告诉他她已经到芜周了，有人来接，不用担心。睡前她又给他发了条文字消息，说她已经在酒店准备睡觉了。

陈鹤予回复了语音消息，没有回复文字消息，想必他已经先她一步睡了。

姜西闭上眼睛，心里想着陈鹤予。这一觉，她睡得很香甜。

02

目前市面上形形色色的概念车款不在少数，众达去年的年度报表显示，国内外有多家车企的概念车款停留在创意、试验阶段。的确如此，概念车与大批量生产的商品车不同，商品车是投入生产前就定制好的，而概念车可以存在幻想，可以与传统制造工艺脱轨，以展示其独特之处。

众达的新能源第五代概念车与市面上的概念车稍有区别，自从众达汽车研究总院在内部分享了新能源第五代概念车的理念之后，就得到了全国各地研究分院的支持，故此，投入大批量生产的第五代汽车与最初的概念车款大相径庭。

芜周岛上有众达的车行，姜西和陈庭早在来芜周之前就已经和岛上的车行对接好，车行会负责全程运送从众达汽车研究总院出发的四辆概念款新能源第五代汽车。

周六这天，四辆崭新的车顺利运达，姜西和陈庭各自试驾了一辆。二车齐头并行，在环岛行驶三十公里后返回车行，再由她们换下一辆试驾。

没过多久，四辆车试驾结束，姜西和陈庭被车行老板请到二楼喝茶。

“等第五代上市我就把车换了，新车也太好开了吧，怪不得我们艺术馆的小达嫌弃我的车。在驾驶体验感上，第五代完全是质的飞跃。”姜西上楼的时候还在感叹。

这家车行开了很久，岛上的众达汽车有百分之九十都是从这家车行卖出去的。车行老板姓李，年纪在四十五岁左右，在岛上开了十几年车行，还是第一次见到众达总部的人。

老板普通话不是很标准，爱讲平舌音。他给两位女士泡好茶，又不知道从哪里拿出一罐旺仔牛奶给泽泽，笑眯眯地说：“两位老板，不知道第五代上市后，我们车行有没有机会获得优先供货权？我们这岛小，车也开不出岛，岛民们买车就为了代步，所以这两年对新能源汽车的需求越来越大，我们店里销量最好的就是新能源第四代汽车。现在第五代快上市了，我猜都不用猜，众达会按照一贯的套路搞‘饥饿营销’，到时候货量少，需求高，愁的还是我们这些小车行哟。”

“老板果然懂行啊，众达从来没承认过的‘饥饿营销’都被你摸透了。”姜西抿了口红普洱茶，和陈庭对视了一眼。

陈庭点点头：“老板放心，新车上市之后不需要优先供货也能保证每个车行货源充足。虽然第五代的定价还没有出来，但我们能向你保证的是，首发价格一定不会高于第四代首发价。到时候，销量和库存一定是成正比的。”

“第四代？”李老板摸了摸耳朵上的烟，惊讶地张大了嘴道，“不到十八万？”

“不到十五万。”

“真是质的飞跃！”

陈庭仍旧点头：“不是一点半点儿。”

“嚯，这可是好消息啊！”

老板立刻就把这个消息发到了微信群里。他在芜周岛的车行虽小，可他的微信群里可是有全国百家大小车行的老板。

消息发送出去，李老板便顾不上理姜西和陈庭了。他几个微信群来回切换，消息都来不及回。

“真的真的，我这儿就坐着总部的两位女老板呢，怎么不相信？她们就是管新能源汽车这一块儿的。”

老板切换了一个群，再次发语音消息：“都说了是真的，我这儿就坐着总部的两位女士呢，怎么不信？她们就是管新能源汽车这一块儿的。”

“真的真的……”李老板咂咂嘴，皱着眉头松开语音发送键，很快又往屏幕上一按，“哎哟，这里发过了。”

姜西低头一笑，暗自对陈庭竖了个大拇指。

庭姐实在是高，借这位老板一人之力，在这么短的时间里，就已经通知到各大车行做预热工作了。

周六完成了试驾工作，周日，陈庭和姜西跟随孙思敬，还有芜周市委宣传部的几位干事去挑选拍摄场地。他们最终定下的地方是“领风 JUST”上市时环岛试驾的地方。

蔚蓝色的海面辽阔无边，礁石与堤坝一同迎接海浪，晴空万里时海天一色，是拍摄场地的不二之选。

转眼三天过去，按照正常的行程，崔栩仟明天就会到达芜周岛上。

这晚，泽泽早早地洗了澡，穿着白底的小恐龙睡衣，趴在床上听姜西讲故事。姜西在路过书店的时候特意买了绘本，一大一小两个人趴在床上，一个听，一个讲，说到精彩之处，姜西手脚并用地模仿，逗得泽泽抿嘴直笑。

姜西看见泽泽笑，心情也很好。虽然泽泽不会张嘴大笑，但熟悉泽泽的人都知道，这样笑已经是他发自内心地感到高兴了。

陈庭在一旁折衣服，看得欣慰。

“考虑过什么时候结婚吗？早点儿生个宝宝，和我们泽泽做伴。”陈庭把折好的衣服放进衣柜，摆整齐。

泽泽拿着绘本自顾自地认真翻了起来。姜西翻了个身，平躺下来，双手覆在平坦的小腹上说：“最近倒是有了这个想法。庭姐，说不定你真的快能喝上我的喜酒了。”

陈庭略显惊讶：“他向你求婚了？”

姜西摇摇头：“没呢。不过求不求婚不重要，我不看重形式。”

姜西说着，右手往上移到自己的脖子间，她还戴着陈鹤予向她坦白人生经历那天送她的项链。这条项链是他妈妈的遗物，他早早地给了她，其实也算是一种承诺。

看着蓝色水柱吊坠，姜西终于知道为什么是蓝色了，那是大海的颜色，是他多年来最喜欢的颜色。

“这么说，就算他不求婚，你也愿意嫁给他？”

“当然了，嫁给他，我求之不得。”姜西说。

陈庭挑了下漂亮的眉头，说：“你这么说，我倒是越来越好奇他是个什么样的人了。”

姜西双手捧住那枚蓝色水柱吊坠，仰着下巴，视线放在碧蓝色的吊灯上，满眼仰慕：“他呀，当然是个很好很好的人。我从来没遇见过这么厉害、这么好的人。”

虽然陈庭自己没遇见过好的爱情，但她不否认爱情的存在。她看见了，现在姜西的眼睛里就有爱情的样子，那么纯粹，一点儿都不像当年的她。

陈庭想了想，还是想说几句过来人的话叮嘱她。

她话还没到嘴边，放在靠窗的玻璃桌上的手机忽然响了。陈庭走过去，看了一眼来电显示，莫名有种不好的预感。

“是孙思敬。”

“这么晚了，他打电话干什么？”姜西翻了个身，看着陈庭接电话。

三言两语的工夫，陈庭就皱着眉头回了句：“什么？”她很快又问，“是因为反悔了吗？”

“那好吧，最晚是哪天，对方有说吗？”陈庭垂眼，道，“好，我知道了。”

挂了电话，陈庭的腰依靠在玻璃桌旁，看着一脸疑惑的姜西，叹了口气。

“崔栩仟明天来不了岛上了，他们在芜周市遇到了点儿情况。”

沿海公路上的车很多，一大早，鸣笛声和车流声就吵醒了开着阳台门睡觉的三个人。

陈庭率先起床洗漱，换衣服，最后在卫生间的镜子前化了个淡妆。收拾好了之后，她拿起挂在门口的黑色皮包走到正在玻璃桌边梳头的姜西身边。

“没想到岛上的会议改成了去市里开会，大概要两天，姜西，泽泽就交给你了。”

昨晚接到孙思敬的电话后，陈庭就觉得莫名其妙。原计划所有拍摄和行程都安排在芜周岛上，可她被临时告知有两场会议安排到了市里，理由是崔栩仟个人希望推迟两天上岛。

更离谱的是，合作方希望众达这边只出一个人出席市内的会议。

不用说，这“一个人”当然只能是作为运营部主管的陈庭。

姜西昨晚听完陈庭的转述，眉头就拧了起来，行程变换地点不说，合作方居然还如此委婉地表示不让她去？

宣传部这边大概也觉得不好意思，孙思敬在电话里客气地对陈庭说，为了不让姜西无聊，他们特意给她安排了第二天的水上游乐项目。

“放心吧，庭姐，泽泽这么乖，我会带好他的。我呢，就当是放假了，毕竟上个周末都没休息呢。”

陈庭坐早上的第一班轮渡赶往市里。会议在早上九点开始，她不能迟到，不能让合作方对众达产生不好的印象。

陈庭一走，姜西的步调就慢了下来。她陪着泽泽赖了会儿床，八点半的时候两个人才慢悠悠地下楼吃早饭。

泽泽胃口一般，虽然自助餐厅里早餐的种类繁多，但泽泽只拿了牛奶和水煮蛋。落地窗边的餐桌上，姜西和他面对面地坐着，她觉得不爱说话的泽泽真像个忧郁小王子。

“泽泽，你会游泳吗？”姜西手肘撑在餐桌上，替泽泽将水煮蛋的壳剥开，然后递过去。

泽泽接过水煮蛋，点了点头。

姜西欣慰一笑：“好厉害，阿姨都不会游泳呢。是妈妈带你去学的吗？”

泽泽又点了点头。

吃过早饭，姜西牵着泽泽就近找了家儿童乐园玩，其间孙思敬给她打过一次电话，说他已经预订好了距离温爵仕酒店六百米的水上项目，她想去随时都可以去，直接报名字就可以了。

带着泽泽，姜西当然不会去玩有危险的项目，于是她说离岛前有空的话她会过去，还谢过了对方的好意。

由于正值暑假，儿童乐园里的小孩子很多。泽泽在人多的地方更加拘谨，姜西本来在休息区找了个座位看泽泽玩，没想到泽泽只站在一堆泡泡球里，有些无措地抛着泡泡球。

不知道为什么，看着泽泽，姜西莫名就想到了陈鹤予。泽泽低眉顺眼的神情，有那么一点儿陈鹤予的影子。

她坐在一旁看得好心酸，连忙扯了个大大的笑脸走过去，说：“泽泽，泽泽，你想不想吃棉花糖？阿姨给你买。”

姜西指着儿童乐园的前台，那里正好有一对父母牵着女儿在等前台工作人员做棉花糖。

泽泽看过去的时候，工作人员正将一大团粉色的棉花糖递给小孩爸爸。

泽泽的视线一直追着那三个人。他看着小女孩开心得直蹦，看着她接过爸爸手里的棉花糖，甜甜地说：“谢谢爸爸！”

“我要吃两个棉花糖，阿姨。”泽泽仰头说道。

姜西买了两个棉花糖，泽泽安安静静地吃光了。等他吃完棉花糖，姜西便陪着他一个项目一个项目地玩，半天下来，他总算开怀了。

在儿童乐园里解决了午饭，他们出来的时候天正好是阴着的。室外并不算热，姜西便陪着泽泽在沙滩上玩，一直玩到天快黑了，两人才去边上的露天餐馆吃饭。泽泽没有忌口，于是两个人点了一份海鲜炒饭、一份水煮基围虾，还有两只新鲜的大椰子。

一天玩下来，不说泽泽，姜西都觉得累到不行。

“吃完我们就回去洗澡、睡觉好不好？”

“好。”

姜西忍不住摸摸泽泽的小蘑菇头：“我说什么你都说好。”

天已经完全黑了，沙滩上趁着天黑出来散步的游客不少。姜西担心晚上蚊虫多，等泽泽吃完就带他回了酒店。

两个人刚刚走到温爵仕酒店正门口的喷泉外围，喷泉忽然亮了灯。灯光耀眼，泽泽不自觉地伸出没有被姜西牵住的右手。

“泽泽，不可以！”姜西偏头看见泽泽向喷泉伸出的右手，连忙蹲下去圈住他，将他已经伸到一半的手拦了下来。

流水声哗哗地响，姜西呼出口气，耐心地说：“泽泽，喷泉的水是不可以玩的。你看啊，这里面有灯光，那灯是怎么亮的呢，是不是需要通电才能亮？”

泽泽不明所以地摇了摇头。

“通了电的灯才会亮，那么如果线路里的电不听话的话，它是会跑到水里玩的，所以喷泉里可能会有电。要是碰到了电，是会很痛的。泽泽，以后要记住，漂亮的喷泉我们只能看，不能碰，知道吗？”

泽泽像是听懂了，他看着姜西的眼睛，认真地点头。

“真乖。”

姜西笑眯眯地站了起来，牵好泽泽的手继续朝酒店的正大门走。她随意地往外一瞥，忽然对上了正门外一个男人的眼神。

那男人很高，身穿黑色的工装，工装看着有些旧，肩膀和膝盖的地方都被磨成了灰色。在对上姜西眼神的一刹那，那人突然撇开了脸，顿了两秒，忽然迈步往大街的方向走去。

这人有点儿奇怪。

不过姜西没多想，她实在是太累了。

回到酒店的房间里，泽泽自己抱了衣服去洗澡，不要姜西帮忙。姜西给浴室的门留了条缝，告诉泽泽有什么需要就叫她。

泽泽很乖地一直说“好”，他这一整天都没哭，也没闹。

泽泽洗完澡出来就睡了，都不需要姜西哄。

开着床头的小夜灯，姜西去了阳台上，给陈鹤予发消息。

姜西：“这两天艺术馆的客人多吗？我今天休假，带泽泽玩了一天，把泽泽累瘫了。”

姜西：“他真的好乖哦，以后我的儿子也要这么乖。”

姜西：“嗯……如果再开朗一点儿就更好了，像我一样。”

姜西洗完澡出来才看见陈鹤予发来的消息。

CHEN：“倒不必像你。”

CHEN：“有你一个就够了，再多一个受不了。”

姜西回了个骂骂咧咧的表情包。

03

第二天上午，阳光已经洒满房间，一大一小两张床上的人都还在睡。均匀的呼吸声中，床头的电话突然响起尖锐的铃声。

姜西被吓了一跳，手从被子里伸出来接电话。

“早上好，客房叫醒服务。尊贵的顾客，现在是上午十点二十分。”

姜西愣了两秒，叫道：“瑞丽？”

电话那头，苏瑞丽也是一怔：“我的声音你都能听出来？太叫我感动了。没别的事，就是正好在这边看到你预约了客房叫醒服务，顺道把这活儿从我们客房部小妹妹手里揽过来了。”

客房叫醒……姜西撑着手坐起来，苦涩地一笑：“啊，我忘记取消了。本来今天有重要的会议，我还担心我和庭姐睡过头，结果会议被取消了。”

“那你要不要下楼吃饭？这里有宴会。”

“什么宴会？”

“纪总表弟的婚宴。不过今天这不是正式的婚宴，明天才是。”

姜西花了两秒来想这个纪总是谁。

“你是说你们酒店的纪总经理？”

纪至恺是温爵仕酒店的总经理。姜西既然能和苏瑞丽打上交道，那自然也和纪至恺有过几面之缘。

纪至恺是一位很年轻的成功人士，每每见到，他都是身穿一套整齐的西装，样貌清秀。说起来他还和孙思敬长得有那么一点儿相像，只是个子比孙思敬高出许多。

苏瑞丽在电话里解释，纪至恺表弟的婚宴在自家酒店办，他把所有能抽空吃饭的员工都请了过去，所以苏瑞丽才会多嘴一问。

纪总的婚宴姜西都不好意思去蹭饭，更别说是纪总表弟的婚宴了。

下午，姜西带泽泽去岛上的小商场逛街。路过甜品店，泽泽眼神留恋地看了好久，姜西犹豫了一下，还是牵着他进去，点了份三人套餐。吃到最后，泽泽满足地打了个饱嗝。

“你妈妈平时一定很少给你吃甜食吧？泽泽，阿姨这是偷偷地带你吃的，千万不能告诉你妈妈哦。”

“嗯。”泽泽捂着嘴偷偷地笑。

晚上，姜西打算和泽泽一起回酒店吃自助餐，半路接到了陈庭的电话，说市里的会议今天已经结束了，明天其他人会坐轮船来岛上，她买到了今天最后一班轮船的最后一张票，现在已经快到码头了。

“妈妈要回来了哦，她让我们在酒店餐厅等她。”姜西挂了电话，转头对泽泽说。

泽泽一句话也没有，但是他咧开嘴，笑得露出了大白牙。

陈庭风尘仆仆地赶到酒店餐厅时，面上的妆容仍旧精致。她刚将包放下，泽泽就喊了声“妈妈”。

“哎。”陈庭先是微笑着答应，然后满脸感激地看着姜西，说，“这两天辛苦你了，姜西。市里开会，我实在顾不上泽泽。明天他们就都过来了，我已经在他们面前混了个脸熟，之后你多出面，泽泽还是我来带。”

“泽泽很乖，特别好带。”姜西说，“庭姐，这两天的会议，崔栩仟也有参与吗？”

“你说参与吗？”陈庭摸了摸泽泽的脑袋，笑着回答，“别说全程参与，连盒饭都是跟我们一起吃的。他没什么明星架子，第一天我就和他加上微信了。”

姜西不由得愣了：“微信？”

她看着陈庭问道：“庭姐，我能看看他的朋友圈吗？”

半夜十二点半，姜西还是没有睡意。

她给陈鹤予打过电话、拨过语音，不是呼叫结束，就是被挂断，只有发给他的微信消息一直在被回复。

泽泽和陈庭都已经睡熟，姜西把手机亮度调到最大。在床头夜灯的映衬下，手机屏幕的光亮在房间里不至于显得太过突兀。

芜周岛的夜间气温通常在二十五度左右，入夜后会比较凉，此时一阵挟带着寒意的海风从未关上的半扇阳台门里吹了进来，姜西打了一个哆嗦。她把铺在一边的薄被拉过来，将自己盖得严严实实，侧过身，将脸贴在柔软的枕头上。

她的手机界面还停留在和陈庭的微信聊天框上，是她傍晚在自助餐厅用陈庭的手机看完崔栩仟的朋友圈后截下的一张图，然后使用陈庭的微信发给了她自己。

这一系列的操作，当然得到了陈庭的同意。

崔栩仟的朋友圈内容并不多，个人生活方面的分享更少。陈庭收回手机，看到姜西截下的是崔栩仟的一张双人合照。

合照的背景像是在一个酒店套房内，照片是用不带任何滤镜的原相机拍摄的。不得不说，崔栩仟这张脸挑不出任何瑕疵。

崔栩仟站在前面，半张脸占据了照片一半的位置，而他的后侧是个长相极其出众的男人。那男人应该是刚洗过澡，正穿着酒店的浴袍坐在沙发上，手里拿着个玻璃杯。照片定格的时候，崔栩仟嘴角露出坏笑，而他身后的男人空洞的眼神也恰好看向了崔栩仟。

虽然两个人都看着镜头，但陈庭猜，照片大概率是崔栩仟偷拍的。

陈庭早在加上崔栩仟微信的时候就翻过他的朋友圈，他本人出镜的照片就唯独只有这一张。见姜西在翻过崔栩仟朋友圈后把这张照片保存了，陈庭还挺诧异，问："怎么，开始追星了？是崔栩仟还是他身后那个？"

姜西当时看着自己的手机，摇摇头，没说话。

第二天一大早，陈庭带泽泽下楼吃早餐，直到十点钟都没有回来。姜西因昨晚失眠，等陈庭和泽泽出门后，便蒙着被子一直睡到肚子咕咕叫才爬起来去卫生间洗脸刷牙。

下午要和芜周市区的领导见面，姜西平时很少化妆，但为表对人尊重，她这次特意化了套全妆，大地色的眼影和粉色的腮红一样不落，就连几乎没派上过用场的睫毛夹也被她翻了出来。

她的行李箱里还有陈庭在出发前嘱咐她带的正装——女士白衬衫和黑色小脚西裤。姜西打开行李箱拿出衣服换上，然后将头发束成一个低马尾，干练的装扮有了几分陈庭平时的样子。

接近午餐的时间，姜西不知道陈庭带泽泽去了哪里。她打开微信才发现陈庭早就给她发过消息，还给她打了个电话，只是她没接到。

陈庭："我在大堂碰到纪总经理了，他请我们去参加他表弟的婚宴。盛情难却，你醒了就下楼来一起吃顿饭吧，我们在二楼大宴会厅的25号桌。"

姜西昨天没好意思去，但心里一直记挂着该去和纪至恺打声招呼，没想到今天陈庭碰巧遇到了纪至恺。纪至恺为人热情得过分，不然也不会请自家酒店的员工参加他表弟的婚宴，想来陈庭也是真的拒绝不了才过去的。

一顿午饭而已，多她一个也没什么。

姜西在门口换鞋，门铃突然响了。

紧接着，房间的门被敲了两下，有人说：“姜小姐，有您的花。”

隔着一扇门，姜西以为自己听错了。她打开门，一大束粉色的香槟玫瑰出现在她的视线之内，花香尤其浓烈，像是特意喷过香水。

她鼻子一痒，连忙捂住，说：“不好意思，我没有买花，是不是送错了？”

门外是位穿着酒店制服的侍应生，他将手上的花往姜西手上一送，笑容灿烂地说：“姜小姐，欢迎入住温爵仕酒店，这是我们纪总经理送您的花！他衷心祝福您入住温爵仕酒店的每一晚都有美好的体验。”

“纪总经理？”姜西神情茫然地接过侍应生递来的花，问，“你是说纪至恺？”

“是的。”侍应生点头，“如果姜小姐没什么事情的话，我先下去了。”

大束的花抱在怀里格外烫手，姜西忽然想起几年前韩域也送过她这样的花，空运过来的价格不菲的香槟玫瑰，配上昂贵的品牌香水。

姜西觉得莫名其妙，快速地扫了一眼花束，心中瞬间有了答案。

果不其然，是十四朵。

几乎没有人会送别人含“四”字数量的花朵，国人都介意这个，觉得寓意不好。但韩域不是，他给她送花，花朵数量永远都是十四，因为姜西的生日是六月八日，“六”加“八”，是十四。

姜西捧着花，没有再回房间。她将房卡一拔，直接坐电梯下了楼。

在到达二楼时，电梯内的人蜂拥而出，原来都是来参加婚宴的客人。

出了电梯，只见一整条长廊上都是不同风格的婚宴甜品桌，中式、西式都有，桌子一律摆在走廊的一侧。

婚宴暂未开始，早到的客人大多聚在甜品桌旁聊天。姜西一眼就看到了纪至恺，人群之中，他穿着一身笔挺的黑色西装，胸前打着喜庆的红底领带，手里端着一个已经见底的香槟杯。

宴会厅门外，正端着餐盘收酒杯的侍应生走向纪至恺。感觉到侍应生在他身侧停住，纪至恺转身，正好看到了捧着大束香槟玫瑰的姜西。

将杯子稳稳地放在侍应生手中的托盘上，纪至恺挑了下眉，从上往下扫了姜西一眼："好久不见，姜小姐。"

"纪总经理，听苏总监说您表弟今天新婚，恭喜。"姜西笑得很勉强，手中的花几乎被她单手挽在臂弯里。

走廊上人来人往，姜西这样一身白色衬衫、黑色西裤的正装装扮，如果再套一个黑色马甲，就和这里的女侍应生穿着无异了。

纪至恺看到的第一眼就这么觉得，所以没忍住轻轻地笑了一下。

"我倒觉得姜小姐这架势，不像是特意来恭喜我的？"

姜西没有拐弯抹角，直接把花往纪至恺怀里一塞，说道："纪总，我知道你和韩域是好朋友，但是我有男朋友了。韩域的花我以前不会收，现在更不会。"

"我以为是什么事，原来是对花不满意。"纪至恺笑了笑，招手叫来侍应生，低声吩咐，"去把花扔了。"

姜西没有刻意压低声音，加之她突然出现在这里，把大束的玫瑰花硬塞到了这场婚宴的主家，也就是这家酒店的总经理怀里，多少引起了些波澜。

姜西声音放轻了些，说："不好意思纪总，我没有别的意思。

我对事不对人，是我唐突了。”

纪至恺从一旁的甜品桌上拿了盒纸杯蛋糕递给姜西，说：“没关系，姜小姐，今天你在这里，就是温爵仕最尊贵的客人，你能享受最佳的居住体验对我来说才是最重要的。姜小姐想做什么，想说什么，和我提就是了。”

“谢谢纪总理解。”

“不必客气。”纪至恺说，“昨天让瑞丽请你没把你请动，今天一捧花把你请了过来，说起来，我还得感谢韩域。”

姜西接过纪至恺递来的纸杯蛋糕，拿在手里没动。她忽略掉纪至恺话中的最后两个字，不好意思地笑笑，道：“纪总，上一次浦江邮轮答谢晚宴上我以为能见到你，问起瑞丽才听说你当时出差了，很遗憾没见上面。这次在温爵仕住了大半个星期也没有过来和你打招呼，是我们礼数不周。”

“姜小姐这么说可太言重了。”纪至恺顺手从一旁的桌上又端起一杯酒，说道，“对了姜小姐，我心中一直有个疑问，不知道当问不当问？”

“纪总有话直说，我没什么秘密的。”

纪至恺“哦”了一声，问道：“姜小姐和芜周市环保协会的雷主席是怎么认识的？浦江邮轮晚宴那天如果我在场，就该是我带着雷主席来见你了，不巧那会儿我已经身在东浦机场的候机厅。我记得很清楚，雷主席是在上了邮轮之后给我打的电话，他指明要见你，我才特意跟瑞丽确定了你在现场，才委托瑞丽带雷主席去见的你。”

姜西怔在原地，她手指刚刚还在蛋糕底部绕圈圈，听见这话，身子像是被定住了，连苏瑞丽什么时候走了过来也不知道。

苏瑞丽穿着一身黑色的工作服，站在姜西的侧后方拍了拍她的肩膀：“姜西？姜西？”

姜西回过神：“哦，瑞丽。”

“我是专门出来找你的，怎么不进去？陈庭在席位上等你。”

姜西向纪至恺微微颔首：“纪总，你招待客人忙，等你有空了，有机会我们再聊。”

她转身之际，走廊的另一端忽然爆发出一阵惊叫，不是人在恐惧的时候发出的声音，而是惊喜时才会发出的声音。

站在靠近宴会厅大门的一帮人齐齐地往走廊那端望去，只看到一群年轻的女孩子不知道簇拥着谁，把人完全困在了原地。

姜西眯眼一看，认出了中间个子最高的男人头上的那顶“Q”字鸭舌帽。

“小仟小仟！看这里！”

“小仟，小仟，这是给你的信。”

“哥哥，信！”

……

这边，纪至恺叫工作人员停下手头的工作过去帮忙，把崔栩仟从人群中解救出来。所有粉丝都被拦在了楼道口，吵闹声逐渐消失。

两名安保人员把崔栩仟左右护住，带了过来。

崔栩仟一边走，一边摘掉了帽子。他今天穿得低调，宽松的大黑T恤和宽松的运动裤，风格完全照搬陈鹤予。

等崔栩仟走得近了，姜西看见他袖口的字母“C”，心里咯噔一下。

虽然衣服已经被洗过很多遍，发白泛旧，但姜西不会认错，这就是陈鹤予的衣服。

04

“纪总，又见面了！”崔栩仟率先和纪至恺打招呼，转头看见姜西，他猛地挥手，表情比刚刚那帮见到他的粉丝还要惊喜，“咦，姜西姐！”

崔栩仟的到场让整个婚宴现场更加热闹。宴会厅里的人听说崔栩仟在门口，便不断地有人从里面出来，有远远地看他的，也有原本认识崔栩仟，过来打招呼的。

姜西的视线已经牢牢地定在崔栩仟袖口的“C”上。她静静地等着崔栩仟和一拨又一拨的人打完招呼，然后看着他来到她面前。

崔栩仟笑嘻嘻地问她：“姜西姐，陈庭姐没和你一起过来吗？”

“她在里面。”宴会现场声音这样嘈杂，她居然还听到自己的声音带着一丝沙哑，“小仟，陈鹤予来了吗？”

“啊？”崔栩仟的反应比姜西预料的更大，他有些惊慌，又有些尴尬，不知道该怎么开口。

过了半晌，他挠挠头道：“没意思，你都知道了啊，哥是在玩我吗？他还让我瞒着不告诉你。哎！不过这样也好，嫂子，我终于能叫你嫂子了！”

姜西心下一凉，没想到自己的猜测居然成真了。她微微张嘴：“陈鹤予人在哪里？”

“就在楼道口，他要躲蒲老师。我说直接坐电梯上来吧，他还不听我的，非要走楼梯，结果蒲老师知道他的心思，就等在楼梯口堵他。”崔栩仟说，“他被蒲老师拦住了，现在正在被蒲老师训话呢。”

姜西走到楼梯通道口，没有看见陈鹤予，只看见了刚刚那帮粉丝。她们聚集在楼梯口不肯走，苏瑞丽正在苦口婆心地劝离。

苏瑞丽身边一位侍应生看见姜西慌慌张张地跑过来，以为是这批粉丝中的漏网之鱼，便一把抓住了推门出来的姜西的手臂。苏瑞丽看见是姜西，连忙来解围。

顾不上回应侍应生的道歉，姜西问苏瑞丽：“刚刚有人在这里吗？一个年轻男人和……另一位，应该是位有点儿年纪的老先生。”

苏瑞丽说：“这里都是女粉丝。”

这时，躁动的粉丝中忽然有一个架着相机的女生说：“姐姐，我知道你要找的人在哪里，是刚刚和我家哥哥一起上来的帅哥吧？姐姐，你帮我把信转交给我家哥哥，我告诉你他去了哪里。”

女生越过苏瑞丽过来递信，姜西一把接住，说道：“没问题，信我帮你给他，他在哪里？”

女生说：“本来是在楼梯间的，他们嫌我们吵，已经先我家哥哥一步进去了。你刚刚过来的时候有没有看见挂着‘勿扰’牌子的一扇门？他们就在那间房里。”

“右手第二间宾客休息室，就是门口甜品桌上摆着‘囍’字蛋糕那里。”苏瑞丽提示。

姜西匆匆点头，小跑到那间挂着“勿扰”牌子的宾客休息室门口，不等她犹豫是否要敲门，那扇门就被人从里向外推开，陈鹤予高挑的身形出现在半开的门口。

与往日不同，今天的他没有穿一贯穿的黑衣黑裤，而是一身白色衬衫和黑色西裤。

他居然和姜西不约而同地穿了情侣装。

姜西手里死死地捏着那封明黄色的信。如果不是在克制，大约要对不起刚刚那位粉丝妹妹了，她快把信给捏烂了。

陈鹤予开门看见姜西不由得一惊，小姑娘眼眶红红的，气息有点儿急促，在和他对视后，她的鼻尖也迅速变红了。

“咳。”一声轻咳打断了二人的对视。

蒲利江只比姜西姑婆小十岁，样貌看着却像是小了二十岁。

姜西是认识蒲利江的，他是水下摄影界十分有名望的大师，除了她的姑婆姜颖陶，就是眼前这位蒲大师了。

她对上蒲利江投来的意味不明的目光，老老实实地打招呼："蒲老师好。"

蒲利江皱着眉头，先是看了陈鹤予一眼，然后沉默了好一会儿，才发出一声长长的喟叹："小西，好久不见。"

二人打完招呼，蒲利江并没有问姜西今天怎么会在这里。

姜西想，她和陈鹤予的事情，大概他都知道了，或许他知道的事情比自己知道的还多。

陈鹤予为什么来到临州，陈鹤予怎么认识崔栩仟，陈鹤予今天为什么来到这里，诸如此类的她想不通的事情，蒲利江大概都比她清楚。

苏瑞丽处理好了粉丝的事情，踩着高跟鞋从楼道口过来。经过姜西的时候，她左右看了看，笑着问了句"怎么站在这里聊天"，接着请他们回宴会大厅参加快开始的宴会。

"鹤予，你跟我走，我还有话要问你。"蒲利江又对姜西说，"小西，我晚会儿会找你。难得你还记得我，作为你姑婆的老朋友，在外面碰上你，一顿饭我还是要请你吃的。"

姜西点了点头，说了声"好"。

"蒲老师，我晚会儿再来找你行吗？"这是陈鹤予看到姜西之后开口说的第一句话。

蒲利江一顿，饶有深意地笑了一声："你现在知道着急了？早干吗去了？我给你打电话的时候你不接，我去临州找你的时候你跑了，现在我来芜周了，好不容易逮到你，我敢把你放了吗？"

"就几分钟——"

"陈鹤予，你先跟蒲老师走。"

姜西的眼眶早就不红了，相反，陈鹤予的眼里有那么一点儿红。要不是第一眼看见他的时候，他面色如常，姜西都要以为他刚才吐过。

她凑到陈鹤予身边，轻轻地握住他的手腕，声音轻柔地说：“我没有不开心，你不用着急和我解释。我急着找你只是因为不知道你是怎么过来的岛上，我担心你会难受，会吐。你先和蒲老师走，有什么话，我们晚会儿说。”

宴会大厅内，几乎所有人都已经落座。陈庭到得早，给姜西留了一个她旁边的座位。

25号桌在整个会场的东南角，是安排给陈庭和姜西这样的普通客人的，边上几桌坐的就是温爵仕的工作人员。苏瑞丽领着姜西落座的时候，随意地瞥了眼桌上的人，这才看到陈庭座椅的另一侧坐的居然是压低了帽檐的崔栩仟。

“崔先生！”苏瑞丽躬身凑过去说，“您的座位在6号桌，不如我现在带您过去？”

“不麻烦你了，我坐这儿挺好，那桌没我认识的人，这儿有我嫂子呢。”崔栩仟笑嘻嘻地看了姜西一眼，下一秒，他忽然吃痛地“嗷”了一声，“哎！小孩儿，你拔我腿毛干什么？”

“泽泽！”陈庭脸一红，对着身旁的崔栩仟说了声“不好意思”，然后立刻把藏在桌下的泽泽拉了出来。

“没事，爱拔也行，就是下次拔之前能给哥哥打个麻药吗？哥哥特别怕疼。”崔栩仟靠在椅背上，抬手胡乱地揉了一把泽泽的蘑菇头。

泽泽抿嘴一笑，一溜烟地逃跑了。他绕过陈庭的椅子，一下子扑到姜西腿上，仰着头喊道：“姜西阿姨。”

“哎。”姜西温柔应答，“泽泽要和阿姨坐在一起吗？”

泽泽摇摇头，转了个身，又扑进了陈庭怀里。

宴会现场，工作人员在做最后的准备。方才用来进出的厅门已经被关闭，唯独正对着舞台的大门一直打开着。

会场嘈杂，姜西起身凑近陈庭说：“庭姐，午饭我就不吃了，你们多坐会儿。”

室外的阳光比这一周的任何一天都要毒辣，空气中浮动着炙热的暑气。阳光照在沙滩上，使得整个沙滩都蒙上了一层金光。

椰林婆娑，海面波光粼粼。姜西从酒店正门出来，看见西边沙滩上有搭建的大棚，棚外停着几辆海上摩托和快艇，孙思敬替她预约的海上项目就在那里。

中午来玩的人并不多，工作人员懒洋洋地躺在棚内的懒人椅上，手指飞快地点着玩游戏。

“姑娘。”有位胡子拉碴的大叔挤出两秒钟的时间睨了姜西一眼，“有预约吗？”

姜西报上了名字。

大叔不情不愿地坐起来，一直玩到游戏结束，才慢悠悠地站起来，在电脑上搜索预约详情。

“嘿，让姑娘你久等了，”的确有这么个预约，大叔清清嗓子，说，“海上摩托、快艇、香蕉船、潜水，你选三个。”

姜西没多想，说：“我先玩海上摩托吧，你这儿有可以换的衣服吗？”

大叔打量了一眼，见姜西穿的是一身正装，摇摇头：“没换的衣服，不过隔壁有我老婆摆的摊子，你要是怕打湿身上的衣服，可以去隔壁摊上买一套。”

姜西在隔壁眼花缭乱的复古碎花衬衫和沙滩裤中挑了一身还算过得去的。棚子里有更衣室和衣柜，姜西换好了衣服，在大叔带领下去找等候在海边的开海上摩托的小哥。

陈鹤予知道姜西不会游泳，但不知道她其实畏水。

畏水的人，多半是小时候在水里栽过跟头。姜西小时候曾在乡下失足落水，好在那时候她的弟弟在她身边。姜戈是市里同年龄段的游泳冠军，他立刻就把姜西从河里捞了起来。

只是自那次以后，姜西再也不肯学游泳了。遇见河水溪流这种地方，她通常是能躲多远躲多远。

小哥常年在毒辣的太阳底下工作，人被晒得黝黑。

“美女，等会儿我会在你后面，你记得要往我身上靠，没什么不好意思的。还有，你瞧这里，车前面的这两根东西你可得抓好了，不抓好你是会掉下去的，”他笑了一声，说，“我别的没什么，就是车速快。”

海上摩托的司机小哥交代好注意事项，便让姜西上车。车是停在水面上的，十分不稳，大叔在旁边扶了一把。

“你等会儿能开慢点儿吗？”姜西咽了口口水说道。

小哥也上车了，笑了一声：“别啊，慢点儿没意思。美女，你第一次玩这个？”

“对，不会掉下去吧？我不会游泳。”

“你抓紧了就不会掉下去。”

话音刚落，“轰”的一声，摩托车骤然开动激起巨大的水花，姜西整个人不受控制地往后仰。水花一下扑上脸，她心里想着，好在换了一身衣服。

小哥才带她开出一小段距离，她就已经觉得像是淋了一场暴雨。大颗的水珠打在她的脸上，她要眯着眼睛才能看清自己现在在哪里。

浮浮沉沉，飘摇不定，高速水上运动带来的快感逐渐取代了她之前的犹豫。

小哥带姜西回到岸上的时候，姜西浑身都已经湿透，发丝上的水顺着脸颊流下，她看起来有些狼狈。

这时，大叔迎了上来，说道：“下一个玩什么？快艇或者香蕉船都得等一等其他游客。小姑娘，你可以先来趟潜水，芜周的海水肯定比你以前见过的都清。”

“我可以再玩一次海上摩托吗？”

不等大叔回答，掉好了车头的小哥已经在答应了：“可以啊，你要是这么喜欢玩，刚刚就该和我说，我带你多玩会儿，反正现在也没生意。”

小哥不是在说笑，这里虽说是座海岛，但不比那些热门的旅游城市人多。作为旅游景点，芜周岛非常小众，如果不是从小就听姑婆说起芜周，姜西也不会对芜周有这样深刻的印象。

姜西把另外两个选项也换成了海上摩托。

又是一趟行程下来，她彻底成了只落汤鸡，浑身湿透的样子实在是狼狈。

大叔从来没遇到过这样的游客，和员工们在边上议论说：“多可惜，三个项目里，其实潜水才是最值的。”

大叔这边刚刚说完，姜西就走了过来，进棚第一句话就是：“再来一份套餐，三个项目都要摩托。”

“别付钱了，我给你免费，小姑娘，你直接过去吧。客人的预约都在两点以后，你在客人来之前让那边那个家伙带你玩到两点都行。去吧。”

姜西还是用手机扫码付了三百块钱。

这一次，姜西没有让小哥驾驶，她求他教她骑海上摩托。

“你不会游泳，我可不教你。”小哥说。

“我穿着救生衣呢。”姜西想要证明自己没问题，她揪了揪身上橙色救生衣的下摆。

“我只能教你理论知识，等你学会游泳了，我免费教你。”

姜西说：“谢谢你。”

她学得认真，把小哥所说的技巧都记在了心里。临走前，她问小哥："哪里能学游泳？"

"你是本地人吗？"

"不是，只是在这里待几天。"

"那你急什么，回家慢慢学不好吗？"

"我很急。"姜西心里很烦躁，不知道为什么，她总觉得有些事情不做，好像就要错过什么。

大叔算是彻底记住了姜西，他让姜西下次来的时候千万要记得体验一次潜水，不用花钱。

姜西真挚地谢过大叔，然后跟大叔要了个袋子装自己存在衣柜里的衣服。

衣柜对面是占据了一整面墙的镜子，姜西将自己的衣服装好后，看着镜子里的自己。

她的心情从昨晚开始一直很沉郁，即便今天在酒店看见了陈鹤予，她也笑不出来。现在，镜子里的她依然下垂着嘴角，难看得要命。

第五章

如果你不哭，我就什么都告诉你

01

昨晚她给陈鹤予打电话，他不接，只是一直在回复她的消息。

姜西问他：“你是不是认识崔栩仟？

CHEN：“嗯。”

CHEN：“我们认识。”

……

崔栩仟那条朋友圈的配文是“我哥，帅吗”，配图是崔栩仟趁陈鹤予不注意悄悄拍下的合照。

自从昨天用陈庭的手机看了崔栩仟的朋友圈，姜西才恍然大悟——她去S市国展中心附近酒店入住的那一次，原来不是她看错了，确实是崔栩仟从陈鹤予的房间里出来。

那条朋友圈的日期和姜西在酒店遇上陈鹤予的日期一致。

陈鹤予一直说自己在塘东老街西有个朋友，崔栩仟就是临州人，原来他说的街西的朋友就是崔栩仟。

怪不得她没控制好自己的情绪向陈鹤予哭诉，告诉他她在找的代言人是崔栩仟的时候，他脸上没有半分惊讶，甚至在那一次哭完后，她马上就接到了崔栩仟团队的主动联系……还有在茶馆见面时，崔栩仟那奇怪的眼神和笑容，这一刻她是终于明白了。

可是雷主席点名让她参加环保论坛是为什么？姜西以为论坛邀请众达参与开幕演讲，选择她是给她原来身为汽车研究院院长的爸爸几分薄面……但现在姜西转念一想，怎么会，爸爸在职的时候为人低调，一心只专注于科研工作，怎么会和芜周的环保协会有交集？

与雷主席有交集，且交情很深的只有陈鹤予。

这次的合作呢？姜西最初是想选择旧款的第四代汽车，但陈鹤予坚持让她用第五代……

电梯显示到了16楼，姜西失魂落魄地提着衣服走出电梯，浑然不觉在踏出电梯的那一瞬间，脸上滑落了两行眼泪。

走过电梯拐角之后是酒店房间的长廊，姜西茫然地站在长廊上吸了吸鼻子，用手背将自己脸上的眼泪擦干净。

走了几步之后，她看到一双男士皮鞋，是黑色的，鞋面锃亮。

这双鞋的主人一步一步朝她走近，姜西完全不敢抬头看他的表情。她把头垂得更低了，直到察觉到他张开了双臂，她立刻往后大大地退了一步。

"身上……湿。"

陈鹤予哪里管这些，起先不知道她去了哪里，电话也打不通，他在整个温爵仕酒店上下跑了一遍都没找到人。为此他特意麻烦今天办喜事的纪至恺协助，查了酒店监控才看到姜西去了酒店对面的水上乐园。

崔栩仟问陈鹤予要不要叫人去把姜西找回来，陈鹤予摇摇手说不用。

她去玩海上摩托了，他看到了。

"湿"字话音刚落，姜西整个人已经被陈鹤予牢牢圈住，他从来没有这样用力地抱过她。

姜西能感觉到自己身上的海水在一点儿一点儿地渗到他的衣服上、他的脖颈间、他的手臂上，以及抵在她湿发上的他的下巴上。

姜西松开紧握的手，装衣服的袋子落地，发出一声轻响。

她缓缓地抬高自己的双臂，慢慢地拥住他的腰，这熟悉的感觉真叫人热泪盈眶。姜西忍不住在陈鹤予耳边呢喃道："哥哥。

"好久没有这样叫你了，哥哥。"

从意外的码头相撞，到初识陈鹤予，再到她总调戏般地叫他哥哥，后来他成了她的男朋友，紧接着他又变成了令她敬仰的海洋环保领域的大神。

姜西满心的感动和感激。

"谢谢你疼爱我。我不知道要说什么，只是觉得，我好爱好爱你。"

在得知姜西不在婚宴现场的时候，陈鹤予特别紧张，直到看到她在玩海上摩托，他才松了口气。他眼底还有倦意，意外地听到姜西的这番话，心底顿时泛了一阵酸涩。

陈鹤予没说话，姜西等了一会儿，觉得有些尴尬，问："不领我情？干吗不说话？"

他说："我在想，这突然的告白，我要怎么回应你。"

"我不介意你高冷，你高冷的样子比较酷。"姜西笑眯眯地说。

陈鹤予抿着嘴角笑，他的声音有点儿沙哑。他揉着她的湿发问："为什么只骑摩托？"

"别的不敢。"姜西说，"你可能认为我胆子大，其实我胆子很小，别的都不敢玩。第一次骑这种海上摩托，我觉得还好，但是也只敢玩这种。"

"另外，我想学会了教你。"

姜西仰起头，几缕湿漉漉的头发贴在耳边，她目光明亮，坚定地道："没有人可以独自存在，脚跟腾空的时候总想抓住点儿什么，掉进山谷的第一个念头一定是谁能帮帮我。陈鹤予，你帮了我这么多忙，我都不知道该帮你什么。我想学会开海上摩托后教你，如果你不能下海，我就陪你从海上活动开始。你不能下海，那如果是我陪你呢？我还没想好你的黑暗恐惧症该怎么克服，但如果你对下海的恐惧感消失了，那你生理上对黑暗环境的恐惧会不会也能减轻一点儿？"

姜西一连抛出几个医生也没法解答的问题，陈鹤予低头看着她难得深情款款且真诚的眼神，回想起她刚刚在海边懊恼地跳脚的场景，忽然笑出了声。

"你笑什么？"她又露出了那副懊恼的表情。

"笑你傻。"陈鹤予说，"姜西，你有没有想过，我既然做这一行，那这些海上项目是不是应该也会？"

"还有，你怎么学，跟刚刚那个人？"陈鹤予没脸没皮地说，"实不相瞒，就他这技术，不如你哥我的万分之一。"

"原来你会！那你也教我游泳好了。"姜西半玩笑地说，"说实话，我也觉得那小哥技术不过关，好几次他倾斜车身的时候我都觉得要倒下去了，我连掉到海里的心理准备都做好了。早发现你在偷看我，我真的跳下去就好了，那样你一定会来救我的。"

陈鹤予算是听明白了："原来你早就看到我了？"

"我们没有对视吗？"姜西的心情逐渐转好，脸上的笑容恢复往日的甜美，"站在那棵椰树下面的时候，你的脸敢不敢再黑一点儿？你早就想冲过来把那小哥赶走了吧？陈鹤予，我一直在等你过来，但是没想到你那么沉得住气。"

"他贴你太近了。"陈鹤予说。

"没有。"姜西解释，"你站得那么远，没看清楚，其实有段距离的。摩托开走以后，我也没有贴到他胸口，我很努力地往前倾了，还喝了一嘴的海水。”

陈鹤予回想刚刚姜西说的话，他松开她，把地上装着衣服的袋子捡起来，说：“我就当你在开玩笑。安全最重要，危险的事情千万不要做，命是你自己的，我能救你，但也有救不起你的风险在，所以千万不要冒险。”

“大正经人，我开玩笑都不行？”

“行，我只是在提醒你。”

他们都还有事情要忙，陈鹤予是以崔栩仟助理的身份来芜周岛的，而姜西是芜周市委宣传部的合作方代表，所以下午三点，他们都要去芜周市委宣传部的办公点开会。

两人各自回房间换衣服，姜西腿上和头发上都是沙子和泥土，所以她多洗了会澡。

大半个小时后，姜西下楼，地下车库中，崔栩仟的保姆车正在等她。

她从负一层的玻璃门出来后，司机特意下车给她开了车门。

车门打开，姜西一愣，看见崔栩仟从最后排探出头朝她挥手：“嘿，嫂子。”

而陈鹤予坐在驾驶座的正后方，他边上的位子空着。很显然，大明星被赶到后面去了，而她要坐上这个烫屁股的座位。

这可是众达邀请了无数遍都没成功的形象大使的最佳人选……姜西抬起僵硬的手，语气虚弱地回了一声：“嘿，小仟。”

陈鹤予一路上倒是没说什么话，刻意地和她保持距离。临下车前，陈鹤予和姜西解释，陈庭已经知道了他们几个的关系，她有些震惊，但理解还是多过震惊。

陈庭是姜西的上司兼朋友，她知道倒是没什么，但是别人不一样。这里有芜周市的人，还有许多除了众达之外的品牌方的人，有很多双眼睛。

“我不希望你回去后，众达利用你认识小仟对你施压。”陈鹤予担心的是这个。

陈鹤予说的不是没有道理。

上一次郁家合突然违约，崔栩仟友情救场，公司里已经有流言蜚语在传了。那次事件不但让她的能力受到质疑，也让笑话她的人更多了。

崔栩仟把头抵在陈鹤予的椅背上，点头道：“是啊，嫂子，以后公开的场合我就不叫你嫂子了。”

陈鹤予说：“我称呼你为姜小姐，怎么样？”

姜西从来没听陈鹤予这么叫过她，她想了一下，觉得还挺有意思：“当然好啊，陈先生。”

下午三点开始的会议一直开到了六点才结束，确定了接下来的所有行程。明天崔栩仟便会开始正式的拍摄，而姜西这边已经没有需要她参与的工作，她闲人一个，想在芜周岛玩也可以，想去片场看拍摄过程也可以，总之她一切随意。

六点半，一帮人返回温爵仕酒店吃晚饭。这次行程的午餐都是片场盒饭，晚餐都是酒店自助餐。姜西来得早，已经吃了几天的酒店自助餐，对酒店菜品的兴趣一般。她随便盛了份炒饭，和几位品牌方的人坐在一起吃。

崔栩仟第一天来，也和大家一起在餐厅吃。不过即便他帽子墨镜一应俱全，还是有人认出了他。

姜西坐在离他们不远的位置拿着勺子吃炒饭，看到粉丝们几乎把他们那桌包围，陈鹤予被困在座位上完全无法动弹。他脸上写满生无可恋，大概这辈子都没这么无语过。

姜西忍不住笑了。

餐厅的经理很快过来劝粉丝冷静，来用餐的粉丝还算理智，一劝就真的走了。和崔栩仟合照过的粉丝心满意足，走路的时候都低着头在看自己手机里的照片。

“哥哥边上的那位也好帅哦……何方神圣，不出道太可惜了。”

“从来没见过，应该不是哥哥身边的工作人员吧。”

“真的好帅，那位‘神颜’哥哥要是参加选秀，我一定选他！”

“看着不像是靠脸吃饭的人，没觉得吗？那位帅哥看着就不一般，他穿那件白色衬衫就好吸引我……我看的小说里的霸道总裁就应该是这个样子。”

“咳！”姜西刚把一大勺炒饭送进嘴里，听到这话，忍不住咳了一声。好在她及时捂住了嘴，没把饭喷出来。

“不好意思……”她讪讪地为自己的失态道歉，抬头，正好看见陈鹤予抿了一口果汁，嘴角含着一丝耐人寻味的笑。

“慢点儿吃，没人跟你抢啊。”边上是顶级美妆品牌的市场部经理，陈庭的旧识，姜西一下午只和她说过几句话。

姜西摆摆手：“我吃好了，各位慢用。”

她从亚克力纸巾盒中取了一张叠好的纸巾擦嘴，又招手叫来侍应生收餐盘，然后跟同桌的人道别。

“姜西，你明天来片场吗？”那位美妆品牌经理问。

姜西已经拿了包站起来：“当然。”因为陈鹤予会去。

“那正好，明天介绍个朋友给你认识。陈庭知道的，我们公司做运营的叶朗，他曾在京南标识设计展上见过你，一直在心心念念地等下一次再见你的机会。”

“哇哦。”同一张桌上的几位品牌公司的女经理们起哄。

姜西先是一愣，接着下意识地往陈鹤予那一桌看去。他面色如常，甚至举起自己面前的果汁杯碰了下崔栩仟放在桌上的水杯，问：“还挺好喝的，你不喝点儿吗？”

崔栩仟早就竖起耳朵八卦地在听那边聊天。他小心翼翼地瞥了一眼陈鹤予，贼兮兮地说：“不喝，我减肥。”

陈鹤予无所谓地“哦”了一声。

果汁杯刚刚被放回桌面，陈鹤予的手指还停留在玻璃杯上，姜西就看见从餐厅外跑进来一个女孩子。她慌慌张张地往前台甩了张自助餐券，不等前台工作人员验证，她就双手捧着手机直奔崔栩仟边上的陈鹤予。

“哥哥，我想了很久，还是想加一下你的微信，你可以给我你的微信号吗？”小姑娘是刚刚从餐厅出去的崔栩仟的粉丝，看着不过十八九岁。

这时，姜西这一桌人的视线也被小姑娘吸引过去了，大家齐刷刷地看向陈鹤予他们那一桌。

似乎是感受到了众人八卦的眼神，陈鹤予非常果断地拒绝了。他头都没抬，慢悠悠地把桌面上摆放在自己手边的黑色手机往崔栩仟面前一放，不冷不热地说道：“不好意思，我不怎么用那东西。”

崔栩仟笑了，开玩笑地说：“这位哥哥平时联系人都用QQ邮箱。”

“我有女朋友了，不好意思。”陈鹤予这次礼貌地抬头看了小姑娘一眼。

小姑娘看到陈鹤予那张让人惊艳的脸，眼神瞬间变亮，很快又转为遗憾的表情。她说了声“打扰了”，又小跑着走了。

姜西这桌的人也收回了视线，重新把目光投向姜西。

姜西不好意思地笑了笑，说：“麻烦帮忙转告叶朗一声，不好意思，我有要结婚的对象了。”

02

出了餐厅，姜西的心情还是十分好。

今天半天没有见泽泽，姜西决定给泽泽带一块奶油蛋糕，分享自己无法抑制的喜悦心情。

附近没有甜品店，但酒店里有专门的甜品吧台，温爵仕酒店的甜品师做的蛋糕不会差。姜西图方便，于是绕到另一边的西餐厅去买蛋糕。

甜品吧台在西餐厅的入口位置，姜西扫了一眼玻璃橱窗内的甜品，不由得皱起眉。

她指着玻璃橱窗问前台小姐："请问，今天没有奶油蛋糕吗？"

里面只有所剩无几的提拉米苏和蓝莓味慕斯，据姜西这几天的观察，泽泽对这几样都不感兴趣。

前台小姐说："还有的。因为下午有客人临时订了上百份切块蛋糕，所以后厨出餐慢了。您如果不介意等十五分钟，请在餐厅里面坐一下，我去催一下后厨。"

姜西往西餐厅里看了一眼，二人座全都坐满了。她问："还有空位吗？"

"有的，您里边请。"

温爵仕酒店的西餐厅也是酒店的特色之一，其中以惠灵顿牛排最为有名。姜西对西餐的喜爱程度一般，所以除了甜品，她没有在温爵仕酒店的西餐厅消费过。

餐厅装修是灰白基调，暖黄色的灯光让人感觉很温馨，从南至北都是偌大的落地窗，可以一眼望尽窗外的暮色。餐厅中间是摆放整齐的小方桌，每张桌子配四把椅子，可由于桌子小，几乎都是两人一桌在用餐。

前台小姐领着姜西进到里面更为僻静的位置，这里摆放着一排排有着又高又宽的椅背的皮沙发，人也少。姜西随意选了张空沙发坐下后，立刻有服务生端了柠檬水上来。

"请等候十五分钟，蛋糕一出来就给您送过来。"

"麻烦帮我打包。"

“好的，请稍等。”

姜西朝前台小姐点头致谢，又从包里摸出手机，准备看会儿小说消磨这十五分钟。

沙发的皮质很好，姜西往后一靠，椅背嘎吱作响。她歪着头，将手机举到面前，随手点开了经常阅读的小说网站。她一时不知道要看什么，忽然想起刚才在自助餐厅里那个小姑娘说的“霸道总裁”，她一时兴起，于是在搜索栏里输入“霸总”两个字。

不搜不知道，一搜才发现有这么多本，姜西顺着书名刷下来，眉头拧了起来。

“这么多……”她喃喃道。

花了五分钟时间也没挑出一本想看的，姜西按了返回键，随便在书架上打开一本很久以前看了一半的小说看了起来。毕竟陈鹤予这张脸并不好代入。什么霸总，陈鹤予他明明就是……

“不可能，鹤予再也回不到原来。”椅背后，有人忽然没控制好自己的音量，坚定地说。

蒲利江望着坐在对面和自己年纪相仿的中年人，想到如今固执得不行的陈鹤予，心酸得不知道该怎么开口。

他沉默良久，调整好自己的情绪，才再次开口。

“老孙，这三年，鹤予身上的光我是一点一点地看着它暗下去的。你一定要问我他还有可能吗，我告诉你，不可能！头两年他疯到了什么程度，就这么说吧，鹤予年少成名，他那几年的成就有多大，在遇到那头鲸之后，他跌进的深渊就有多深。

“他生病的第一年，丢掉了他从全世界收集来的所有的绝版专业书籍，他的手机、电脑在他上岛的第一天就统统被他抛到了海里，他拒绝见那些跟他一起出生入死过的队友，包括他的亲爹。他生病的第二年，那几部摄影机、相机，如果不是被我夺了过来，你知道他会做什么吗？他会把那些他费尽心血拍下的、用于《蔚蓝宝藏》第三季的影像都删光。他绝食过，断水过，整夜整夜不睡过……这都不算什么，我怕的是他无数次要了断自己生命的行为。弥曼牺牲在海里，他也想死在海里。他在半夜破门而出，可刚走出门就开始狂吐，最后晕倒在海浪拍上来的地方。他忘了，他已经是个见不得黑暗的人啊……”

对面穿着泛旧的休闲衫的中年男人听完，心口震颤，很快他的眼眶开始变红。

圈子里只传陈鹤予生了病，没法再从事原来的工作，人们一度为此唏嘘感叹、感到遗憾。

可谁也不知道，陈鹤予已经病到连自己的命都不想要了。

中年男人低头良久，猛然抬起头道：“等一等，老蒲，你刚刚说……《蔚蓝宝藏》第三季？鹤予不是没有完成第三季吗？”

“大家是不是都以为没有第三季？有！怎么会没有！第三季，他陈鹤予既是总策划，也是主摄影，所有珍贵的素材、宝贵的影像全在他的摄影机里，全是他生病后撑着一口气拍完的。我是投资方，只有我见过他机子里的东西，第三季远比前两季震撼人心，可现在就因为他一个人，整个项目都被搁置了。但我盼着他振作起来和他那帮队友再做片子吗？老孙，我真的不盼，我要的不过是他能好起来。”

蒲利江沉默，对面的中年男人也沉默了。

“老孙，你现在还能在他脸上看到‘希望’两个字吗？”

蒲利江端起面前几乎满杯的红酒一饮而尽，自嘲地一笑，等待理应脱口而出的否定答案。

确实是脱口而出的答案，中年男人想都没想地回答：“是的，我见过。”

他的目光落在那空空的高脚杯上，想到不久前陈鹤予来芜周岛的那一次，那个男人眼里，明明还有比天上的星星更明亮的光。

那是他离开那座困住他的岛多久之后了？中年男人想不起来了，他只记得即便是难受和虚弱的时候，陈鹤予还能扯出一个难看的笑容，告诉他："老会长，我得早点儿做完这件事回塘东，姜老师家的侄孙女在等我回家。"

姜西站到蒲利江和芜周市环保协会会长孙宁均面前的时候，腿有一点儿软。

"对不起，蒲老师，我无意偷听，可事关陈鹤予，我没办法假装今天什么都没听见。"

餐厅里播放的舒缓音乐也抚不平此刻餐桌上三人的心绪。

孙宁均看到姜西的第一眼就知道她是谁，陈鹤予给他看过照片，就那么一张。

照片里的姜西坐在艺术馆后院的秋千上，季节应该是初夏吧，她穿着印花长裙，耳边的头发用发夹固定着，陈鹤予应当是站在秋千的斜后方，跟她隔着一块方正的草坪。按下快门的时候，镜头里的女孩微微偏头，她左手举着一块切好的西瓜，正要往嘴边送。

孙宁均当时用了"青春靓丽"几个字来形容她，现在见到真人，他觉得并不为过。

姜西的情绪不太稳定。她双手握成拳，放在自己的腿上，那张照片上天真烂漫的模样此刻全然不在。

她此时虽然衣着整洁，但只有她自己心里清楚，无法克制的情绪已经让她狼狈不堪了。

她的身侧是蒲利江。重提旧事，再次回忆起陈鹤予当年种种自暴自弃的情景，他仍觉得后怕。但这一次过来，陈鹤予的状态确实有些出乎蒲利江的意料，他在楼道口拦住陈鹤予的时候，那小子脸上居然有笑容。

蒲利江不免感叹：“话说回来，鹤予真的变了很多。”

姜西低头，茫然地道：“我很抱歉，我不知道他以前是什么样子。”

她没谈过恋爱，在这段感情里，她的盲目多过理智。在她都不了解陈鹤予的时候，她只是单纯地被他那张脸所吸引，后来又是因为什么？荷尔蒙的刺激，还是其他什么东西？总之，陈鹤予身上每一个无形的点都让她越陷越深。

蒲利江不知道两个人相处的进度，于是他问姜西，她对陈鹤予的了解有多少。

姜西嘴里说出的那些匮乏的信息，不只蒲利江，就连孙宁均也很惊讶。两位老者不做评价，只是花了很长的时间将陈鹤予的事说给姜西听。

从他人生的头十五年，在S市的爷爷奶奶家里当小少爷开始，再到十五岁那年，他被他的父母和蒲利江接到比利时，接下来的两年，他去了澳大利亚、新西兰、斐济，一直到他十八岁，他才在英国稳定下来念书。

和很多留学生一样，他独立又阳光，更令人高兴的是，他对感兴趣的专业有着非同一般的天赋，他的学习之路顺畅无比。

他的父母在陪伴了他三年之后决定定居加拿大，他们加入了当地救援鲸的组织，直到现在，他的父亲还守在加拿大，每天航海出行，在鲸群密集的海域巡逻，查看是否有需要援助的鲸或其他海洋生物。

“陈鹤予的妈妈……”姜西只知道陈鹤予的妈妈已经去世，但并不知道她去世的原因。

“尚弥曼就是鹤予的妈妈。”孙宁均抛出了一条炸弹般的信息。

姜西一愣，只觉得头皮发麻。

她不敢相信那个在某年暑假上过整整一周网络热搜的尚弥

曼——她姑婆最得意的大弟子，居然是陈鹤予的妈妈！

“弥曼牺牲于一场救援巨鲸的行动，鹤予当时就在现场。”

这样的震撼，远比她知道陈鹤予参与制作过《蔚蓝宝藏》时还要强烈。

她还记得陈鹤予对她说过，他的母亲师从她的姑婆姜颖陶。那时姜西以为陈鹤予的母亲只是一位热爱水下摄影且小有名气的摄影师，她哪里会想到，他的母亲居然是那位让姑婆心疼了好多年的弥曼阿姨……

那场事故发生在加拿大，因为牺牲的救援人员是中国人，那段时间，国内很多媒体都在用大篇幅报道尚弥曼的救援事迹。

那年姜西看着网上的信息很是唏嘘感慨，因为姑婆这层关系，她对这个新闻的关注度也比一般网友更高。姑婆那段时间总是哭，姜西也忍不住跟着伤怀。

英雄总是伟大的，一旦牺牲会让人更加记忆深刻。那年，她还不认识陈鹤予，今天，她终于知道原来她那是他的妈妈。

“那陈鹤予的病，是因为……”

“是因为他妈妈。”蒲利江说，“鹤予上学的时候每年都会去加拿大过暑假，和他父母一起做救援鲸的志愿者。救援工作听起来高大上，实际上每天的工作都是千篇一律，出海，巡逻，施救。”

“那是一头被渔网困住的野生巨鲸，他们在船上无法剪开巨鲸身上的渔网。有位经验丰富的M国人选择下水靠近鲸剪渔网，而弥曼在船上辅助。”

“鲸挣扎得很剧烈，最后挣脱渔网的时候已经是极度惊慌的状态。它剧烈地摇摆尾鳍，他们的船险些被掀翻。”蒲利江叹了口气，说道，“当时弥曼为了护住同行的鹤予，被鲸摆动的鳍尾拍到了海里。”

“情况很危险，巨鲸受惊后并没有游远，但是鹤予贸然跳下大海，把弥曼救了上来。”蒲利江神情惆怅地道，“人救起来送医院的时候还有一口气在，可是没办法，弥曼的内脏都被拍碎了，她在当晚便过世了。”

孙宁均心情沉重地吐出一口气，道：“我始终认为，鹤予的病因不单单是这个。”

蒲利江点头：“的确，如果第二天村民没有发现那头巨鲸搁浅的话，鹤予至少能更看开些。”

姜西在巨大的震撼里泪流满面，她睁着不断涌出眼泪的双眼，虽然她早已看不清眼前的人了。她说：“所以，他们救下的那头鲸在第二天搁浅了？”

“搁浅，而后死亡。”

鲸搁浅的原因不一，大致有几个方向，一是自身疾病，二是海底声呐，三是污染物质扰乱感官系统，四是地磁场异常，五是领航鲸失航，等等。

这头巨鲸在被救援之前就已经因为被困渔网太久半死不活。

它搁浅，而后死亡，陈鹤予该有多绝望。

因为自身的向往，他一直在为海洋事业贡献绵薄之力，他不愿意留在世界顶级的海洋研究中心做科研，毅然决然地只身离开，走过天南海北，一路做公益，一路拍摄。

可是有一天，她的母亲间接死于海洋垃圾。

如果没有这场救援行动，这头巨鲸搁浅的时间会更早。也许它在岸上还会残留一口气，也许还有治疗后再放生的可能，也许……

也许，陈鹤予的母亲不会白白牺牲。

03

两位不会安慰人的老学者看着姜西不停地啜泣，一时之间也说不出什么话。蒲利江拍了拍姜西的肩膀，宽慰道："鹤予是个好孩子，你也是个好孩子。这些发生在他人生中的巨大变故，我想，他不说，你也该有知道的权利。"

蒲利江说："项链是鹤予送给你的吧？小西，鹤予很爱你，这条项链的名字叫作'蔚蓝'，是弥曼留给鹤予唯一的遗物。他能送给你，是把你当作此生最重要的人。他能遇见你，我很开心。"

姜西感觉自己心痛到快要窒息了。

前台小姐送蛋糕过来的时候被她吓了一跳，这位客人的鼻头红得像在暴风雪中走了一圈，她的眼睛更加可怕，布满血丝，睫毛全部湿了。

前台小姐慌忙道歉："对不起，后厨出餐晚了十五分钟，让您久等了！"

姜西带着浓重的鼻音"嗯"了一声，示意她把蛋糕放在桌上。

前台小姐小心翼翼地将蛋糕放在桌上，转身拿了壶柠檬水往她的杯子里续水。

"呀——"惊呼声来自倒柠檬水的前台小姐，她不停地道歉："对不起对不起，我有把水倒到您身上吗？怎么会突然停电了呢。"

眼前所有的灯都在瞬间灭了，突如其来的一片黑暗让人暂时不太适应，只有落地窗外还有明亮的街灯。

姜西脑子"嗡"的一震：停电！

"小西！"

"小姑娘！"

蒲利江和孙宁均没叫住突然起身冲向餐厅外的姜西，黑暗中他们眼前一片模糊，只听见她起身后，立刻有乒乒乓乓的物品落地的声音。

蒲利江一拍大腿，也跟着站起来："坏了，鹤予！"

姜西跌跌撞撞地跑出西餐厅，看到外面大堂的灯是亮着的时候，她心中提起来的那口气松了一半。等她一路狂奔到自助餐厅门口，远远地便看见自助餐厅门口的灯光比她走的时候更暗，但还有光源……

很快，一帮人浩浩荡荡地从自助餐厅里出来，戴着黑色墨镜和黑色帽子的崔栩仟走在最前面，他的身边都是工作人员。姜西一开始没看到陈鹤予，一下子就有了不好的预感，但定睛一看，就见陈鹤予穿着干净的白色衬衫，好好地走在这群人的最后面。

他个子高，如果不是一脸不耐烦地微微低着头，应当很显眼。

崔栩仟比所有人更先发现停在安全通道门口喘着粗气的姜西。他一把摘下帽檐下的墨镜，惊得下巴都快掉下来了。

姜西的眼泪和汗流在一起，头发散乱地贴在脖子间，要不是衣服还算整齐，他都要以为她刚才出什么事了。

崔栩仟震惊得脱口而出："嫂子，你怎么了？"

十分钟前。

姜西离开了好一会儿，这边的人才吃完饭。崔栩仟嚷嚷着"罪过罪过"，后悔今晚又吃多了。

"差不多了，那咱走吧？"一起用餐的人群中有人提议。

"嗒——嗒——嗒——"

自助餐厅的灯忽然暗下几盏，用餐的客人察觉周遭暗了一圈，纷纷抬头查看情况。

灯暗下的一瞬间，崔栩仟的手几乎是立刻伸了过来，严严实实地盖住了陈鹤予的双眼。

"哥？"崔栩仟的声音有些发颤，带着询问的语气。

在没有人发现的时候，陈鹤予闭着眼，自己抬手替换了崔栩仟盖在自己眼前的手。

陈鹤予说：“没事。”

“没事？”崔栩仟不敢相信地看着陈鹤予。

陈鹤予想，兴许把手拿开了也没事。

不稳定的光源随时会灭，比起可控制的灯，他更害怕随时可能被风吹灭的烛火。

蜡烛一吹即灭，灯一关即暗。没有人知道，陈鹤予在向姜西坦白的前一晚，在艺术馆后院的小房间内关过灯。

开关安在房间门口，极小的一个按键。他的食指不需要怎么费力，就能让整个空旷的房间瞬间陷入黑暗。

生病之后，除了求死，他从来没有刻意地关过灯，这一次生理上的反胃几乎在闭眼的一瞬间就涌了上来，他靠在门上，一只手克制地抓住木质书桌的边沿，另一只手握成拳头，捏得紧紧的。

脚边就是清空的垃圾桶，他什么办法也没有，没有什么能压制住他当下要吐的欲望。他只能等秽物在胃里翻涌得更加厉害，直到吐出来。

喉咙始终泛着酸，时间一分一秒过去，他胃里翻江倒海的感觉丝毫没有减弱，放在桌面上的手机突然“嗡嗡嗡”地开始振动，手机屏幕那点儿亮光成了陈鹤予在沙漠中渴望的一丁点儿泉水。他呆滞地望着手机闹钟带来的亮光，很久很久。

最终，十五分钟过去，他除了胃里难受，居然一口都没有吐出来。

而在他重新开灯的那一刻，他的眼前倏地一亮，原本胃里的翻江倒海也在顷刻间平复，好像他这一晚从来没有关过房间里这唯一一盏灯。

很快，餐厅经理站在餐厅的正中央向客人们道歉，说酒店的电源出了问题，已经请人过来抢修。

听到是电源出了问题，崔栩仟看了一眼遮住双眼的陈鹤予，心里一时没了办法。他拉开椅子找到经理，问道：“你们这么大的酒店怎么会出现这种问题？”

经理只顾着道歉，给不出什么合理解释，崔栩仟听得烦躁起来，最后说了声“走了走了”。他转头又问经理：“你们客房不会出这种问题吧？”

经理回复：“客房跟餐厅的电路是不一样的，先生，请您放心。不过电工修复后我们也会让他们将酒店的所有电路都检查一遍，确保不会再发生这样的情况。”

崔栩仟半信半疑，但此时外面的天已经黑了，眼下也没有别的办法，这里好歹还有微弱的光源。

他凑近陈鹤予耳边，低声问：“哥，能走吗？”

陈鹤予忽然垂下手，吓得崔栩仟大叫一声，他紧张地再去捂陈鹤予的眼睛。周围一双双眼睛都看过来，不知道的还以为两个人好端端的忽然打起来了，还是崔栩仟先动的手。

崔栩仟团队的人眼睛瞪得滚圆，反应了片刻才过来拉崔栩仟：“大哥，这可是公共场合啊，你要干吗？先回房间行不行？”

“小仟，放手。”陈鹤予扒了好一阵才把崔栩仟的手从自己眼睛上扒离。

周遭确实暗了好几度，可也不至于什么都看不清，这一次，他胃里甚至没有丝毫起伏，好像这暗下去的几度光对他没有产生任何影响。

崔栩仟愣在原地，紧张且担心地看着坐在位子上，完全没有反应的陈鹤予。

陈鹤予确定自己没什么不好的感觉，于是站起来，说：“没事，走了。”他又看了一眼众人带着八卦意味的眼神，然后拍了下崔栩仟的肩膀，“你走前面。”

餐厅内，一大帮人陆陆续续地站了起来。崔栩仟团队的人怕其他人说闲话，推着崔栩仟让他走在最前面。

崔栩仟把手上拿着的帽子、墨镜、口罩统统戴上，一步三回头地往外走去。

陈鹤予一言不发地走在最后面。

自助餐厅外的灯光更亮，从暗处走到明处，对他来说影响不大，他低着头想自己是不是好了，又觉得即便是恢复正常了也不可能这么快。他心里想着回到房间后要不要再关灯试试，这次能关多久就关多久，不定闹钟。

“嫂子，你怎么了？”

一步三回头的人突然摘下刚刚戴上的墨镜，满脸错愕。

姜西没看崔栩仟，眼睛死死地盯着陈鹤予。看着他抬头，她将自己视他如命的目光投向他。

陈鹤予突然神情严肃地迈着大步越过所有人，速度快到走过之时带起一阵风。他在姜西面前站定，抓起她的手腕，将她从上至下地仔细看了一遍，视线最后停留在她扑簌扑簌地掉眼泪的脸上。

“出什么事了？”

姜西吸了吸鼻子，什么话也没说。她从陈鹤予手中挣开自己的手腕，牵住他的手，一言不发地拉着他向电梯口走去。

等电梯的时候，姜西哑着嗓子问他：“你住几楼？”

电梯到了，门一打开，姜西就牵着他走了进去。陈鹤予偏头看着姜西，伸手按了 19 楼。

他又问了一遍“你怎么了”，姜西不答，只是留恋地看着他。

他住在 19 楼左边第三间房。刷卡解锁后，姜西拿过他手里的卡先他一步进门，想要往卡槽里放房卡通电，她推门进去，却见里面本就是亮的。

望着这满室亮堂，姜西“呜”地就哭出了声。她心口太疼了，从前那么厉害的一个人，什么都不怕的一个人，如今却要这么小心翼翼地生活着，恐惧黑暗，抗拒黑暗。

姜西思绪混乱地想着，在岛上养病的那三年，他心情难过的时候，一定很想他的妈妈。

姜西转身扑进陈鹤予的怀里，她将脸贴在他胸前，眼泪在他的棉质衬衫上洇开。

感觉到他温热的胸膛有规律地起伏着，姜西啜泣着又深吸一口气，还是无法开口说出一个字。

陈鹤予一只手关上门，另一只手揽住她的背。门被关上之后，姜西就直接将他压到门上。

“姜西，”他拍了拍她的背，说，“我得先知道你受欺负了没有。如果有，我没办法站在这里让你抱。”

姜西在他胸前猛地摇头，她双手抓着他背后的白色衬衫，攥得紧紧的。

姜西突如其来的情绪让陈鹤予很担心，因为她在他面前哭的次数不多，并且至少前几次她都还能和他说话。

她肚里藏不住话，陈鹤予知道姜西到最后还是会说，所以他只能先等着。

在此之前，陈鹤予接到了蒲利江的电话。

手机就放在西裤口袋里，没有铃声，只有振动。陈鹤予腾出一只手去摸手机，姜西在泪眼蒙眬中看到了备注为“蒲”的电话。

对方不知道说了什么，陈鹤予语气沉沉地“嗯”了一声，然后挂掉了电话。

他弯下腰来抱住她，小姑娘的嘴唇抵在他的脖间，眼泪淌满他的颈窝。

“如果你是在心疼我，别哭成这样，我还活着就算是幸运了。”

可是你试图自杀过，姜西在心里回复他。

这是一种怎样的绝望！

过了很久陈鹤予才松开她，可姜西还是抱得很紧。他狠心地掰开她交握在他腰后的手指，揽着她去了卫生间。他找了条新毛巾搓洗干净，拧干，摊开之后折叠两次，给她擦脸。

陈鹤予的手伸进她潮湿的后颈，摸到一手冷汗，捋开她散乱的头发，将她的脸和脖子都擦了个遍。

他用毛巾反复擦了两遍，第一次是热的，第二次是凉的。

脸上的潮意退去之后，姜西总算止住了眼泪。

她两眼通红，似兔子的红眼睛。陈鹤予大概是叹了声气，姜西分心了，没听清。

陈鹤予想过会有开口的一天，但没想到这件事最后是由蒲老师说出来的。他能猜到蒲利江都说了什么，毕竟老人家是看着他病了这几年的，本可以简单地告诉姜西的事情，大概被他说得更严重，连他母亲的事，蒲老师也告诉她了。

陈鹤予站在灯下，垂着眼看着姜西。他舔了舔干涩的下唇，这次无法开口的人成了他。

“小仟的事，先和你说声抱歉。我和小仟从小就认识，他是我在国内唯一还联系的同龄朋友，我来临州，一半的原因是看看姜馆长，另一半原因是想和他见个面。他最近没有前几年那么忙了，所以我和他见面的次数还算多。我也很早就知道你们公司在邀请他做形象大使，但一开始我不知道对接这个项目的人是你，等我知道的时候，已经是我们在一起之后了。

“和你在一起后，我什么也没为你做过，你将众达的新能源项目看得很重，我知道，你的心结和众达有关，我也知道，所以我后来拜托小仟帮过一些忙，这些本来没想让你知道。”

从他口中说出来的话，让姜西心里的猜想得到了验证，她的胸口像是重新被堵了一块石头。

陈鹤予冷静地说着话，姜西的情绪远没有他控制得好，她长长地呼出一口气，才让自己的声音没有那么颤抖：“我没有怪你，你不要道歉。我们在一起的时候我就说过，你不想说的事情，我不会问。”

“没有不想说，我一直想告诉你，只是一直没找到合适的机会。”陈鹤予说，“我的想法也有问题，不该有那么多顾虑，早点儿介绍你们认识，你应该会开心。”

“现在也开心。”姜西努着嘴说。

“开心就别哭了。”陈鹤予抓了抓头发，往后靠到洗手台上。他现在心里很乱，主要是事情复杂到令他无从说起。

“姜西，我不知道蒲老师和你说了多少。来临州以前，我确实过得不怎么样，人也不像个人样。

“临州通往A海的海域上有一座岛，我妈从小就希望拥有一座私人岛屿，我爸年轻的时候是个土大款，结婚前在那里买了座岛送给我妈当聘礼。来临州之前的三年，我都待在那座岛上——

“养病。如果你听得下去，如果你不哭，我就什么都告诉你。”

04

陈鹤予的父母能走到一起，中间人还是姜颖陶。

尚弥曼这一生热爱辽阔的大海，十三岁的时候便只身一人前往临州找到姜颖陶拜师学习水下摄影。她是姜颖陶收下的第一个学生，也是跟着姜颖陶最久的一个。尚弥曼十九岁的时候出师，之后她跟着姜颖陶一同参与了国际海洋生物保护协会组织的“拯救鲸”系列纪录片的拍摄，也是在那时候，她认识了陈鹤予的父亲，当时协会特聘的鲸类生物顾问陈圻生。

男未婚，女未嫁，身处异国他乡，志同道合的两个人顺其自然地走到了一起。

尚弥曼跟着陈圻生进入了一个鲸的世界。

婚前，尚弥曼还在做水下拍摄的工作，婚后尚弥曼放弃了原有的工作，跟着陈圻生一起做各项海洋生物研究，主攻鲸类。

父母全球跑，陈鹤予的童年就鲜少有父母的陪伴，所以十五岁那年，父母要接他走，他答应得很快。离开温室，起初三年，陈鹤予的生活也是颠沛流离，直到他留在英国念书才算稳定下来。只是留在英国上学后就得和父母分开，他只能一到暑假就去找定居在加拿大的父母。毕业后跟团队一起做纪录片时也一样，他总能在忙碌的生活中挤出时间去加拿大，每次都待上半个月。

意外的发生始料未及。

陈鹤予的父亲说，弥曼这短暂的一生中有一半的时间几乎都是在海上度过的，化为灰烬之后，她的骨灰也该是扬于海中的。

陈圻生要把尚弥曼的骨灰扬在自己一睁眼就能看见的海里，陈鹤予不同意，他要带他妈妈的骨灰回国。

回国料理了后事，来悼念的朋友络绎不绝，陈鹤予第一次见到姜颖陶就是在灵堂。老太太因伤心过度，步履蹒跚。陈鹤予搀着老太太跨过门槛，走到灵位前鞠躬敬拜。

临走的时候，老太太颤颤巍巍地在灵位旁放下了一封信。

那时，《蔚蓝宝藏 3》的拍摄进度已经完成了百分之七十，最后的取景地是东南亚的加里曼丹岛，团队要在加里曼丹岛完成最后百分之三十内容的拍摄。

第三季，陈鹤予是主摄，主要负责水下拍摄，这一季的主题围绕海洋污染，所以需要不限次数、不限时间地下海潜水。除了寻找可拍摄的海中垃圾，他还要寻找被海洋垃圾所困的海洋生物。

这一切的寻找都是没有具体目标的，如果找不到，那就换区域，不断下海，不断搜寻。

为了不耽误进程，陈鹤予处理好母亲的后事后，就以最快的速度赶至加里曼丹岛。这时，团队的拍摄工作已经只剩最后的百分之二十，也就是在这时，团队有了新发现。

他们发现了大片被污染的海域，陈鹤予和另一位队友立刻扛着两架摄影机下水拍摄，一起下水的还有三名潜伴。

拍摄需要下潜至水下二十五米的深度，陈鹤予在下潜至十五米的时候，有了第一次意外发病。

他和姜西描述，当时就是感觉眼前漆黑，他一瞬间还以为自己瞎了，导致他在水下失去了方向感。如果潜伴没有发现他的异常，他可能再也上不来了。

因陈鹤予生病，拍摄进度截至最后的百分之二十，他们团队的成员缺一不可，队友说等他病好了再继续拍摄。

“蔚蓝宝藏”系列饱含陈鹤予的心血，他起初还会积极地寻医看病，直到医生建议他脱敏治疗，他才开始弄不清自己是想生还是想死，母亲的死带给他的打击远比他内心以为的要大。他拼死一搏，后来还瞒着队友自己扛着摄影机、穿着潜水服不要命地去潜水、去拍摄，他竟偷偷地把《蔚蓝宝藏3》最后的百分之二十内容拍摄完成了。

在他的摄影机里，早就有了《蔚蓝宝藏3》的所有素材。

但在高强度的自我脱敏治疗之下，陈鹤予的病情没有丝毫缓解，相反却加重，不再是只有下水才会发生黑暗恐惧症的症状，而是演变为看见荡漾的海面就有难以抑制的恶心感，待在黑暗的环境中就会产生严重的呕吐症状。

之后，他在A海的私人岛屿上养了三年病。

陈鹤予将养病说得风轻云淡，他略过阴暗面，只讲了许多蒲老师的笑话给姜西听，说他因为连续吃了三年蒲老师做的饭才瘦了，说蒲老师有一段时间懒得刮胡子很像人猿泰山，还说蒲老师这次借口出来找他，其实是来临州相亲的。

姜西听他说完这些之后，心情不再那么沉重。

两个人坐在靠近阳台的布艺沙发上，旁边是拉得严实的帘布。姜西始终和陈鹤予十指紧扣，她又问他：“后来呢，你为什么离开小岛？”

陈鹤予看着姜西的眼睛，手指无意识地在她的指腹上摩挲。她鼻头蒙了一层亮晶晶的汗珠，不知道为什么开着冷气还热成这样。他回身扯了张纸巾，在她鼻翼两侧拭了两下。

“姜馆长听说我在岛上与世隔绝，邀请我到临州做客。”

第一次收到姜颖陶的信，已经是他生病的第三年。

蒲利江将那封漂洋过海来的信亲手交到他手里时，他整个人还是浑浑噩噩的。他连亲爸的电话都不想接，怎么会收一封来路不明的信？

他立刻就把信塞回蒲利江手里，蒲利江来了火气，骂他：“如果你还记得‘姜颖陶’这个名字，就把信给我收好了！”

那晚海上波涛汹涌，狂风席卷着浓云，岛上下了三年来最大的一场暴雨。

晚上，陈鹤予靠在窗口，就着光读完了那封信。

信里是不长的几段文字：

鹤予，你好。我是姜颖陶，不知道你是否还记得我？我是你妈妈的老师，办理弥曼后事之时我们见过一面。匆匆一面，我连句安慰的话都未给到你，鹤予，我一直后悔到今天。

昨天我和老蒲通了电话，听他说你在岛上养病已经有三年了，听到之后我很难过。

三年了，你该走出来了。

鹤予，如果不嫌老太太我这地方小，就来临州，来塘东老街，我给你安排住处。我这里还有许多你妈妈小时候的照片，等你来了，我都拿给你看。

上次见面的时候，我给弥曼留了一封信，也不知道你看过没有？如果没有，我希望你能打开一看，如果看过，我这里还有更多事说给你听。

你妈妈自小漂亮懂事，人也很机灵，爱学习、爱拍照、爱美，也很爱这个世界。

她为爱至死不渝，除了你，她对于其他事应当都不遗憾的。

盼见面与你聊。

姜颖陶。

陈鹤予这才想起姜老太太来拜祭之时放在母亲灵位旁的那封信。这么多年来，他一直把信带在身边，却从未打开过。

一封尘封的信，里面有两页信纸，写信的是两个人。

第一页是姜颖陶写的，她写了满满一页纸，写满了她和徒弟之间的美好回忆。

陈鹤予读到视线模糊，他在信里第一次了解到妈妈年轻时的事情。

第二页的落款是姜西。她只写了一句话，笔迹干净锋利，写着：“弥曼阿姨，我会永远记住你。”

第六章

他不能去救人，他会死的！

01

第二天，陈鹤予一早就带着姜西去芜周市环保协会会长孙宁均家喝茶。

姜西昨晚在温爵仕酒店的西餐厅和孙宁均是第一次见面，她自觉有些失态。这次陈鹤予郑重地向双方正式介绍了一遍，姜西又是鞠躬又是问好：“孙会长，不好意思，昨天只顾着听你们讲鹤予的事，都没有正式向您问声好。”

“哪有那么多礼节，来，小西，你坐。喝什么茶？还是牛奶？我这里都有。”孙宁均抬手示意他们在客厅的沙发上落座。

老会长的家是普通的渔民家的房子，屋外还晒着渔网。房子有两层楼，一楼的客厅连接着厨房。整个房间除了厨房收拾得干净些，其余地方都是朴素的毛坯状态。客厅中间靠窗的位置摆着会客专用的皮沙发，没有一点儿光泽，扶手的地方已经被磨破了皮，露出白色针织的痕迹。

姜西和陈鹤予被安排在那张沙发上，面前是茶道桌，姜西回答孙宁均说她和大家一样，喝茶就好，只是她不懂茶，给她安排什么她就喝什么。

茶泡好了蒲利江才到，姜西规规矩矩地喊了声“蒲老师好”。

蒲利江笑容满面地“哎”了一声，他站在陈鹤予边上，睨了眼陈鹤予。

“你这小子在怪我呢？”蒲利江眯着眼说。

陈鹤予端起面前的小茶杯，放到唇边轻轻地吹了吹，笑说：“我哪儿敢怪您，我是怕您把我老底都揭出来。”

“你在小西面前能有什么要瞒着的老底？”蒲利江抬头对上孙宁均的视线，人往茶几边的单人沙发上一坐，忽然会意，“哦，你说你跟江珈啊。你俩不是没什么吗？这有什么好说的！”

“江珈？”姜西诧异地问。

她不是第一次听到这个名字。在环保论坛做完开场演讲下台后，姜西就听人提过这个名字。

“您别挑拨离间。”陈鹤予了解蒲利江，当然知道他是故意的，他转头向姜西解释，“江珈是我在拍纪录片时的队友，她是我们团队里唯一的女性，中国人。”

“听着是个很厉害的女孩子，她也和你一样有名吗？”

陈鹤予看了蒲利江一眼：“你问蒲老师。”

蒲利江打哈哈：“没什么，没什么，我就是开个玩笑。他们就是队友。你不知道鹤予这人，在遇见你之前，清心寡欲得我以为他这个人不会对异性产生感情。”

姜西笑了一下，这话听得她心里舒畅。

陈鹤予昨晚把该说的都说了，包括他上一次来芜周是来帮老会长的忙的事。

几个人喝茶闲聊，老会长自然便提到了这件事。

孙宁均说：“对了，鹤予，还没来得及把好消息告诉你。上次你来芜周处理的水性油墨污水案已经得到了解决，我们找了你推荐的靠谱的污水处理厂，现在被举报的印刷厂已经按照你制定的几个方案开始实施整改了，成效非常不错。”

陈鹤予点头：“那就好。”

蒲利江故作生气地哼了一声：“翅膀硬了，真的是翅膀硬了。一跑出岛，什么活都接，在岛上的时候我让你敲个鸡蛋你都磨叽半天！”

“我为什么不敲鸡蛋您心里没数？我一个星期有二十一顿都在吃蛋炒饭。”

“我没给你做汤？”

“有，二十一顿都是番茄鸡蛋汤。”

蒲利江不爽道：“一个星期给你做二十一顿饭，你还嫌弃我？”

陈鹤予假意恭维：“我哪儿敢，蒲老师。”

姜西从陈鹤予手心里抽出手去拿面前的杯子，遮住已经无法克制地上扬的嘴角。

原来陈鹤予嘴巴毒是跟蒲老师打嘴仗练出来的。

原来陈鹤予只会做炒饭也是受了蒲老师的影响。

这两人在一起还挺好玩。

孙宁均趁着那两个人斗嘴的空当问姜西：“小西，你知道水性油墨污水的来源是什么吗？”

这触到了她的知识盲区。姜西摇头：“我不太清楚这个，是什么？”

“没关系，让鹤予解释给你听。”孙宁均给陈鹤予抛了个眼神，示意——你表现的机会到了。

陈鹤予想了一下，觉得这东西没什么好说的，都是生活中很常见的东西，说简单了就是清洗有害化学物质所产生的废水。

他偏头看了姜西一眼，见姜西带着等待答案的眼神直直地看着他，心想还是讲讲吧。

他在心里组织了一下语言后，不疾不徐地解释道："水性油墨广泛应用于印刷行业和纸箱包装行业，其实生活中很多东西都会用到水性油墨，比如，书、杂志，牛奶和饮料瓶的复合纸包装。水性油墨在生产和应用过程中会涉及设备清洗，清洗时会产生一定数量的水性油墨废水。"

孙宁均接话："我们协会在一个多月前突然接到举报，说市里一家小规模的印刷厂违规将水性油墨废水直接排放进大海。那会儿环保论坛举办在即，芜周市的城市形象宣传片也在筹备中了，我们除了第一时间要求印刷厂停业，就是想办法怎么最低调地处理这件事。"

蒲利江也是昨天才知道这件事。他插话道："昨天忘了问你，你是怎么想到鹤予的？除了姜老太太，没人知道鹤予从岛下来了吧？"

"是啊。"孙宁均说，"老雷闲得慌，外出看展，碰巧在展会上碰到了姜老太太，她说起鹤予正在她那里，我和老雷才试着联系了鹤予。多亏了鹤予的帮忙，要是找污水处理厂的话效率太低了，咨询、询价、出方案、定价、处理，这一通下来要花多少时间？我们鹤予来了之后用了不到一个星期全给搞定了。在污水处理这方面，鹤予可是顶级的专家。"

"这算什么，那是他专业领域的东西，我来说个稀奇的。老孙，你没见过他剪片子吧？国内上映的那部《决战》其实有两个版本，一版是上映的正片，还有一版是我以投资方的名义搞来素材，让鹤予无聊的时候剪着玩儿的。我想剪辑一部电影总能消磨他几个月的时间吧，结果这小子两个星期就搞定了，我又开玩笑地给电影的正、副导演发了鹤予剪的这版片子过去，结果给正、副导演气得差点儿把他们的几个剪辑师开除。"

姜西听得一愣一愣的，他说的是去年冬天上映的那部《决战》吗？

她去电影院看过，票房一般，但上映的头一个星期确实火。姜西和伍清越看的是午夜场，大晚上的座无虚席，看电影的人哭成一片。网上有很多人夸剪辑师，夸演员演技好的倒是不多，只说得亏电影剪得好，场景转换太戳人心窝。

“上映的那版《决战》难道是陈鹤予剪辑的？”姜西深感不可思议地惊呼出声。

蒲利江摆摆手，无奈地说：“他哪儿肯，说自己快手剪出来的东西并不尊重原电影，不让用。几个导演看了鹤予剪的这版，已经瞧不上自己剪辑师剪的东西了，只能让自己的剪辑师一点一点地抠细节，按照鹤予剪的又剪了一遍。”

姜西惊叹：“厉害啊！”

陈鹤予轻咳一声，示意够了。

别在他女朋友面前炫耀他有多了不起，身边亮晶晶的崇拜目光已经快闪瞎他了。

他也总算知道今天喝茶的目的了，合着他就是来听夸奖的。

中午，老会长掌勺做了一桌饭菜，一半是海鲜，一半是芜周的家常菜，口味偏清淡。

午饭上桌，没有饮料，院子外面有两棵矮矮的椰子树，棕榈叶下有几颗不规则的圆形的青椰子。老会长问姜西想不想喝椰子汁。

姜西没吃过现采的椰子，也不知道树上的椰子要怎么采。

岛上的大人小孩几乎都会爬椰子树。高大一点儿的椰树需要攀爬工具，这样的矮树直接上就行了。

“我给你摘。”陈鹤予站在门口看了一眼高度就走了过去。

姜西迈着小碎步跟上，目光中仍旧充满了崇拜：“你以前爬过吗？千万不要为了耍帅逞强啊。”

室外像火炉一样烫人，陈鹤予三两下爬上了树，眨眼间两颗大青椰从树上掉了下来。姜西在底下惊呼“好棒”。

陈鹤予下来得也快，几乎是眨眼的工夫，他已经在姜西面前站定。

姜西拍了拍手，由衷地赞他：“哥哥好厉害。”

“行了，夸得我跟什么都会似的。刚刚蒲老师说的话你也别全信，我没说什么是我懒得说。”

“蒲老师夸你跟夸儿子一样，骄傲都写在脸上了。”姜西说。

“蒲老师无儿无女，差不多把我当儿子养，这个年纪的老人家，你应该理解。‘别人家的小孩’已经过时了，现在大家就爱炫耀自家孩子有什么技能。他刚刚说的那部电影，其实我剪得很垃圾，纯粹是练手之作，电影成片我也看过，没有全按照我剪的来。”

姜西从他手里接过一个椰子，跟他并排往屋里边走边说：“蒲老师真的很为你骄傲。”

陈鹤予“嗯”了一声，忽然说：“姜老师也一样。”

“我姑婆？”姜西可没从她姑婆嘴里听到什么关于她的好话，“她在你面前夸过我啊？都夸我什么？说来听听。‘人美心善’这种就不用说了，大家都知道的事儿，没什么好夸的。”

姜西侧着头和他说话，压根没注意到前面多了一张悬挂的渔网。陈鹤予伸手替她一挡，姜西无知无觉地从他手下穿过，头顶距离他手的位置大概还有半个头距离。

多此一举了，原来他不挡，她也能穿过去。

姜西还在哄他：“你说说啊，我的好奇心都被你勾起来了。”

快进门了，陈鹤予把姜西怀里捧的椰子拿了回去，愣是什么也不肯说。

吃完午饭，蒲利江同孙宁均要回协会，问两个小年轻下午要去哪里。

做饭姜西没帮上忙，饭后她便主动洗了碗。收拾好碗碟，又用洗手液洗了一遍手，出了厨房门，姜西看了一眼陈鹤予，说：“下午要不要去看小仟拍摄？天太热了，外面也没什么地方玩。”

“不去玩海上摩托？”陈鹤予打趣她。

姜西以为陈鹤予是认真的，她眼睛一亮，解下腰上的围裙，一个劲地冲他点头：“可以啊，你教教我，等我学会了载你。”

陈鹤予接过她手上的围裙，挂回原位，说：“走吧，先回酒店。”

昨晚两个人一直聊到半夜，姜西没撑住，靠在他肩膀上昏睡过去了。今天早上起来，她也只匆匆地洗了个澡，都没来得及回自己房间换衣服就出了门。

如果要去片场，姜西必然要回酒店先换身衣服，否则昨天当着那么多工作人员的面，姜西以那副狼狈的样子把陈鹤予拉走，今天还穿着昨天的衣服出现，免不了被人乱猜测。

打车回来也热出了一身汗，两个人决定先各自回房间洗个澡。

姜西在十六楼，陈鹤予在十九楼，不过姜西和陈庭住一间，纵使陈庭不在，陈鹤予也不方便下楼来找姜西，于是两个人约好了晚些时候姜西上楼来找陈鹤予。

姜西刷卡开门回到房间，房间里静悄悄的，她原以为没有人，等走进去才发现门窗紧闭的室内有一丝空调的凉意，陈庭一个人躺在那张大床上，被子盖得严严实实，罩住了半张脸。

察觉到亮起的灯光，陈庭扯下被子，说：“你回来了，姜西。”

她嗓子哑得厉害，姜西被吓到了。她放下手里的包来到陈庭床边，一摸陈庭的额头，她急道：“庭姐，你怎么发烧了？泽泽呢？”

“有点儿发烧，可能是着凉了，已经吃过药了，不要紧。”陈庭又把被子扯回去，遮住口鼻和姜西说话，“我给你在隔壁开了间房，晚上就不和你一起住了，万一传染给你可不好。泽泽让崔栩仟带走了，他说帮我带小孩，我挺不好意思的。姜西，能麻烦你帮我把泽泽接回来吗？”

“好，我一会儿就去片场接泽泽。庭姐，你好好休息。”

“麻烦你了。”

姜西给陈庭倒了杯热水，放在她够得到的床头柜上。等姜西找完衣服回头，陈庭已经捂着被子又睡着了。

酒店浴室的隔音不好，她洗个澡的动静也大，难免会影响到陈庭。可偏偏陈庭睡着之前忘了把她新开的房间的房卡给她，没办法，姜西只能抱着衣服上 19 楼去找陈鹤予。

陈鹤予给她开门的时候穿着酒店的浴袍，左胸口上温爵仕酒店的蓝色标志很明显。他半敞着胸膛，头上搭了条毛巾，手懒散地搭在门把手上。看到门外的姜西还穿着原来的衣服，他挑了挑眉。

姜西直勾勾地盯着陈鹤予半敞的胸口看了一会儿，要不是及时想起来自己还没洗澡，她简直要伸出魔爪蹭一蹭。

“庭姐睡了，我来你这儿洗澡，洗完我要去片场接泽泽。”姜西移开视线说完，推门进去。

“泽泽是谁？”陈鹤予在姜西身后关门，问道。

“泽泽是我主管的儿子。”姜西想起自己忘记介绍他们认识了，昨天他们也没有一起吃饭，他说，“你还没见过我主管吧？她感冒了，不然今晚可以一起吃个饭。”

陈鹤予从浴室里拿出吹风机，腾出地方让姜西洗澡。

“见过。”陈鹤予说完，半分钟后他将吹风机放在桌上，抬手随意地拨了拨头发。

陈鹤予说：“你去玩海上摩托那次，小仟带我找过你主管。她说你自婚宴开始前出去后就没回来，也不知道你去了哪里。后来她还跟我们一起查过监控。”

姜西那时候脑袋发胀，人晕晕乎乎的，在热闹的宴会现场根本待不住，她事后也觉得有些不好意思。

她其实在酒店楼下徘徊了很久。

她没处去，也不知道蒲利江和陈鹤予要谈些什么，烦躁的情绪让她很想找个突破口。恰好她看见边上一对母子穿着泳衣、裹着浴巾从她身边经过，穿过大堂去了酒店外面的沙滩，她这才想起孙思敬给她预订过水上项目。她什么也没准备，直接过去了。

“泽泽就是那个拔人腿毛的小鬼？你刚刚说他在哪儿？”

姜西讪讪的，泽泽在她面前明明就是小天使，哪有拔人腿毛的怪癖？

“他也拔你的了？”姜西有点儿想笑，她视线往下移，盯住他身上浴袍之下露出的小腿。

陈鹤予神情淡然：“没有，我躲开了。”

“是吗？”姜西半信半疑。

姜西火速进浴室洗了个澡，出来的时候已经换好她寻常穿的紫色紧身打底中袖，下身是一条做旧版的蓝色牛仔裤。

她头上包着毛巾出来找吹风机。

陈鹤予还穿着浴袍斜坐在床头，背后垫了个枕头，正一脸认真地看着手机。

听到姜西出来的声音，他下意识地看了过去。她身体曲线曼妙，小腹平坦，就是裤子太宽了。

姜西双手捂着包裹住湿发的毛巾，睨了陈鹤予一眼：“你怎么没换衣服？等会儿你不陪我去片场吗？我得去接泽泽。”

“不用了。”陈鹤予把手机界面转过去给姜西看，“我看小仟带他带得挺好的，不知道的估计会以为小仟是他爸。”

姜西将头上的毛巾扯下来，她的湿发散落下来，阵阵水果清香味瞬间洒满整个房间。

她一步跨上床，紧挨着陈鹤予坐下，从他手里接过手机，画面是第三者拍的录像。

布好景的大棚里，崔栩仟穿着一件绿色的短袖刚刚结束阶段性的拍摄，他从正中间的舞台上下来，泽泽在台下使劲儿地给朝着他走来的崔栩仟鼓掌。

崔栩仟叫泽泽“小孩儿”，泽泽叫他“哥哥”。

崔栩仟蹲下来，一把抱起泽泽，忽然对着镜头笑嘻嘻地说：“来，我们给妈妈拍张照，给妈妈看看……”

“我看他在那里玩得挺开心的，不用接，拍完了小仟会带他一起回来。”

视频播放结束，姜西陷入了沉思。她嘴里喃喃地道：“不好吧。”

她忽然感觉颈窝处有一股热气扑了上来，她本能地往后一躲，后脑被宽大的手掌按住，陈鹤予温热的唇贴上她刚洗完澡还带着湿意的唇。他吻得耐心又温柔，身上那件浴袍不知道什么时候褪去了。姜西手扶在他的肩上。

浴袍不知什么时候被姜西压在了身后，陈鹤予轻轻地将她放倒，用浴袍裹住她的湿发，也盖住了她的眼睛。

姜西在黑暗中用双手捧住他的脸，送到自己耳边。

陈鹤予悄悄地在她耳边落下一个又一个吻。他用食指摩挲她的耳朵，声音里含着从未有过的暧昧笑意，问：“怎么这么湿？”

姜西要抬手去掀盖住她眼睛的浴袍，被陈鹤予按回去。他又不紧不慢地补充了一句：“我是说你的头发，起来，先把头发吹干了。”

02

两个人最终还是去了片场。

摄影棚是为了拍摄临时搭建的，棚内开了三台立式空调，仍旧显得闷热。现场的工作人员担心大家中暑，下午特地准备了冰绿豆汤，盛在一次性的透明碗里。

姜西在片场角落的一个躺椅上找到了泽泽。躺椅位置很僻静，而且离空调近，崔栩仟还在拍摄，这里有他的助理守着。

泽泽身上盖着一件墨绿色的衬衫，看样子是崔栩仟的衣服。姜西凑近悄悄地看了一眼泽泽，泽泽额前的齐刘海侧到了一边，睡得香甜。姜西放心了，蹑手蹑脚地走开，找了个空位子坐下。

明星果然是最受注目的那一个，现场最亮的几台大灯都照射着幕布前的舞台。导演坐在摄影机后面，几台显示器上呈现着崔栩仟在台上的每一个动作和表情。现场只要是手里没活儿的人，几乎都在导演的身后站着观看。如果这里不禁止手机拍摄，估计人人都会举着手机录下崔栩仟的所有表演场景。

姜西和陈鹤予坐在摄影棚的边缘，一人一个小板凳，面前摆着大半箱没有分完的绿豆汤。

姜西忽然抬起手，手指圈出一个框框，右眼移过去，透过比画出的“镜头”对着陈鹤予假拍，感叹道：“好可惜，艺人万众瞩目，我家哥哥这样隐姓埋名的大专家却只能在这里陪品牌方坐小板凳。”

陈鹤予看了看她，配合地看向镜头，下巴微抬，面无表情地伸出手指比了个“耶”。

姜西满足地笑了一下，放下手，她又感慨道：“我还挺好奇小仟怎么会想着去当明星的。他出道那年刚上大一吧？他大学念的是什么专业，我记得我好像搜过……C大的环境学？”

C大是一本，招牌专业是外贸类，环境学在C大很冷门。

“嗯，他现在是C大环境学专业的活招牌。听说小仟走红之后，C大环境学专业每年的分数线直线上升。”

“这么夸张？”

“小仟会当艺人也没什么令人惊讶的，他从小表演欲就强，只不过家里不让他考艺术类的院校。他父母是生意人，肯定希望他给自己留条后路。”

陈鹤予说："你弟弟也念的环境学专业，他自己感兴趣？"

姜西当即摇头："我爸推荐的，他选了几个专业让我弟挑，最后我弟选了环境学专业。他也谈不上喜欢吧，你见过我弟就知道了，他虽然从小就是个学霸，看起来好像知道自己要什么，实际上无欲无求，对什么都不感兴趣。现在的小孩儿不都很抵触父母给他们做主吗，我弟就不是，他巴不得我爸妈给他铺好路，或者教他下一步怎么走。"

陈鹤予开了盒绿豆汤给姜西，问："那你呢，你选的专业受到你爸妈的干涉了吗？"

姜西没想到陈鹤予话题一转问到她头上，接过他手里的碗，碗里的绿豆汤明显晃荡了一下。

高考分数出来的时候她爸刚刚进局子，连她可以选什么院校和专业的意见都来不及给，而她妈妈一直在生气，还怎么干涉她？

姜西心虚地说："他们喜欢管我弟弟，不喜欢管我，因为我不听话啊。"

"我看到你房间里有考研的书。"他第一次去她家的时候看见过，后来就再没看到了。陈鹤予记得那是几本翻烂了的考研书，页页都做满了笔记。

"当时我想考西交来着，我的本科专业是能源与动力工程。这个专业，国内排名第一的就是西交。我读书的时候很喜欢做第一。"

"没考上还是……没去考？"

姜西低头，勉强一笑道："没去考。大四那年我已经在众达的汽车研究院实习了，跟了一个很大的项目，做得还不错。工作稳定了，我就没再想着考研了。"

姜西说谎了，陈鹤予一眼就看出来了。

姜西喝下一口绿豆汤，接着往泽泽睡觉的地方看去，嘴里嘀咕道：“泽泽怎么还不醒啊？等他醒了我就先带他回去，小仟这里不知道要拍到几点。”

姜西看了一眼手机，说：“已经五点半了。”

熟悉的场务过来打招呼：“姜西姐，今天的拍摄很顺利，所以导演打算今天把所有内景都拍了，说不定会拍到凌晨时候。你们等会儿在这儿吃饭吗？如果吃我就多订两盒好吃的盒饭。”

场务是个年轻的小姑娘，只比姜西小两岁，一口一个姜西姐，听得姜西以为自己比她大上七八岁。

“帅哥，你吃吗？”场务也问了陈鹤予一遍。

陈鹤予看了场务一眼，然后转头问姜西：“你要留在这儿等这小孩醒吗？”

“我和泽泽在这儿吃完饭再走吧。时间不早了，你先回去吧，不用等我们。”

酒店离这里不远，只隔着一条政府修建的休闲长廊。那条休闲长廊从海岸一直延伸到酒店后面的商业街。从这里穿过休闲长廊走到酒店，最多也就需要十分钟。

“天黑了，我不放心。”

场务站在一旁看着小板凳上你一言我一语的两个人，心想：这该不会是小两口吧？她轻声打断他们：“那盒饭……”

姜西抢在陈鹤予前回答说：“我要一份，他不要。”然后她看着陈鹤予，认真地说，“马上就到六点了，你该回去了。七点天就黑了，等天黑了我更不用你陪。”

不带上泽泽，看来姜西是不会走了。陈鹤予回忆了一遍过来的路，还算近，于是他回答场务：“给她订一份吧，我不吃。”

两个人又在片场转悠了一会儿，姜西有些好奇用这些幕布为背景拍出来的东西最后是怎么变成动画的，于是向陈鹤予请教。陈鹤予从来都是实景拍摄，没接触过特效，所以答不上来。

其间崔栩仟有十五分钟的休息时间，他下台喝了半碗绿豆汤，喝完之后化妆师立刻过来为他补妆。

“嫂子，我都和庭姐说过会让人把泽泽送回去，她不放心，还让你跑一趟。”崔栩仟看了一眼泽泽的方向，说，“哎，他都睡了好久了，怎么那么能睡啊。”

姜西倚着陈鹤予，把手背在身后跟陈鹤予食指勾食指，她心里有些惊叹小仟妆后的惊艳样貌。崔栩仟和陈鹤予给人的是完全不一样的感觉，陈鹤予身上稳重的气质似乎是随着年龄的增长来的，而小仟身上的少年气则是他与生俱来的，伴随着一点儿孩子气，因为年轻，他脸上好像永远充满了朝气。

只不过现在，他三句话不离泽泽，倒给人一种老父亲的既视感。

“没事，我们本来就打算过来看拍摄，接泽泽只是顺便。”

“哥什么时候走？”崔栩仟手叉着腰问。

陈鹤予看了一眼手机，发现一个未接来电。姜西顺势替他回答：“我让他六点走。”

陈鹤予点了点头，握着手机道：“我去外面给蒲老师回个电话。”

电话里，蒲利江的语气与今早见面时有很大不同。他长长地叹了一口气，神情凝重地转达了他今天下午与K医生的通话内容。

“你没有吐出来才是最危险的事情。鹤予，我和K医生都不赞成你继续留在这里了。”蒲利江耐心地分析，“这里没有稳定的电源，谁都保证不了哪天你住的地方电路不会短路，或是灯泡突然坏了。这么大个酒店都能停电，你让我怎么放心姜老太太那个艺术馆？你住的岛上不一样，那里有为你加强过的最稳定的电路设备，有你复健所需要的一切条件，有最专业的医生团队给你最完善的治疗。只要你愿意配合，你会好起来的，等你好了，谁都不会阻止你回来。”

“前提是你要配合治疗。当然，我想现在你肯定不会拒绝K医生的脱敏计划，你现在心里有牵挂了吧？我和K医生提到小西的时候，他也很兴奋。”

陈鹤予沉默片刻，冷静地对电话那头的人表明态度：“我答应过姜西，不会走。”

“你不走我就把后果告诉她！难道她想看着你死吗？！”蒲利江在电话里吼。

又是这样，提到治病，他又不听劝！

蒲利江的耐心瞬间消失，他在电话里一字一句地警告陈鹤予：“你再发一次病会没命的。你也别再擅作主张地尝试关掉你房间里的灯，这几天我会让小西看好你。跟我回岛的事儿，我暂且不和小西提，你自己趁早和她说清楚，让她心里有个准备。人家小姑娘正儿八经地和你谈个恋爱，你别让她没了男朋友。”

电话挂断后不久，姜西从影棚里跑了出来。

不知道什么时候她把头发束了起来，紫色圆领口上方，那枚蓝色的水柱项链在她瓷白的肌肤映衬下尤其显眼。

“陈鹤予，刚才我爸给我来电话了！”姜西看起来很兴奋，“现在是夏令时，他那边才五点，他说他一晚上没睡好，特别想给我打一通电话。我不知道该和他说什么，想找个话题，就把我和你的事情告诉他了。他听了挺开心的，说姜戈现在还在过暑假，他们在M国闲着也是闲着，过几天买到机票了，就回国来看我们。”

姜西抓住陈鹤予握着手机的那只手，摇晃着他的胳膊，软软地撒娇：“陈鹤予，我想过了，等这边的工作结束，我们马上回临州，把蒲老师也叫上。等我爸妈和姜戈回来了，我们和他们说结婚的事情好不好？”

姜西直勾勾地看着他的眼睛，语气是从未有过的坚定：“陈鹤予，我想和你结婚。如果可以的话，我想越快越好。”

03

加利福尼亚州西海岸有一个著名景点蒙特雷湾，海面下有一个规模可与科罗拉多大峡谷媲美的深海峡谷。陈鹤予第一次见到这项海底奇景是在他成年那年，不是亲眼所见，是在大学课堂上，教授在液晶屏上投放了他当年跟着一支探险队坐潜水器下水，利用新型高灵敏相机拍下的深海影像。

蒙特雷湾国家海洋保护区是保存了最原始状态的海洋保护区之一，除了北美最大的水下峡谷，M国最大的海藻林也位于此地。高灵敏相机之下，海底茂密的珊瑚森林垂直而立，鱼、虾、蟹等各种各样的海洋生物在珊瑚丛中游荡，再往下，水下两百米后已经是漆黑一片，探险队打开潜水器的灯，寻找那些陌生的生物物种……

因着父母的关系，陈鹤予见过的海景在同龄人里已经算多的，但即便后来他学会深潜之后见过无数稀奇古怪的海洋生物和海底奇观，那堂课给他留下的印象依然很深刻。

大概是因为那是他第一次感受到蒙特雷湾国家海洋保护区的奇妙和美好。

他至今未去过蒙特雷湾，那是仅存在于他印象中的美好。

“陈鹤予，我想和你结婚。如果可以的话，我想越快越好。”

姜西说的那句话直到三分钟后还在他脑海中回荡。

结婚？她和他吗？

如果说蒙特雷湾是他记忆中最深刻的对美好的向往，那和姜西结婚就是他此刻最大的奢望。

姜西是真的开心，她不知道从哪里抓来一把薄荷糖，剥了一颗塞进陈鹤予嘴里，又给自己剥了一颗。嘴里含着糖，她满心欢喜地说：“还不知道我姑婆什么时候回来，不过没关系，姑婆那么喜欢你，她知道了只会更开心。等她回来了，我们再正式地和她一起吃个饭。还有啊，你虽然见过清越几次，但咱们也没好好地一起吃个饭对不对？清越是我最好的朋友，她谈恋爱的时候都会让男朋友请我吃饭的，我们也请她吃一次吧，她喜欢吃日料自助……啊，你好像不爱吃海鲜，没关系，那我们吃别的好了。”

姜西喋喋不休，她意识到自己讲得太多了，是在发现陈鹤予嘴角没有半点儿笑意的时候。

那颗薄荷糖被他安静地含在嘴里。

姜西看着陈鹤予，见他闷声不说话，以为自己说得太突然吓到了他，或是她擅作主张和爸爸说了关于他的事情，他不开心了。好像是有点儿着急了，她只知道他祖籍在S市，爸爸目前定居加拿大，也不知道他在国内还有哪些亲人，是不是先和他家人见个面比较好……

还是，她突然提到结婚，他害怕了？觉得太早了？

“我是不是吓到你了？”姜西不确定地问。

陈鹤予确实被吓到了。前一秒他还在考虑走和留的问题，走的话，要走多久。

他抬手摸摸她的头，竟然不知道下一步该做什么动作。

K是陈鹤予的主治医生，是全球知名的精神科专家，也是蒲利江十分信任的伙伴。他从一开始就说了，陈鹤予迟迟不好的主要原因就是他自身缺少一个精神支柱，母亲的离世让他那么多年的信仰忽然崩塌，他缺少一个支撑着他走出这片黑暗的东西或者人。所以，当陈鹤予告知蒲利江，他曾经在艺术馆关灯十五分钟内没有吐过之后，蒲利江前所未有地感到兴奋，他以为自己看到了希望，那片希望来自姜西。

蒲利江和K通了一通电话，最后K的结论是——这是好事也是坏事。如果趁着这点儿进步开始治疗，陈鹤予的治疗结果将非常理想，但如果他依然拒绝治疗，那么下一次的发病绝对会危及他的生命。

他的生理反应就表现在呕吐上，吐出来了才能好些，那吐不出来呢？

他会难受、恶心，会受到生理和精神上的双重折磨，或被激发出其他难以预知的反应，比如昏迷、失忆、休克等。

“太快了，你父母会以为我不靠谱，花了几个月时间就把他们的宝贝女儿骗到了手，还要急着结婚。”

陈鹤予勉强一笑，看上去没多么开心。

姜西有点儿失望，不过她还是宽慰他：“当然不会，是我追的你。”

陈鹤予嚼碎嘴里那颗糖，冰凉的糖果味逐渐让他回神。他张嘴刚想说点儿什么，这时棚里跑出来一个人，说泽泽醒了，醒来就哭。崔栩仟正在拍摄顾不上泽泽，于是崔栩仟的助理拜托他过来找姜西去看看泽泽。

姜西听完就要跑，陈鹤予忽然牵住姜西的右手，将她细细的手指握在手心。姜西回头看了陈鹤予一眼，眉梢一挑：“怎么了？泽泽既然醒了，我们就一起回去吧，你在门口等我一下。”

“嗯。”

姜西用左手拍拍陈鹤予的手背，从他手里抽出来右手。

陈鹤予感觉心里瞬间一空，他看着姜西小跑着离开的方向，好像看见她进入了一个没有光的黑洞。一时之间，他双眼迷离，忍不住合上眼缓了缓，再睁开眼的时候，影棚门口的工作人员来来回回，那抹紫色的影子已经不见了。

五分钟后，陈鹤予在大厅接到了姜西的电话。

“泽泽要留在这里和小仟一起吃过饭再走，小仟还在拍摄，恐怕还要等一会儿。你先回去吧，我回酒店后去找你。”

“路上小心。”

晚上七点，崔栩仟才结束这一场的拍摄。演职员们开始休息吃饭，其间姜西一直心神不宁，场务给姜西送盒饭的时候，她神情茫然地接过，却愣在原地没有打开。

崔栩仟和泽泽坐在一起，见姜西捧着饭盒没动，疑惑地叫了声“嫂子”。姜西回神，投去一个眼神。

崔栩仟问她：“你怎么不吃饭啊？”

姜西“哦”了一声，手上这才有了动作。

饭盒的密封性很好，盖子紧密地贴合在饭盒上。姜西使劲掰盖子，却怎么也掰不开。

崔栩仟觉出她的不对劲，看她一副有气无力的样子，于是站起来说：“嫂子，我来吧。”

不等崔栩仟拿到饭盒，只听“啪嗒”一声，姜西终于打开了盖子，只是用力过猛，饭和菜全部倾倒在她的牛仔裤上。

崔栩仟的助理就坐在姜西对面，忍不住“哎”了一声，然后狂扯纸巾递给姜西擦裤子。

姜西道歉：“不好意思，浪费了大家一份饭。”

崔栩仟还站着，他也扯过纸巾递给她：“没事儿，盒饭只多不少，我再让人给你拿一份。”

崔栩仟的助理起身去给姜西拿饭了。

姜西去卫生间用洗手液好好地将手搓了一遍。她看了看身上，牛仔裤上只有少许污渍，除此之外，她慌乱中站起来的时候饭菜掉到脚上，因此帆布鞋也脏了。

姜西不爱洗这种东西。她抽了张纸巾把手擦干后，摸出手机搜附近的洗衣店。

回到摄影棚的时候，崔栩仟已经吃完了饭，重新投入了拍摄。他吃得不多，只把蔬菜吃光了，米饭几乎没动，相比起来，居然还是泽泽吃得比较多。

姜西在心里感叹了一句“艺人保持身材真不容易”后，朝泽泽伸出手：“这下可以跟我回去了吧？你妈妈发消息问我了，她一直在等你回去呢。”

顶着蘑菇头的泽泽笑眯眯地朝姜西张开双手。

姜西惊讶道：“要抱啊？”

崔栩仟的助理说：“小仟陪他的时候几乎没让他的脚落过地。”

泽泽挺轻的，姜西一把抱起泽泽。泽泽像只小考拉一样搂住姜西的脖子，他们走的时候导演刚刚喊“卡”，崔栩仟在幕布前一个劲地朝泽泽和姜西挥手。

天已经完全黑了，出了大厅，闷热直扑过来。姜西抱着泽泽一会儿就出汗了，泽泽主动下来要自己走。

远处的海面隐在夜色里，一阵一阵的浪潮声像规律的脚步声。近两年来，借着那部纪录片的影响力，芜周岛的旅游业得到了极大的发展。除了温爵仕酒店，周遭的店铺和商业街也已建成，不过目前没几家店铺在营业，后面的商业街更是连招标都没有开始。

朝南是沙滩，经过海上游乐项目时，姜西还示意泽泽往那个方向看：“泽泽要是喜欢，等妈妈身体好了，我们一起过来去坐香蕉船。”

泽泽回头看向姜西，问：“那我们叫上小仟哥哥吗？”

“泽泽这么喜欢小仟哥哥呀？”姜西惊讶，崔栩仟难道是男女老少通吃？她晃了晃牵着泽泽的手说，“小仟哥哥很忙，而且喜欢小仟哥哥的人很多，如果小仟哥哥来这种地方玩，会感到困扰的，因为会有很多人过来打扰他。”

“还有别人喜欢小仟哥哥吗？”泽泽低头，看上去很失落，“我以为只有我妈妈喜欢小仟哥哥。”

泽泽说：“姜西阿姨，我在我妈妈的电脑上看到过小仟哥哥的照片。”

姜西说：“小仟哥哥是明星，我们公司想找他做品牌的形象大使，阿姨的电脑里也有小仟哥哥的照片。我们是喜欢他，因为希望他能和我们公司合作呀。”

“是这样的吗？”泽泽半信半疑。

前面就是长亭，上长亭要上台阶，姜西抓着泽泽的手臂，说：“来，泽泽小心，跨上去。”

沙滩上人群的喧闹声格外大，姜西浑然不知有个男人从摄影棚出来后跟了他们一路，直到现在，那男人觉得机会到了。

突如其来的巨大冲击力推在泽泽的背上，要不是有姜西牵着，泽泽的额头早就磕在台阶上了。姜西瞬间收紧了自己的手，将泽泽牢牢地牵住。她慌乱地转身，把泽泽护在身后，然后就看到了一个衣着破旧的男人。

这个男人头上戴着脏兮兮的鸭舌帽，脸上捂着黑色的棉口罩，姜西看不清他的眼睛。她握紧了泽泽的手，问他：“你是谁？”她声音有点儿颤抖。

泽泽在姜西身后“哇”的一声大哭起来。

男人一步一步地逼近姜西，一直将她逼到亭子的角落里。姜西低头看了一眼泽泽，忽然松开泽泽的手，把泽泽往旁边一推："泽泽，快跑！”她直接冲上去抱住男人的胳膊，把他往另一个方向拖，嘴里喊道，“泽泽，跑回酒店，快跑！”

这里离酒店很近，泽泽只要往前跑一段距离，酒店门口的安保人员就能看见他。

男人的目标并非泽泽，他对泽泽没有任何兴趣，他一开始的目标就是姜西。

姜西在男人的帽檐下搜寻他的眼睛，再向下看到他的肩……她猛地想了起来，这是那天在酒店门口看见的工装男人！

“是你？”

姜西不敢大声呼救，怕激怒男人后对泽泽不利。男人擒住姜西的双臂，肮脏的手掌摸上她的后背。

姜西拼命挣扎：“神经病，别碰我！别碰我！”

挣扎中她听见泽泽的哭声还在继续，四岁的小孩完全被吓住了，站在原地一边哭一边叫“姜西阿姨”。

“泽泽，你快跑啊！”姜西吼着，声音近乎绝望。

“你到底是谁？不要碰我！”

姜西在绝望中奋力一挣，挣脱了被男人禁锢着的手臂。因为用力过猛，姜西踉跄着后退了几步，眼见男人又扑了上来，她抬脚狠狠地朝他的下体踢去。

可惜男人反应敏捷，他一侧身，姜西只踢上了他的大腿外侧。

他又冲上来，姜西看了一眼泽泽，心里一时没了别的办法，但她已经明白男人的目标是自己。她猜测，这兴许是个胆大的猥亵狂徒。于是她深深地看了泽泽一眼，决定往另一边后退。

男人一步一步地朝她走过来，姜西被步步紧逼着后退。

不知道那男人为什么不像刚才那般疯狂，也料不准男人身上是否持有凶器，姜西只能一边后退一边看向泽泽，心里祈祷着泽泽快跑。

忽然，那男人抬手向上扯了扯帽檐，露出阴郁的眼神。姜西警惕地看着他手上的动作，刚想开口问“你想要干什么”，下一秒，男人就毫无征兆地转身朝泽泽跑去！

姜西倒吸一口冷气，一边大喊“救命”，一边以此生最快的奔跑速度朝男人追去。

她差点儿便抓住了他的衣角，却不料脚下一绊，重重地摔倒在地。姜西大脑一片混乱，嘴里不住地哀求他放过孩子，男人却一把扛起泽泽，朝那片连路灯都没有的商业街狂奔而去……

姜西顾不上害怕，爬起来追了上去。长亭尽头就是商业街的入口，这里还没有店铺进驻，一眼望去没有一点儿灯光，没有一个人。

男人抱着泽泽跑上了商业街中心尚未通电的扶梯。

姜西已经追到了近前，差点就抓住泽泽朝她伸出的手。姜西从来没有这样害怕失去一个人，她哭着求他："放下泽泽，我跟你走，他只是个小孩子，我跟你走……"

人在恐慌之下手脚都是软的，姜西爬到扶梯的一半就觉得自己浑身没了力气。她只能眼睁睁地看着男人扛着泽泽跑到扶梯的尽头，然后消失在无边的黑暗里。

"泽泽！"

这么热的天，凉意却遍袭姜西全身。她惊慌得一声声叫着"泽泽"，手脚并用地攀上了扶梯。

弯弯曲曲的长廊，紧闭的店铺门，到处都空荡荡的，无人回应她的呼喊。

04

很快，警笛声响彻这片商业街。

街区内部没有通电，监控难查，警察只能包围这片街区，一个角落一个角落地找。

陈庭穿着一身松松垮垮的睡衣到了现场，因为刚从床上爬起来，她头发凌乱得像个疯子。

如果泽泽找不到了，她真的会变成一个疯子。

陈庭身体僵硬地出现在扶梯口时，坐在最后一级扶梯台阶上的姜西彻底瘫软在陈庭脚边，满脸都是眼泪："庭姐，我对不住你。那个人的目标原本是我，我没想到他会带走泽泽，我对不起泽泽，我对不起你……"

陈庭一声都没有吭，暗夜里，她脸色煞白地在二楼扫了一圈，表面上冷静地说："泽泽就是在这里丢失的吗？"

姜西泣不成声地点头。

警察跑上跑下找着人，却没有发现丝毫线索。

夜里一点，摄影棚里的演职人员完成了所有的拍摄工作，大家都是习惯了熬夜的人，收拾东西的时候还算精神。

崔栩仟下台之后先去上了个厕所，化妆师在卫生间的门口等他。见崔栩仟出来了，化妆师问："小仟，要不要卸了妆再走？"

"我直接走了。我手机呢？"

"在小洲那里。"

崔栩仟从助理处拿到手机，按了下锁屏键，手机屏幕却没亮，他这才发现手机已经没电关机了。

助理主动从包里摸出充电宝递上。

崔栩仟刚开机，陈鹤予的电话直接打了过来。他接了电话："哥，这么晚了，你还没……"

没等崔栩仟说完，陈鹤予就打断了他："姜西呢，她还在你那里吗？"

"嫂子吃过晚饭就带泽泽回去了，她没跟你说？她会不会是回自己房间了？"

"没有。"陈鹤予下楼敲过她的房门，没人应，就连陈庭也不在。

两个男人内心不约而同地生出一股不好的预感。

崔栩仟看了助理一眼，对着电话那边的陈鹤予说："我回去找找，你等我消息。"

工作人员还在棚里收拾着东西，崔栩仟和助理最先离开。走到亭子处，两个人已经发现了不对劲的地方。

商业区那边停着警车，拉起了警戒线。崔栩仟和助理被拦在外面，但是他们看到了站在里面的姜西和陈庭。

她们两个已经将这里仔细地找过两遍，此刻筋疲力尽，却还是没有任何发现。

年轻的警察送来两瓶矿泉水，二人都摇头拒绝了。

陈庭还在发烧，脑袋昏昏沉沉的。眩晕之际，她踉跄了两步，随即人便往后倒去。姜西本能地伸手去扶，只见一个男人出现在陈庭身后，稳稳地扶住了她。

“庭姐！”

“陈庭？”

陈庭晕过去了。

崔栩仟和陈庭坐在警车的后座上，左右两边的车门大开着。陈庭半靠在崔栩仟怀里休息，她中间短暂地清醒过一阵，嘴里不停地念叨着泽泽，只是还没等她起身，她便又昏睡了过去。崔栩仟牢牢地握住陈庭的手，巴不得她沉沉地睡下，等醒来的时候泽泽已经找到。

又是两个小时过去，通过监控的排查，警方终于掌握了线索。

后山不是山，是芜周岛最陡峭的悬崖，悬崖的一侧是陡坡，而另一侧几乎垂直于大海。

姜西所坐的那辆警车行驶在最前面，后面跟着四辆警车。姜西坐在副驾驶座上，她手指绞在一起，无措得几乎要把自己的手指掰断。

“姜小姐，你冷静一点儿。记住，等会儿你下车第一时间和他谈判，问他是谁，问他的目的，我们都会保护你。”

姜西声音沙哑地发出一个“好”字。

前方一片昏暗，荒无人烟，路面崎岖不平，姜西坐在车里被颠得想吐。

半个小时后，五辆警车发现了目标。警车停成一排，齐齐打开了远光灯。

姜西和已经醒来的陈庭都看到了崖边站着的男人，而男人手中禁锢着泽泽！

“泽泽！”姜西和陈庭冲出车门对着男人的方向喊。

警察齐刷刷地拔出枪对准男人，喊道：“把人质放下！”

泽泽原本已经哭哑了嗓子，突然看见这么多警察，还有站在警察身边的妈妈，忍不住又哭了起来。哭声划破暗夜长空，泽泽扯着嗓子喊陈庭：“妈妈救我！”

“不许哭！”男人大喝了一声。泽泽在他的逼迫之下竟然真的止住了哭声。

“你不要动泽泽，孩子是无辜的。你是谁，你的目标是我对不对？有什么事你和我说，好不好？泽泽他太小了，他还是个小孩子……”

姜西主动和男人沟通起来。身后有警察，她有了底气，于是她一步一步地靠近那个男人。

“没错。”男人的声音是陌生的，姜西确定不认识他，他说，“我的目标的确是你，姜西。”

早在泽泽被带走之后，姜西就在脑子里反复地想：他到底是谁？她活了二十五年，除了举报自己的父亲，使他入狱，还做过什么得罪人的事？

她怎么也想不起来，直到那男人冷哼一声，一字一句地问道：“你还记得众达汽车研究院的第七任院长，陈铭吗？”

陈铭，众达汽车研究院原副院长。

姜志滨是姜西的父亲，也是众达汽车研究院第六任院长，因 2013 年尾气排放超标案被彼时还是高中生的姜西实名举报入狱，故由副院长陈铭继任众达汽车研究院正院长一职。

后经深入调查，姜志滨本人的犯罪证据不足，继任众达汽车研究院院长的陈铭却被查出是本案的嫌疑人。

姜志滨无罪被释放，而陈铭在入狱两个月后病故。

“你是陈铭的儿子？”

陈铭的儿子自小在国外长大，她没见过几面。

对方冷笑一声，说：“是，我是陈铭的儿子！姜西，你好大的胆子，连你的亲生父亲都敢举报，最后却害得我爸替你爸入狱，还害得我们全家人都没见到我爸最后一面！”

姜西的理智逐渐恢复：“原来是你，我明白你要找我的目的了。”

“陈叔叔病故我很遗憾，对于当年的举报，我知道大家对我有很大的意见，如果你现在愿意过来，我可以慢慢地解释给你听。”姜西的心狂跳，她深吸一口气，说，“我当年举报的自始至终都是尾气排放超标本身，并非我爸爸这个人，后来陈叔叔的事情更是我没有想到的。我爸入狱之初我也很难过，可我宁愿看到他丢了研究院院长这个职位，也不希望他给众达抹黑。还有，还有……”

对方冷笑道：“别解释了！你能解释出什么？你只会为你的行为辩解！你一个连亲爸都能送进监狱的女人，还想给自己塑造什么完美、伟大的形象？简直是笑话！”

姜西急切地道：“好好好，我不为自己辩解。你想要什么结果？想要我做什么？你想要的我都可以做，但孩子是无辜的，求你放过他。”

“如果我要你去死呢？”

“放了泽泽，我听你的。”

“贱人，还在这里装伟大。你知不知道他们都是为众达付出了一辈子的人！是你让他们声誉扫地，是你！

“就是你毁了众达的两位院长，就是你害得我没见到我爸最后一面！我，我要把你儿子丢下去！”

崖边的男人情绪完全失控，眼见他手越发收紧，姜西尖叫：“泽泽不是我儿子！”

陈庭扯着喉咙子吼道：“那是我儿子，那是我儿子——”

来不及了，男人抓着泽泽，毫无留恋地从悬崖上一跃而下。

“泽泽！”

“泽泽！”

所有人都往崖边冲过去，警察提醒两个飞奔过去的女人：“小心！不要靠近崖边！”

陈庭正要往下跳，崔栩仟牢牢地抓住了她的手臂：“陈庭，你冷静点儿！”

陈庭疯了似的喊道：“我冷静不了，我也不要冷静！我的泽泽！”

贸然从崖边跳入海中极其危险，现场只有一名水性好的警察直接跳了下去，另外几名警察则纷纷往坡度小的地方赶去，寻找最佳的下水位置。

消防队在路上，海上搜救队也在路上，所有人都知道，如果唯一一名跳下海的警察没把泽泽救上来，那泽泽一定会没命的。

换作寻常人，匍匐在崖边都不敢再往下看，这么高的高度！

就在这时，一个身形修长的男人突然出现在现场。在警车车灯照耀下，在所有人的惊呼声中，男人突然越过姜西，毫不迟疑地从她身旁用最佳的跳跃姿势一跃而下。

刹那间，海面水花四溅，而后水面渐渐地平静下来。

海里有了第四个人，凶手、泽泽、警察，还有突然出现在这里的陈鹤予。

姜西只觉腿软，连同陈庭一起跌坐在地上。

陈庭恍若未觉，仍然撕心裂肺地喊：“泽泽！你回来！”

姜西浑身的血液瞬间冰凉下来。她今天穿着牛仔裤，膝盖的位置正好有破洞的设计，细碎的石子硌破了她的皮肤。

有名警察正要问刚刚跳下去的人是谁，却见姜西跪在地上，指甲抠在石子里，一寸一寸地往崖边挪。

这警察猛然上前扣住她的手臂，将她拉起来，喊道："冷静！冷静！"

姜西疯了似的甩开那双控制着她的手，尖叫道："他有黑暗恐惧症！他下不了海！他不能去救人，他会死的！"

在场的人都是一怔，陈庭听到这句话更是两眼一黑，继而更惊恐地叫起来。

陈鹤予跳下去无疑是送死。

警笛声和急救车的鸣笛声越来越近，搜救队带来的大灯照亮了海面，搜救队员、民警和消防队员陆陆续续地下了水，崖边的陈庭和姜西趴在地上死死地盯着海面。忽然，坡下有道铿锵有力的声音喊道："上来了，人都上来了！"

姜西和陈庭分别挣脱警察和崔栩仟往坡下跑去。

还没看到人，几人就先听到了泽泽边哭边咳的声音。他们的心顿时放下了一半。

崔栩仟过来扶住腿软的陈庭，又提醒踉踉跄跄地跑过去的姜西："嫂子，你慢点儿！"

慢不下来，她迫切地希望这一片坡度是她和陈鹤予之间唯一的阻碍。她深一脚浅一脚地绕过斜角处的树木，终于在昏暗的浅水区看到了坐在地上号啕大哭的泽泽，还有站在泽泽边上浑身湿透的陈鹤予。

姜西这是第一次在黑夜中看见陈鹤予。

月亮高挂在辽阔的夜空中，陈鹤予的侧脸逆着救援灯的光，他叉着腰大口地喘着粗气，有警察递上一条干毛巾，他点点头，单手接过，在眼睛上一抹。

他的下巴在滴水，浑身都在滴水。

在众人的目光注视中，姜西不管不顾地冲上前紧紧地抱住陈鹤予的腰。她感受到他身上的海水一点儿一点儿地将她胸前的衣服浸透，感受到他冰凉的体温贴在她的肌肤上，感受到他在刹那的僵硬后，抬手轻轻地揽住了她。

过了好久，他才扶住姜西的肩膀，轻轻地推她，道："身上湿。"

姜西想起那天她玩海上摩托回来，也是带着一身的海水，他却抱着她不松手。她刚才差点儿失去他，现在怎么可能放手。

跳海救人的警察没事，泽泽坐在地上咳嗽，陈铭的儿子情况比较严重，医护人员正在给他做心肺复苏。

"好了，"陈鹤予在她耳边轻笑，紧接着咳了一声，说，"不怕人说闲话？这里有很多人在看着我们。"

姜西抱住陈鹤予，眼角余光看见陈庭把泽泽抱了起来，崔栩仟在边上摸着泽泽的头，哄着他。

"你把泽泽救起来了。"姜西哽咽道。

他从鼻腔里发声："嗯。"

"你差点儿死掉你知不知道？你怎么敢，你怎么敢贸然往海里跳！"

这时是凌晨四点，是黎明前最深沉的黑夜。他生病三年有余，已经三年多没有下过海，他怎么敢跳进海里去？

陈鹤予湿发上的水还在往下流，他又用干毛巾抹了一把，说："如果掉下去的是我，你是不是也想跳下去？即便你不会游泳。"

是。

她要不是因为腿软，也不至于在地上一点一点往前挪。

姜西没说话，只听见头顶上方陈鹤予继续说："我来的时候正好看见泽泽掉下去，泽泽的叫声我也听见了，我怎么可能不救？在塘东护城河边，我们也碰到过一个落水的小孩，我不是不救他，我们看到的时候他已经在湖里站起来了，他会游泳，我没必要过去。

“这次我没想那么多，我只知道我要是下去了，应该能救下泽泽。如果我不下去，情况就很难说了。”

姜西仰起头看着陈鹤予，月光下，他的脸更显清冷。

是啊，那位水性极好的警察毅然跳下去之后，他的警察同事都紧张了，他这么一跳，能不能将人救上来不说，他自己都很难确保游得回来。可陈鹤予不一样，他虽然三年多未下过水，但记忆还在，在海里，他曾经像鱼一样自由游荡着。

姜西伸手替他抹去鼻梁上淌下来的水，问道：“你没事吗？不想吐吗？我现在该怎么办，我们一起去医院？”

另一边，嫌疑犯终于吐出一口海水，活过来了。

急救车已经准备好了，嫌疑犯和两名警察一辆车，陈鹤予、泽泽和陈庭一辆车，姜西和崔栩仟坐上了跟去医院的警车。

警车上，下海救人的民警坐在副驾驶位上，回身问后座上的姜西：“哎，小姑娘，刚刚那个救人的是你男朋友？”

下海那位是一名上了年纪的老民警，他查案经验丰富，是土生土长的芜周人，遇到溺水的案子通常是第一个往下跳的。

芜周岛上还算太平，绑架案有七八年没遇到了，这次知嫌疑犯带着人质在崖边，他早就做好了心理准备——一旦嫌疑犯带着人质跳海，他必然要跳下去救人。

不过这一次，他还是有些后怕。

姜西的视线本来落在窗外，闻声回头答道：“是我男朋友。”

民警赞道：“小伙子水性很好啊，一个人捞三个。要不是他，我估计都没命咯！”

刚刚在现场，姜西只顾着确定陈鹤予和泽泽两个人没事，完全顾不上了解施救过程。

救人民警说他干这行这么多年，第一次以为自己要死了。在漆黑的海里，完全没有方向可言，跳海的冲击力让他的身体急速下沉，他奋力游回海面换气呼吸之后，立刻开始搜寻嫌疑犯和人质，当时是真的怕了。

泽泽和嫌疑犯都是陈鹤予捞到的。他先把泽泽送上岸，再去捞嫌疑犯，最后又返回海里把民警拉了回来。

“哥好厉害！”崔栩仟听完民警描述后沉默了好久，感叹道。

他竟然在海里来来回回游了三趟，怪不得站在那里喘成那样。

姜西心里有些奇怪，他真的没事吗？她上次无意间把房间里的灯关掉，他都吐成那样，后来一双眼睛都是血红血红的，可这次，他怎么一点儿事都没有？

他有事她担心，没事儿她也担心。

第七章

我等你回来

01

凌晨的急诊室，医务人员紧缺，泽泽率先进去做各项检查。嫌疑犯被单独安排进一间抢救室，几名警察守在嫌疑犯抢救室外。

陈鹤予和泽泽进了同一间急诊室，鉴于他看着像个没事人，护士便让他先找一张空床坐着等候，等医生检查完泽泽的身体状况再来看他。

姜西、崔栩仟和两名警察晚了一会儿才到达急诊室。刚到门口，他们就见陈庭满脸惊慌地拿着手机推门出来，与此同时，姜西包里的手机响了。

看到来人，陈庭挂断正拨的电话，站在姜西面前，艰涩地说：“姜西，你男朋友晕倒了。”

不只是晕倒，此时里面已经乱成了一团，医生讲的专业术语陈庭一句都没听懂，她只隐约听到了“休克”两个字。

医生们都往陈鹤予倒下的地方跑去，陈庭是在听到医生朝她喊“他的家属呢？他的家属在不在？”时才出来打电话给姜西。

“他刚才在车上的时候还好好的，除了咳嗽得厉害，其他反应一点儿也没有。到了急诊室，里面有一个正在抢救的病人，泽泽小，医生就先过来看泽泽的情况，让他在边上坐一会儿。谁知道没过一会儿，他突然就倒下了。”陈庭说。

白色推门上方，“急诊室”三个字映入姜西眼里。她突然直直地朝大门冲去。一进门，姜西就听见生命监护仪发出的“嘀嘀嘀”声，声音如此熟悉，和他见面的第一晚，她就是听着这个声音入眠的。

床位边上的帘布拉上了一半，另一半被医生和护士围着。姜西看不见躺在病床上的人，但是能看到医生的动作。

她的心猛然悬起，紧随其后进来的崔栩仟愣在门口，陈庭倒吸一口凉气。

医生正在做心肺复苏。

“肾上腺素，快！”正在按压陈鹤予胸口的医生突然吼道。

姜西望着帘布晃动时隐约露出的人影，他安静地躺在病床上，面上戴着供氧面罩，床垫上是蓝色的一次性医用床单，他身上的衣裤还湿着，海水将薄薄的床单浸透。刚刚在车上时警员还在说：“我这儿正好有套干净的警服，等会儿给你男朋友换上，人着凉了可不好。”

片刻之间，便是生死一线。

“不可能……陈鹤予……”姜西忽然不管不顾地往陈鹤予的方向跑去，却没察觉到自己的力气几乎已经耗尽，刚一迈步，她便瘫软在地上。

没等人扶，她很快又挣扎着站了起来。

“姜西！”

“嫂子！”

陈庭和崔栩仟一起扶她。姜西没站稳，“扑通”一声又跪在地上，她拼命挣扎着往前爬，喊着：“陈鹤予！陈鹤予！”

人在崩溃的时候毫无理智可言，情绪完全失控的姜西最终被护士请了出去。

只在电视里见过的这一幕景象，竟然发生自己身上，姜西也是这时候才知道，电视剧里那些哭天喊地不愿意离开抢救室的人，不是胡闹，他们是真的不愿意离开。她是如此害怕，以至于一定要亲眼看到人还活生生地待在眼前，生怕来不及说一句告别，眼前的人就消失了。

蒲利江得到消息后，很快便赶到了。

大概是在怨恨自己没有果断地早早带陈鹤予走，他在楼道里吸完了身上带的所有烟，才回到急诊室门口。

“鹤予有消息没有？”蒲利江的嗓子已经哑了。

“血压恢复了，还在观察。”崔栩仟靠着座椅边上的墙，回答蒲利江，“嫂子刚进去看过一次，说他人还没醒，等会儿准备转去 ICU，今晚医生会重点观察。”

“说是什么病因没有？”

“神经源性休克，突发的，一些检查还在做。”

蒲利江长叹了一口气，不打算再拐弯抹角了。

他看着愣愣地坐在走廊椅子上的姜西，说：“小西，等鹤予情况稳定，我必须带他走了。我已经联系了救援直升机，只要鹤予的情况达到转院条件，我会马上带他走。”

他的语气虽然不强硬，但完全不是在同姜西商量，只是在告知她这个结果。

姜西抬头，睫毛上都是泪珠，她问：“走，去哪里？”

“我联系了 S 市的医院，先去 S 市的医院做诊断交接，然后我们会回岛上，鹤予的医疗团队和主治医生都会随我们上岛为鹤予治疗。”蒲利江说，“你今天也看到了，他的黑暗恐惧症的治疗不能再拖下去，今天的情况就是我们最担心的，也是最严重的情况。如果今天发病的时候他不在抢救室，可能就救不回来了。”

姜西低下头，只觉得自己特别没用，只知道掉眼泪。

她的心狠狠地被刺痛了，她还能做什么？她什么也做不了。原来这就是所谓的无力感，她什么也做不了。

转到重症病房之前，陈鹤予醒了，姜西求医生让她见他一面。

因为刚才姜西在急诊室里的失态，护士的态度并不好，只说：“不要影响到病人的情绪，你现在最好不要哭。”

“好。”姜西用力把眼泪擦干净。

崔栩仟、蒲利江、陈庭，还有泽泽目送着姜西一步一步地走到门口往里数的第三张病床前。

此刻或许是属于这两个人的告别时间。

陈鹤予已经换上了医院的病号服，蓝白色条纹的衣服被清洗得有些陈旧，可穿在他身上仍旧好看。他轻浅的呼吸打在氧气面罩上，蒙起一层雾，很快淡去，又很快蒙上新的一层。姜西几乎不敢去看他的脸，他的脸色比以往任何时候都要苍白。

他的手背上扎着留置针，盐水顺着针一滴一滴进入他的静脉。姜西坐在他床边的陪护椅上，小心地握住他的手。

“小达的嘴最靠不住，他看见什么肯定会和我说。所以，你以为我不知道你吐过血吗？”

姜西也是很久之后才知道，那晚在宾馆，她无意中关了灯，陈鹤予当着她的面难以抑制地呕吐后，并不是吐过就好了，后来他的胃痛了一天。回到艺术馆以后，小达亲眼看见鲜血从他捂住嘴角的指缝间溢出。

姜西说：“还有你来临州的第一天，你从游轮上下来，我撞倒了你，你当场晕倒被我送进医院，那天我也关了灯，你醒来的时候直接吐到休克。直到现在，我每一次想起都觉得很对不起你，你那天差点儿死掉。”

“今天也是。”姜西说。

陈鹤予艰难地睁开轻合着的双眼，他看着姜西，抬手要去揭氧气面罩，手被姜西按了回去。

“难道你都不想好起来吗？你怎么敢跳下去救人，你怎么能那么自信……”

陈鹤予咳了一下，胸腔震动，疼痛感再次来袭，他痛苦地皱起了眉。

姜西不敢耽误太多时间，她刚要张嘴说出告别的话，陈鹤予坚决地挣开她的手，把氧气面罩摘下，声音极其干涩地叫她：“姜西。”

“你爸的事，你一直自责到现在。”陈鹤予艰难地吞咽了一下，继续道，“如果我今天没救起那个小孩，你这辈子还能不能好好地过。”

他不是在问她。

如果他今天没救起泽泽，如果泽泽没被任何人救起，她后面的生活会变成什么样？她会永无止境地自责，永远陷入“间接杀人”的痛苦中，她这辈子都不会好过。

泪水一瞬间涌上了姜西的眼窝，但她不敢哭，只能紧咬着嘴唇摇头。

陈鹤予也摇头：“我没反抗的力气了，如果蒲老师要带我走，就让我走。等我，我会养出一个健康的身体给你。”

“从前，我对于生活没有盼头，今天听到你和你爸说起我们的事，其实我很开心。遇到你之后，至少我想和你结婚了，这就是盼头。”

“不要哭。”他抬手想擦去她无声流下的眼泪，却擦不到。

姜西主动把脸凑过去，陈鹤予笑了，姜西也笑了，两个人都笑得很难看。

“不要哭。我今天敢走，就一定敢回来。”

姜西用力点头，每一个点头都是回应。

“我等你回来。”

我会一直等你回来。

陈鹤予当天转入医院的重症监护室。姜西、蒲利江和崔栩仟在监护室外守了一天一夜。

第二天上午十点，医生通知蒲利江：“病人生命体征稳定，符合转院条件，予以转院。转院途中要实时关注病人的血压情况。”

医院临海而建，住院楼南边便是辽阔的大海，楼下是种类繁多的绿植，停机坪上有一排矮矮的椰子树。姜西和崔栩仟在其中一棵椰子树下静静地站着。两个人的视线停留在那架即将起飞的救援机上，一时无言。

“嫂子，你为什么不跟哥一起去 S 市？”崔栩仟偏头看向站在一旁的姜西。

斑驳的树影映在姜西的脸上，姜西抬头望着自枝叶的缝隙间透出来的光，忽然就很想念艺术馆后院的那几棵古树。

她在后院荡着秋千，陈鹤予不是背靠着树站着，就是坐在一旁的石凳上和她说话，有时候太阳太晒了，他会站在边上给她撑一把伞。

虽然他们两个人在一起的时间并不久，但正值热恋就面临离别，心里的酸楚只有两个人最清楚。

姜西昨晚想了一夜，她决定不跟他去 S 市了。

她希望他安安心心地治病，不要再有过多牵挂。

门口，医护人员正推着轮椅出来。轮椅上的男人戴着鼻氧管。

姜西死死地咬着嘴唇，极力忍住要坠下的眼泪，说：“我和他都在心里告过别了，他总要走的，我就不送了。”

她缓缓地往后挪了一步又一步，声音里带着哭腔：“小仟，帮我送他走吧，我实在没有勇气看着他进舱。”

救援机升上湛蓝的天空，朝着一个方向越升越高，越飞越远，直至消失不见。

姜西在楼顶望着救援机消失的方向，嘴唇微启，无声地说了句“再见”。

姜西没有急着离开芜周岛。

泽泽因为呛水，肺部有些感染，这两天都在医院里挂水消炎。姜西留在这里陪着陈庭，同时郑重地向她道了歉。

陈庭心里很不是滋味，安慰道：“不要怪自己，我知道你心里比谁都难受。我没有怪你，泽泽更不会怪你，泽泽说你是他最好的姜西阿姨。警察给我看过亭子那边的监控，我都看到了，你一直在让泽泽走，你没有做错什么，都是恶人的错。”

姜西动容，她牢牢地握着陈庭的双手抵在额前：“庭姐，我要认泽泽当干儿子，你千万不要拦我。”

陈庭拍拍姜西的手，说：“你不提我也会说，你男朋友救了泽泽的命，也就是救了我的命。泽泽肯定是要认他做干爸爸的，你也一定是泽泽的干妈。”

陈鹤予离开芜周的第三天，姜西和陈庭带着泽泽返回临州。

坐船之后转大巴，再转高铁，姜西回到塘东老街时已经是夜晚。

蝉鸣声声，老街的路全部翻新过，只是还未来得及打扫，厚厚的灰尘铺满了地面，走一步留下一个脚印。

有几家老店已经开张了，门口挂着木质招牌。

花糕铺的老板娘许久没见姜西，今天十分热情地叫住了她：“哎，西西啊，这么晚了去艺术馆？你姑婆回来了没有？我看她前几天在群里发的照片好漂亮的。”

姜西在原地发了会儿呆，才笑着回答：“老板娘，我姑婆拍得好吧？照片看起来是不是大师级的作品？”

老板娘将手机拿出来，点开照片给姜西看。她一边在屏幕上滑动一边说：“你要说这是她拍的我还真不信，这技术，比大师拍得还好看！”

不是水下的照片，都是风景照，姜西一看就知道一定是姑婆拍的，她一贯用这个色调拍风景。

“相机买得好，拍了都说好。老板娘，我姑婆还没回来，等她回来了我喊她过来给你的店铺也拍几张，传到网上，再写个优质评价，你到时候记得给置顶，一定能引流。”

“你这是个好主意。”老板娘说完，装了两盒花糕给姜西。

打开艺术馆展厅的门，穿过展厅，来到后院，姜西把行李箱立在一旁，把两盒花糕卡在行李箱的拉杆上。姜西没有开灯，后院被夜空中的月色照亮了，这里什么都没有变，贴着北墙的野竹和无规律生长的古树还是那个样子，西面是厨房和食堂，东面长廊尽头那个房门紧闭的房间是陈鹤予的。

现在还没有过年，不知道是谁在他门上贴了张红色的“福”字，看着像是用毛笔写上去的。姜西隐约记得袁姐去年年底在老街上买过对联，写对联的老爷爷送了她几张“福”字。

姜西不知不觉地往陈鹤予的房间走去，脚步停在门口，手指轻轻地触碰着那个“福”字，想起他们离开这里的时候，一帮人还在这里吃了一顿晚饭，除了姑婆，艺术馆里其余人都在。

现在姑婆还是没回来，陈鹤予却走了。

院子里空落落的，一根枯黄的狗尾巴草飘到姜西脚边。她微笑着蹲下，轻声呢喃：“大家都希望你好。”

02

一周后，姜西得到芜周那边的消息，众达汽车研究院已故院长陈铭的儿子陈桢韦对自己的故意绑架行为供认不讳，他伤害四岁人质已是不争的事实，法庭将择日宣判。

网上对这起绑架案的热议已经持续了一周。案件性质恶劣且人质是四岁小孩是案件热度居高不下的原因之一，另一个原因是这起案件的救援者中有崔栩仟的身影。

崔栩仟还在芜周岛拍摄。大批的记者赶去芜周岛，蹲守在崔栩仟的拍摄地点和酒店外，为的就是要了解凶手策划这起绑架案的缘由和崔栩仟在现场的原因。

警方早已在第一时间公布了凶手的作案动机，说明凶手是因个人恩怨实施了这起绑架，但有记者了解到其中还牵扯到了2013年的众达汽车尾气超标案。

有一天，姜西忽然发现热搜词条倒数第三位为“芜周一四岁小孩被绑架　众达”，她点进去，看到里面有网友在爆料。

“大家不会真的相信凶手是出于感情上的恩怨才把小孩子绑了吧？那个绑架犯不是芜周人，那个小孩也不是芜周人，绑架犯是众达汽车研究院原院长的儿子，那个小孩是众达总部某高管的小孩！你细品，简直细思极恐。”

网友1：“博主是什么意思？我没太懂，所以这有什么问题？那个小孩说不定就是绑架犯的儿子呢。如果真的是他儿子，连亲儿子也下得了手，还带着他一起跳海了，我真无语啊！”

网友2：“我想知道崔栩仟为什么会在案发现场？他好像和小孩的妈妈很亲密。”

网友3：“我有一个大胆的想法。院长的儿子和女高管是一对，后来女高管出轨崔栩仟，还陪同崔栩仟来到芜周拍摄，院长儿子头顶绿帽子，偏激到绑走小孩威胁女高管，结果意外坠海！”

网友 4：“不要牵扯到崔栩仟。崔栩仟正在芜周拍摄，绑架发生地距离崔先生居住的酒店仅五百米，警方也说了，很多路人都来帮忙了，崔先生很有可能只是路过。”

网友 5：“等崔栩仟工作室的回应吧，粉丝也不要在这里替他洗白了，他可是在案发现场的。”

……

网友 N：“大家别讨论了，博主在删评了。这个话题估计很快也要炸了，别问我怎么知道的。”

姜西顺着一条条评论看下去。她退出这条博文再一刷新，居然显示“该微博已被删除”。

她又退回到热搜词条的界面，那条热搜词条已经消失了。她在搜索栏里输入“众达”，没再看到刚刚的爆料，大家都在讨论车型。

当天下午，崔栩仟工作室发布一则声明，解释案发当天崔栩仟出现在现场是恰巧路过，因为发现被绑架的小孩是合作的品牌方员工的四岁儿子，所以崔栩仟一同参加了搜救。

至于是哪一家品牌方，工作室发布的声明中没有指明是众达。

一直到晚上，关于崔栩仟与这起绑架案的讨论依然火热。当晚，崔栩仟借用泰戈尔的一句诗发布了一条微博。

“寂静在喧嚣里低头不语，沉默在黑夜里与目光结交，于是，我们看错了世界，却说世界欺骗了我们。可是，黑暗从来没有蒙蔽过任何一双眼睛。”

微博一经发送，直接上了热搜第一。

与此同时，姜西收到了崔栩仟发来的一条短信。

崔栩仟：“嫂子，哥的航班刚刚从 S 市起飞，他让我给你带句话。”

崔栩仟：“这句话我发给你有点儿奇怪，我写下来了，拍照发给你。”

半分钟之后，姜西收到了崔栩仟发来的一张图片，白色的A4纸上写着两句话——是陈鹤予要对姜西说的话。

第一句话：“能帮众达的新能源汽车找到定位的从来都不是小仟，是你。”

第二句话：“姜西，回研究院继续做科研。”

姜西回到芜周后，最先找的人是伍清越。

熟悉的医院，熟悉的住院部走廊，伍清越刚刚跟在一帮前辈后面查完房，一抬头就看见了靠在6号病房门口的姜西。

“你来了怎么也不说一声？”

伍清越刚说完，离她最近的两位实习生便闻声回了头。她捂住嘴，拉着面无表情的姜西往走廊尽头走去。

姜西的脸色并不好看，她唇色浅淡，眼圈乌黑，一双空洞的眼睛失神地望着逃生出口的门。“怎么了？”伍清越一只手里拿着病情记录本，另一只手搭在姜西肩上。

姜西眼里都是雾气。她抬眼，问道：“陈鹤予来过，是不是？”

伍清越一愣，以为是两个人吵架了，严重的话就是分手了，或是陈鹤予的出院清单保存得不好被姜西发现了。

“你们怎么了？”伍清越继续追问，“你这副样子好吓人！你要是不说，我得给他打电话了。”

姜西摇摇头：“他不会接，他离开临州了。”

“那小子抛弃你了？”伍清越骂了出来，没等姜西解释，她的火气便上来了，“我说呢，人从哪儿来的都不知道，把你骗到手就拍拍屁股走人了？欺负你是个没谈过恋爱的纯情小姑娘吗？之前他倒在路上被人送到我们医院，还要我千万不能告诉你他住院了！我也是傻，居然就真没跟你说！第二天看他一清醒，就对你的事刨根问底，我还以为他有多深情呢！气死我了，真是气死我了！所以他到底为什么走，现在去哪儿了？”

伍清越一通话说完，愣住的那个人变成了姜西。她不可置信地看着伍清越，道：“你说什么？他什么时候晕倒过，还来这里住过院？”

“原来他没告诉你，看来还有点儿良心。”

“他因为什么晕倒的？”

伍清越不知道该怎么跟姜西解释，陈鹤予的病因非常复杂，如果当时请一位心理医生会诊，或许能解释得更清楚些。可惜当时陈鹤予并不配合治疗，一心要出院，他那次晕倒的原因和第一次入院的原因一样——吃了很多特殊的晕车药。那种药当下可以抑制某种情绪的发作，等药效过了，病只会发作得更加严重。

伍清越三言两语地解释了一通。

不等伍清越说完，两行眼泪便直接从姜西的眼眶里滑了下来。姜西死死咬住嘴唇内侧，直到被伍清越看出不对劲。伍清越伸手掰开她的嘴，看着她咬破的嘴唇，瞪大眼睛道：“你咬自己干吗！都咬出血了，你松开！”

“我受不了了，我真的受不了了，清越。”姜西无力地蹲了下去。

她从来都不知道他病得那么严重，多少次身处生死一线。

他那次吃晕船药是为什么？是为了陪她去参加游轮晚宴，是为了哄她开心。他明明知道自己做不到的，可还是吃了药物支撑着自己做到了。

伍清越终于知道姜西根本不是在为失恋而痛苦。

将病情记录本放在一旁的地上，伍清越蹲下身去，抱住姜西颤抖的双肩说：“不哭，不哭。”

姜西终于从伍清越这里得知，原来陈鹤予早就知道姜西爸爸的事了。

伍清越叹了口气："他问我你为什么酗酒，我答不上来；他问我你弟弟那么大个人了，为什么父母都在国外陪他，我答不上来；他问我你当年举报你爸爸是不是个误会，我回答了。是，那当然是个误会，做那件事的人根本不是你爸爸，否则你这么多年在怪自己些什么呢？

"他希望你好起来，我也希望你好起来。你和姜叔叔的隔阂本来就没有你想象的那么深，是姜叔叔不想靠近你吗？不，问题在你。姜西，你因为自责，把姜叔叔越推越远。姜戈都多大的人了，他真的需要父母陪读吗？不是，姜叔叔是没办法才以照顾姜戈为借口去了M国。你想躲起来，所以姜叔叔给你留了块容身之地。"

姜西忽然发现她和陈鹤予其实很像。

他因为信仰崩塌，从此抗拒做任何与海洋相关的公益工作，他抗拒黑暗，躲避黑暗，天没黑就躲进有灯光的房间，日复一日。

姜西因为误会了爸爸，害得他入狱，他多年辛苦做科研，好不容易才荣升为院长，却被她一朝摧毁，声誉扫地，从此她害怕面对爸爸。

爸爸被捕前对她说了什么？他说，没关系，西西，警察会查清楚的。

警察确实查清楚了，他恢复了清白，原来是一同奋斗上来的老友背叛了众达，那位老友被捕后于监狱内病故。

姜志滨回到众达复职，却成了众达的笑谈。德高望重的姜院长不被女儿信任，被女儿亲手送进了监狱！

姜西哪儿还有脸面对爸爸。哪怕爸爸待她依然温和如初，或是直言，或是旁敲侧击地说过许多遍："我没有怪过你，西西。"

可她怪自己。

姜西大学读的专业是能源与动力工程，毕业之后她便在众达汽车研究院工作，参与了新能源汽车造车环节中的BMS研发项目。

姜西待在这个岗位上的时间不算长，当时带她的师父找她谈过一次话，师父直接告诉姜西，她的心不在这里，问她要不要去众达的总部待一段时间，如果她愿意，可以安排她到运营部的新能源分部。

姜西没考虑多久就答应了。

她当时给自己定了计划，给众达的新能源汽车造势成功之后，她就回到研究院的研发岗。毕竟那是她的专业领域，是她感兴趣的领域，也是对爸爸工作的传承。

可新能源汽车造势比想象中困难得多，因为当年的汽车尾气排放超标事件影响恶劣，像崔栩仟这样定位的艺人并不想和有过污点的品牌合作，所以姜西的计划一直没有完成。她一拖再拖，直至现在。

半个月后，芜周市委宣传部的孙思敬给姜西发了一封邮件，里面是一条视频。

姜西戴上耳机，打开了视频。

四辆众达第五代概念款新能源汽车绕着海岛行驶，时长一共四十五秒，原视频被加速过，以至于视频内的汽车看起来行驶得飞快。

海面辽阔，天空蔚蓝，蜿蜒的环岛公路上，众达汽车的绿色尾牌亮眼。

这大概是从宣传片中截取下来的一小段，因为视频中的台词只有短短两句话，且并不连贯。

甚至连配音都配好了。什么时候配的？或许是他和小仟在芜周市逗留的那两天。

姜西给孙思敬回复邮件致谢，而后循环播放着这段视频。

灿灿就坐在旁边，她无意间瞥见姜西的电脑界面，忍不住滑动椅子凑近感叹："哇，好漂亮啊。西姐，这就是芜周岛吗？原来芜周的海这么蓝！”

姜西笑着摘下耳机，给灿灿戴上：“听听配音。”

灿灿顿时眼前一亮：“声音好听！谁念的旁白，崔栩仟吗？”她皱眉，苦恼地呢喃，“听着也不像啊……”

姜西垂眼，苦涩一笑。

她也很意外，因为配音的是陈鹤予。

如果是《蔚蓝宝藏》的粉丝，如果是迷恋“蔚蓝宝藏”系列的配音的观众，一定能听出那个声音，因为那是 Cheney Chen。

转眼入秋，艺术馆后院的树叶逐渐变得枯黄。

这段时间，姜西下班后无事就来艺术馆，吃完晚饭后就在后院的古树下荡秋千，一边荡一边啃西瓜，另一只手里还要拿个小瓷盘吐西瓜籽。

小达路过见了几次，总是很无奈地看着她，这次终于忍不住开口道：“姜馆长要是知道你拿她从拍卖会上得来的宝贝古董盘子吐西瓜籽，一定得气坏了！”

姜西低头瞄了眼左手上托着的奶黄色奶油花边瓷盘，右手把啃完的西瓜皮也丢上去。

她笑了，说：“看起来真的很像 F 国的古董盘吧？可惜我姑婆只对中国文物感兴趣。还有，我手上这个是仿的，假的，是我买来哄老太太玩的。老太太看了一眼就说我被骗子忽悠了，嫌弃得很，她一点儿都不宝贝这个盘子。”

小达疑惑地问了句“是吗”，又反驳姜西的最后一句话：“那也没有你说的那么嫌弃，姜馆长经常拿它垫咖啡杯的。”

姜西把盘子往前一递：“那是因为即便碰坏了我这盘子，她也不心疼。”

小达伸手接过，把盘子放在一旁的石桌上，又开始嫌弃姜西最近买的西瓜：“那些都不是当季瓜了，还吃。”

姜西没理会小达的吐槽，她忽然问：“小达，你大学学的什么专业？”

“文物与博物馆学。我和小应是同班同学，还是老乡，你不是知道吗？”

“我不知道，你没有告诉过我。”姜西自我怀疑道，“我没问过吗？”

“比起你忘了，我更相信你没问过我。西姐，你一直不是个很好奇的人。”

“是吗？”姜西抓起秋千两边的粗绳，脚尖轻轻点地，让秋千摇晃起来。

小达说：“是啊，不过对鹤予哥除外。你对鹤予哥可真是……”

姜西脚尖点在地面上，脸上淡淡的笑意在顷刻间消失。

小达立刻住嘴，随手扯了片树上的叶子，“唰”的一下，随着他的用力零零散散地落下几片树叶，其中一片掉在姜西头顶上。

“啊哈，西姐，你看这树叶真不经扯啊，我扯一片它掉五片。”

姜西面无表情地把头顶那片黄叶拿下，说：“是六片。”

小达忽然觉得手里刚摘的树叶有些烫手，他连忙丢掉，然后把一旁石桌上的盘子端起来，转移话题道：“我去把盘子洗了。”

“等等。”姜西叫住小达。

小达停步道：“怎么了，西姐？”

姜西忽然好奇了：“你大学学的文物与博物馆学专业，怎么就没认出我这盘子是假的？”

小达一愣，低头看了一眼手里的奶油花边瓷盘，理直气壮地道：“中国文物才是我的专业领域，你这是仿F国的，也不能怪我没认出来。”

03

十二月，集团校招的实习生陆陆续续入职，姜西所在的部门分配到了六名实习生，都是本地大学的大四学生。

周一下午，培训结束的实习生到岗，陈庭领着六名实习生穿过办公区域，前往部门所在地。六个大学生跟在陈庭身后，一路吸引了不少新奇的目光。

只有闵允歌很不屑，不友善地睨了眼邻座看似木讷的新同事，一点儿也不避讳地说："分个实习生还偏心，凭什么他们新能源分部的男的都还挺帅？"

周围的同事看了她一眼，默契地没理她。

新能源分部的工位总共两排，姜西和莫壁微的工位在靠近走道的这一端，这周一组、二组的两位组长都在三十六楼培训新人，陈庭就把分配实习生的工作交给了姜西。

姜西放下手头的工作站起来，朝着陈庭身后的六个实习生点头示意。

陈庭简单地给部门的人介绍了一下，姜西听完，心里有了打算："这样吧，我们两位组长各带两位新同事，小莫带一位。我目前还在带灿灿，不过灿灿现在已经能独立完成很多工作了，我还可以再带一位。"

"小莫，可以吗？"姜西问对面工位上的人。

莫壁微抿唇笑了下，有点儿犹豫，但还是点了点头："你继续。"

姜西继续道："两位组长这周都在三十六楼参加培训，午餐后会回来午休。我们先这样安排，如果有异议，明天再和组长商量。工位的话，他们都坐我们后面那一排，怎么样？"最后一句，姜西是在问陈庭。

陈庭没意见，让他们先过去坐下。

实习生的集团邮箱已经在培训的时候分配好，在OA（办公自动化系统）上已经能查看他们的个人名片。

姜西一一添加了他们的微信，再将人邀请入群。她在群里发言：“非常欢迎六位新同事。众达集团运营部新能源分部的相关业务流程、业务案例已通过邮箱发送到各位的集团邮箱，请查收。”

她又补了一句：“今天是第一天，各位先看看资料吧，从明天开始我们会安排些任务。”

六个人回复“收到”。

在一个岗位待久了，是会舍不得的。

姜西知道自己总有一天会回到研究院，在总部工作的点点滴滴以后大概只能留在回忆里了。

她盯着聊天框发呆，群里最后一个回复“收到”的实习生的头像是一张纯蓝色的图片，姜西忽然陷入了惆怅之中。

陈鹤予走后，她便经常这样，发着发着呆就开始惆怅，胡思乱想，除非被打断，否则要沉浸其中好久。

这一次，打断她的是微信的新消息提醒。

是莫壁微发来的消息。

莫壁微：“姜西，晚上有时间吗？”

姜西发了一张“小猫摇头”的图片。

姜西又回复：“我报了游泳班，每天下班都要去学游泳，今天晚上考试。怎么了？”

莫壁微没有再回消息，她白皙纤长的手指伸过来，在姜西桌面上敲了敲，接着指了指小会议室的方向。

莫壁微先走，姜西关了电脑，也跟过去。

姜西关上门，开玩笑道：“怎么了，不会是要偷偷给我塞请帖吧？我男朋友不在，我是不会去参加你跟韩域的婚礼的。”

莫壁微笑了下，笑容中带着难得的自嘲。她拉开一把椅子坐下，又把身边的另一把椅子也拉开，示意姜西坐。

姜西刚刚坐下，莫壁微便收敛了笑意，不算严肃，只是没表情了，她说："是要结婚了，不过不是跟韩域，是我和别人。"

如果莫壁微是在开玩笑，姜西一定捧场地拍手说好笑，可是莫壁微看上去不像是在说笑，她的语气非常认真。

她向姜西道歉。

"我以前和韩域打过一个赌，我赌他追不到你，他赌你总有一天会属于他。"莫壁微抿了下唇，说，"我一直知道韩域并不爱我，也知道韩域并不爱你。他这个人，骄傲自大的程度远比你想象中要夸张得多。我享受过跟他在一起的欢愉，也享受过他带给我的名利，并且讨厌过你。他是因为和我打赌，才一直不肯放过你。"

"我到今天才知道自己错了，可是已经晚了。姜西，带给你这么多困扰，真是对不起，还有家合的事。"

郁家合有多看中莫壁微，姜西心里一直很清楚。

莫壁微有些惭愧，她低下头说："我一定会找机会让家合当面向你道歉。贸然在公众场合诋毁你的名声，是他不对，我没有想过他会做出这种事。"

"你为什么要突然跟别人结婚，难道你爱他？"姜西觉得消息太突然了。

莫壁微摇头，笑了。她轻飘飘地说："不嫁给韩域，嫁给谁都可以。当然，这个人能爱我最好，我爱谁不重要。"

从会议室出来，莫壁微去找陈庭谈离职的事，这就是她刚才犹豫着是否要带实习生的原因。

姜西对她的决定并不感到讶异。

从莫壁微来众达的第一天起，姜西就知道她会走的，只是时间长短的问题罢了。

一直到换上深蓝色的泳衣，跳下泳池之后，姜西还在想莫壁微最后对她说的话。

除了道歉，莫壁微还握住她的手，非常郑重地说了声“谢谢”。

她说，在她妈妈嫁给郁家合爸爸之前，她家里一直很困难，读私立高中都是死撑着面子才读下去的。可即便家里缺钱，她花钱仍旧大手大脚，直到有一次妈妈累病了，她才意识到家里居然连看病的钱都拿不出来。

她不知道该去哪里借钱，可妈妈手里忽然有了八千块，当时她根本连问都没问钱是从哪儿来的，就认定了那八千块是韩域给她妈妈的。

直到这次她带妈妈去体检，体检的结果挺不错，重提这件事，妈妈居然说：“姜西那小姑娘是真好，家里条件不错，人也很大方。当初要不是她送来了八千块，我恐怕早就落下病根了。”

误会的起源是误会，连她对韩域的爱都是一场误会。

顷刻间，莫壁微对韩域好像没有那么爱了。

姜西顺利地完成了最后一场游泳测验。

从泳池里爬出来，教练夸她很勤奋，游得特别好，说下次来，她可以学一些有难度的花式游泳技巧了。

姜西嘴上当然还是客气地说是教练教得好。

回到更衣室换衣服，姜西打开手机，发现账户里多了一万块钱，转账人是莫壁微。

她多转了两千块，姜西没有退回去。她随手点开一个公益筹款的项目，把刚收到的钱都捐了出去。

姜西想，她和莫壁微还能做朋友吗？换完衣服之后，姜西得出了结论——没有必要了。

同事关系很快就要断了，她和莫壁微以后联系的机会少之又少。她想逛街买衣服的时候第一个想约的人会是谁？是伍清越，是小应，甚至是小达、陈庭，总之不会是莫壁微。

韩域这个人大概也要在她的生命中淡去了，姜西庆幸自己当年没有答应和韩域在一起。

陈鹤予走后，两个人并没有断了联系，起初他们还会通电话。白天姜西要上班，陈鹤予的治疗多数也在白天，所以两个人的通话基本都在晚上。

一开始分隔两地时，姜西非常想念他，恨不得一天到晚和他通电话，好能时时刻刻听到他的声音。但好景不长，很快她就被K医生委婉地警告了。

姜西起初不理解为什么，直到加了K医生的微信，K医生给她发消息，她才知道原因。

K医生给姜西发的消息也很委婉，说："姜，我很抱歉告诉你这件事。你每晚和Cheney打电话，其实非常耗费他的体力。"

姜西看到消息，反应了一秒、两秒，很快便会意了，脸瞬间红了。于是往后陈鹤予打过来一个电话，姜西便挂一个。

两个人渐渐地也就改为发微信。

陈鹤予："K没有女友，他手机里有很多收藏。"

姜西："那K医生有分享给你吗？"

陈鹤予："他试图分享，不过我拒绝了，因为他不让我打电话给你。"

姜西："摸摸哥哥的脸，其实你接受这份分享也不是不可以。"

陈鹤予发来一个问号。

姜西躺在床上笑得不行，笑过之后困意来袭，她打着哈欠给陈鹤予回消息。

姜西："摸摸哥哥的脸，等你回来。今天游泳太累了，困了，我先睡了，想你，晚安。"

过了好久，姜西一直没有收到陈鹤予的微信回复。她熄了灯，把被子严严实实地盖在身上，手机忽然响起了铃声。

一看备注，姜西条件反射地挂断。陈鹤予估计有些无语，又给她发了条微信消息。

姜西看着白色框框里的那段文字，直接笑得睡意消散。

陈鹤予：“别摸脸了，换个地方，行吗？”

莫壁微的工作交接得很快，不过半个月的时间，她便从众达离职了。但是她没有离开临州，只是换了家公司，重新找了份工作。

姜西想，她从众达离开，应该多多少少有自己的原因。

不过那也是莫壁微自己的选择，姜西可从来没有左右过她的决定。莫壁微来，她没请；莫壁微走，她也不留。

原本分配给莫壁微的那个实习生没了师父，姜西让他跟着一组的另一位员工学习。新师父接手之前，这位实习生非常隐晦地问过姜西能不能带他，说觉得姜西很亲切，看着比较好相处。

姜西很不好意思地婉拒了，说精力有限，除了灿灿，她只能带一个。

姜西接手的实习生名字叫柯斯哲，是临州本地人，普通的长相，皮肤晒得比较黑，一看就是热爱运动的男孩。他学习能力还不错，不只是他，今年这一批实习生的能力都不错。

为了方便带新员工，整个部门的工位做了个大调整。

姜西无奈，只能让灿灿往边上挪了个位置，把她原来的位置分给了柯斯哲。

灿灿很舍不得姜西，于是提议：“西姐，要不你坐中间吧？”

姜西和刚刚把东西搬过来的柯斯哲对视了一眼，想了下，点头：“也行。”

姜西的工位夹在了灿灿和柯斯哲的中间，她习惯了右手边没人，这下摸鱼时稍一偏头，就能对上新员工疑惑的眼神。

姜西觉得有些尴尬，每次无意间对上眼神，她都得清两下嗓子，装模作样地询问对方的工作进度。

柯斯哲很认真，有问必答，还会顺带着问几个工作上的问题。

一组和二组对新能源汽车运营的分工是非常明确的。

一组主要负责众达已上市的新能源汽车在线上的推广，并且在线上的各大新媒体平台建立自己的广告账户，不同的员工负责不同的广告账户运营；二组则主要做分析工作，如对竞争对手市场的跟踪和分析，对行业实时动态的分析，对产品在线上推广的分析等。

姜西忙的时候一天要写好多份分析报告，后来灿灿来了，总算能帮她分担些工作。

现在不算很忙，为了让柯斯哲了解众达新能源汽车现在的市场情况，姜西把本该由她写的几篇报告分给了柯斯哲，并且提供了几篇她以前写过的报告当作案例给他做参考。

柯斯哲以前实习的时候估计也写过类似的分析报告，单从格式上，他写的报告挑不出任何问题，只是他对新能源汽车领域涉猎不深，报告内容十分浅显。

姜西一一解答了他的问题，最后鼓励他："一步一步慢慢来，我和灿灿都是这么走过来的。灿灿刚进来的时候比较惨，那会儿有新车上市，特别忙，灿灿跟着我写分析报告写哭过。"

柯斯哲清楚自己的问题所在，他对这个领域不熟悉，但是要熟悉一个领域肯定需要时间，能进众达已经不容易，其他的，他可以慢慢学。

"西姐，灿灿大二就来了，岂不是跟了你很长时间？"柯斯哲顺着姜西的话问。

姜西"嗯"了一声，感慨道："灿灿可是我一手带大的孩子。"

柯斯哲笑了下，他皮肤黑，笑起来显得牙齿特别白，他说：“那下一个孩子是不是就是我？”

姜西豪气地拍拍柯斯哲的肩膀，刻意压低了声音对他说：“你好好表现。你们这一批实习生里综合能力最强的那一个会被推荐到主管身边，由主管亲自带。好处是能跟着主管学到更多东西，并且有很多外出的机会。外出不是出差，指的是出席一些比较重要的场合，和一些领域内的人交换名片、混个脸熟，只要你还在这一行做，能认识到更多同行和合作方总是好的。”

柯斯哲挑了下眉，看上去很感兴趣：“我能知道陈主管亲自带的上一个人是谁吗？”

姜西确认没人在偷听他们闲聊后，不好意思地笑了一下，说：“正是在下。”

04

临近元旦，整座城市都处在欢度新年的气氛中，路边店铺的玻璃窗上已经贴上了“新年快乐”的窗花。

众达总部大楼每一层楼的门口都贴上了红色的“福”字，门的两侧也挂上了红灯笼。

元旦前三天，办公室的话题从“周末去哪里”悄然变成了“元旦怎么过”。

灿灿说：“我和室友约好了去金街吃饭，总不能因为没有男朋友就不过节了吧，那也太惨了。”

柯斯哲说还没想好，他转而问姜西：“姜西姐，你呢？正好是周末，你怎么过？”

“我？”姜西正在审阅纸质文件，文件需要盖章，她看得很认真，因此回答得有些漫不经心，“我没有约会呀。”

“宅家？”

“不宅，我去游泳。”

灿灿惊呼：“不是吧，西姐，元旦你都不放过你的游泳教练啊？”

姜西停下手中翻页的动作，朝灿灿努嘴：“看不起谁呢？我早就不需要教练了，我自己游，锻炼身体嘛，反正我也没事儿干。”

柯斯哲说：“西姐瘦了不少。”

灿灿顿了下，说：“不是不少，是好多。”兴许掉了有十斤，可灿灿没敢多说。

姜西沉迷游泳是一方面，她这样程度的游法的确能减体重，可灿灿知道她现在这样不只是因为游泳。在报游泳班之前，姜西就已经瘦了好多了，她的脸颊和锁骨尤其明显，都是在短时间内迅速凹下去的。

公司里偷偷地传姜西和她那位讲解员男朋友分手了，这最初是从闵允歌嘴里传出来的。

闵允歌趁姜西不在的时候去过塘东老街的艺术馆，本想去看看姜西那位传说中比男明星还要帅的讲解员男朋友长什么样子，结果到了那里问了一位讲解员阿姨，阿姨说人已经离职，离开临州了。

至于还会不会回来……

讲解员阿姨叹了口气，感伤地说不知道，一副不想再说的样子。

公司里只有闵允歌和姜西是对头，闵允歌对此幸灾乐祸，其余同事还是很关心姜西的。

有同事试图来安慰姜西，问她最近怎么不和男朋友约会。姜西愣了一下，回答说：“他要回家一段时间。”

一段时间是多久？他还会回来吗？

没人敢再继续问。

灿灿也猜测两人分手了，否则西姐刚从芫周回来的头一个月，怎么会动不动就在工位上对着那段时长四十五秒的宣传片无声地掉眼泪。

或许还是传言中的“被抛弃”了。灿灿一度很心疼姜西，可姜西从来不承认自己分手了，灿灿连安慰的话都没有理由说出口。

今年的冬天尤其冷，元旦这天，所有人都在猜测会不会下雪，如果下雪，今年的元旦必然会更加浪漫。

姜西下班的时候围了条针织围巾，大衣外面裹着羽绒服，都是棕灰色调，看起来像一棵笔直的面包树。她两只手藏进羽绒服的大口袋里，下楼开车去体育馆。

空气中有一种萧疏的冷意，姜西觉得车内太闷，刻意将车窗打开一条缝透气。吹进的风带来刺骨的寒冷，姜西一只手握着方向盘，另一只手覆上来搓了搓手背，又反过来来了一遍。

直到开到能看到体育馆建筑轮廓的地方，她才把车窗关上。

体育馆内空无一人，只有两位穿着员工制服的救生员远远地坐在体育馆的另一端。

姜西游了两个来回，忽然觉得兴致缺缺，于是爬上来，进澡堂冲了个澡，换衣离开。

她往年不会有这样寂寥的感觉，如果没约上朋友，她自己也能玩得很好，逛街、买好吃的、回家看剧，做什么都行。

她今年之所以觉得遗憾，大概是因为她和陈鹤予没能过上他们在一起后的第一个元旦节。

陈鹤予已经有七天没有回复她的消息了。

他已经到了被限制使用通信工具的阶段，K医生早就通知过姜西了。

K医生提醒她，如果陈鹤予一直没有联络她，请不要失落，这漫长的等待都是因为他的治疗有了进展，他在变得更好，他在好起来。

这段感情是个旋涡，稍不留神就会让人深陷其中。

姜西控制自己去逐渐淡化生活中陈鹤予留下的痕迹，于是在很长一段不联络的时间里，她回归自己原有的步调，只是娱乐生活中多了一项游泳运动。她还是按部就班地好好上班，下班后如果来得及还是会去艺术馆蹭饭，周末如果没人约，她基本上就泡在家里看剧。她总有事情可做。

她已经把两季的《蔚蓝宝藏》看过无数遍。因为陈鹤予的影响，她开始关注起国内外的海洋环境。她钱没存下多少，公益活动参加得越来越多。她想，一切真的都会好起来。

芜周市的城市宣传片早就剪辑完毕，各大官媒选在元旦这天发布。因着崔栩仟的热度，五分钟的短片一经发布，迅速登上了微博热搜榜第一名。

姜西激动地点开短片。

短片开头是航拍的海景，伴着舒缓悠扬的音乐，陈鹤予的旁白比崔栩仟的面孔更先出现。相比较孙思敬发给姜西那段四十五秒的短片，陈鹤予在这五分钟时间内的声音更显魅力无穷。

看完一遍，姜西贪恋地开始了一遍又一遍的重播。到后来她直接用软件录下了音频，戴上耳机只听他的声音。

姜西因思念完全沉浸在陈鹤予的声音之中，她不知道在她退出微博的时间里，网上的话题一直在演变、发酵。

她最初的猜测没有错，如果是《蔚蓝宝藏》的粉丝，如果是迷恋“蔚蓝宝藏”系列的配音的观众，一定能听出那个声音——芜周市城市宣传片是 Cheney Chen 配的音。

有粉丝特意将《蔚蓝宝藏》纪录片和芜周市城市宣传片的配音做了对比，每一个习惯性的咬字、同音字的声线，完全样。网友们终于相信自己没有听错，很快，“芜周市城市宣传片Cheney Chen”的词条上了热搜。

网友1：“原来Cheney没有出事！那为什么几年了，第三季都没有后文？有人知道吗？”

网友2：“一时兴起呗。整个团队都没消息了，说不定火了之后尝到了甜头，人家拿到暴利转行了。”

网友3：“铁粉证明，是C生病不能继续拍片了，C很可怜的。我有个朋友大学念的就是南安，和C是同届，C在他们那一届名气很大的，当年C主动放弃了南安海洋研究中心的研究工作，引起了很大的轰动。注意，画重点！他是主动放弃的，那可是多少高才生挤破脑袋都挤不进的世界顶尖海洋研究中心啊！”

网友4回复网友3：“请问C生了什么病？我也是铁粉，没听说过。”

网友5回复网友3：“‘我有个朋友’系列。”

网友3回复网友4：“不知道什么病，只知道挺严重的。人变得消极，不想拍片了，也退出拍摄团队了。团队成员彼此之间的感情也很感人的，纪录片不播就是在等C好起来。团队成员现在还在拍片，一直在拍，一直在等C的回归。”

网友6：“意思是如果C的病一直好不了，这纪录片就不播了？对不起，我没办法理解这样的团队精神，这是对观众的不尊重。”

……

姜西点进微博的时候，网友们已经吵了起来。

谁都没有想到，关于《蔚蓝宝藏》的讨论，热度居然高过了有崔栩仟参与拍摄的宣传片。

正当网友们吵得不可开交，并且漫无目的地探讨《蔚蓝宝藏》第三季是否还会正常播出时，沉寂多年的官微“海洋大纪录片·蔚蓝宝藏”突然发了一条微博，做出了简洁的解释。

“初心不改，没有退出，没有解散，缺C不可，我们一直在路上。”

官微的本意是想表明无论纪录片播出与否，他们拍摄的初心不会改变，且会一直拍下去，并没有像网上所说的已经“转行”，可网友偏偏盯上了那四个字：缺C不可。

网友：“‘缺C不可’到底是缺了还是没缺啊，要真是缺了，那还能好看吗？”

网友：“人家都有空给城市宣传片配音，还能初心不改地去拍片吗？我第一个不信。”

姜西看着网上这些一边倒的言论，你一言我一语都在给Cheney Chen抹黑，有网友谈及他已生病，竟还有人指责他“懦弱”。

怎么会这样！

她都看得心寒了，更不必说陈鹤予。

崔栩仟都看不下去了。

他转发了那天因被误会而发出的微博，并在转发的同时提到了“海洋大纪录片·蔚蓝宝藏”，对其表示支持。

“寂静在喧嚣里低头不语，沉默在黑夜里与目光结交，于是，我们看错了世界，却说世界欺骗了我们。可是，黑暗从来没有蒙蔽过任何一双眼睛。”

黑夜从来没有蒙蔽过陈鹤予的眼睛！

姜西给K医生发了条消息，问：“陈鹤予现在能上网吗？”

K医生很快回复：“不能。”

姜西放心了。她用自己从来没有发过言的微博账户，带着“蔚蓝宝藏”的话题，发出了人生第一条博文。

生姜西瓜：

“致所有看过《蔚蓝宝藏》的朋友。

“我从来都不觉得他是个懦弱的人，生病不是他的错，停播不是他的错，他为他的梦想付出了最大的努力。他对这个蓝色星球寄予了厚望，他为了热爱的事努力克服病理上的恐惧，他在我心里是最了不起、最勇敢的人。别说他只会躲起来拥抱黑暗，他接触到的阴暗面或许远比街上任意一位路人多得多。

“他在蔚蓝之巅见到了最美的风景，也见识到了最险恶的人心。”

第八章

这是属于他的星辰与大海，今夜，与姜西共享

01

蔚蓝宝藏的相关话题占据了热搜榜单前三，直到第二天一早还有网友在热议。

时间指向上午八点四十五分，还未到正式上班的时间，姜西安静地坐在工位上啃一块全麦面包，手边忽然多了盒牛奶，她的手背感觉到温热的触感。

姜西顺着递牛奶的手往上看去，咀嚼的嘴停下不动了。

柯斯哲看着姜西鼓起的腮帮子，笑了：“在楼下买的，还是热的。西姐，我请你喝。”

姜西又咬一口面包，把牛奶转移到旁边柯斯哲的桌面上：“谢谢啊。在减肥，牛奶只喝脱脂的。”

“不是吧，”柯斯哲诧异地笑了一声，“西姐，冒昧问一下，你现在多少斤？”

“八十五斤吧。”

“这么瘦了还减肥？”

“开玩笑的。谢谢你的牛奶，不过我真不喝。”

柯斯哲没有再说什么。

从茶水间出来一帮人，他们是公司稀有的爱八卦的男同事，每人手上拿着一个马克杯，有泡茶的，也有泡咖啡的。

姜西闻到了咖啡香味，顿时觉得心里有些痒。一杯热水下肚，她将面包包装纸叠起来，准备丢掉之后去茶水间泡咖啡。

路过的那帮同事回到自己的工位，又统一地捧着手机聚到姜西斜对面，看着手机里的消息，不时发出一阵不明意味的笑声。

姜西在他们的议论声里顿住了手上的动作。

“崔栩仟这是什么意思，替这个纪录片的官博说话吗？看看他被嘲成什么样了。”

“我们还找不找他做形象大使啊，以前还觉得崔栩仟挺不错，现在看也就这样。”

“说到底还是因为这个 Cheney Chen 吧。他到底是谁啊，帮他说话的粉丝居然都快赶上崔栩仟了。啧啧，就因为纪录片里的声音好听？我越来越不能理解现在这些小姑娘了。”

几个人你一言我一语，讨论得很是激烈，言语之中不乏鄙夷。

姜西站起来，正组织语言准备反驳之时，闵允歌忽然“哎哟喂”了一声。

她比姜西先开口：“你们懂什么？懂什么？真以为我们小姑娘会因为声音好听就仰慕一个人吗？那还不如去喜欢配音演员！声音好听只不过是人家Cheney众多优点中的一点，谈到他的家世，那才吓人好吗！”

没了解过的男同事冷嘲热讽道：“哟，我还真不知道。什么家世？说来吓吓我。”

闵允歌别的没说，只道：“S 市的陈家，他爷爷是陈祁亭，他爸爸是陈圻生，够了吗？”

竖起耳朵听八卦的这些人中有人倒吸了一口凉气，只有问话的男同事还在笑：“骗人的吧？怎么可能？我从来没听说过啊。网上也没人说。”

闵允歌懒得搭理他们：“爱信不信！”她心情不爽地离开，回到自己的位子坐下。

一位靠在椅子上认真看八卦的男同事显然没被闵允歌的科普震撼到，因为他根本不知道S市陈家是哪家，陈圻亭又是谁。他索然无味地刷着刚刚在茶水间里被分享的新闻词条，一条一条刷下去，突然“呵呵”笑了一声。

“这个‘生姜西瓜’是谁啊？”虽然不知道当事人Cheney有多厉害，但他知道闵允歌是他的粉丝，于是他故意挑衅地朝不远处的闵允歌喊道，“允歌，你知不知道？”

其他的同事也都刷到了名为“生姜西瓜”的网友的发言。

“很明显啊，这是他女朋友吧，看不惯网友的言行，出来为男朋友说话了。”

“‘生姜西瓜’……我怎么听着这么耳熟？”有位男同事摸着鼻子回忆。

姜西忽然听到身边的柯斯哲冷不丁说了一句：“‘生姜西瓜’？这不是西姐的微信昵称吗？”

一帮人齐齐地朝姜西看过来。姜西神情僵硬地站在原地，迎接着几乎整个办公室的人的目光。

有人起哄着笑问：“姜西，这该不会真的是你发的吧！”

说话的人是在开玩笑，姜西却因为心虚，心口“咯噔”猛跳了一下。

“我……”

姜西没来得及说完，被闵允歌打断了。

她的笑声刺耳，斜了姜西一眼，故意提醒大家：“姜西怎么会是Cheney的女朋友？那可是Cheney Chen啊，大家难道忘了吗？

姜西带她男朋友去参加过小莫婚礼的，她的男朋友是她家艺术馆的讲解员。”

聚在一起八卦的那帮男同事中有人清了清嗓子，靠坐在桌旁的几人也纷纷直起了身子。所有人都知道姜西的男朋友已经离开了塘东老街的艺术馆，并且不知所终，闵允歌这么说，显然是要当着所有人的面让姜西难堪。

“允歌，你有点儿过分了。”有人看不下去，低声道。

闵允歌不依不饶，提高嗓音追问姜西：“我怎么过分了，姜西，难道不是吗？”

姜西勾起嘴角，笑得很漂亮，她声音不卑不亢，一字一句吐字清晰地回应闵允歌：“没错啊，在座很多同事都在小莫的订婚典礼上见过我男朋友，不会这么快就把他忘了吧？忘了也没关系，总有机会再见面的，比如在我和他的婚礼上。”

姜西紧紧地盯住闵允歌，粲然笑道：“特别是你啊，允歌，到时候记得一定来。”

“如果你们能走到结婚这一步，我衷心祝福你们。”闵允歌也笑。

姜西点头，来了句题外话：“你喜欢Cheney Chen？眼光还算不错，但愿你不是因为他的家世而喜欢他。因为他不仅有才华，其他方面也很迷人。”

九点整，大家各自回到工位开始上班。

晨间这场没有硝烟的战争很快传到了闫青山耳朵里。

闫青山派秘书请姜西去办公室，姜西已经做好了心理准备，无非是那两句批评——加入群体八卦就是浪费工作时间，和他们扯八卦还不如想想怎么做好运营。

不过这次闫青山并没有提早上的事，只是问姜西如果请不到崔栩仟做第五代新能源汽车的形象大使，还有什么别的办法。

“据我了解，崔栩仟个人有意向和我们公司合作，只是这个代言不是他一个人能决定的，始终不愿松口的是他的经纪人史乔岳。”闫青山道。

姜西说：“我知道。”

闫青山专注地盯着电脑屏幕，继续说道：“倒也不是没有商量的余地，史乔岳松口了。”

闫青山说：“他提议我们以新能源汽车为主题拍一部环保电影，如果反响好，他可以立即与我们签订代言人合约。”

姜西以为自己听错了。

闫青山看了姜西一眼，察觉到她脸上闪过的一丝怀疑，说道：“你没听错，是众达品牌的全球代言人，不是单款车型的形象大使。”

姜西得到了肯定的答案，仍旧觉得不可置信。如果让她来做决定，这部以新能源为主题的电影她非拍不可，只是她摸不透闫青山的意思，她不知道闫青山会做出什么样的决定。

姜西问出口了，闫青山回答说：“轮不到我做决定，集团高层在讨论，我就是提前知会你一声，不管这件事成不成，至少你都心里有个底。如果不成，你也不要觉得遗憾，将手头上的工作收个尾，早些回研究院去吧。”

听到后半句，姜西忽然感觉心口一酸。她看着闫青山的眼睛，无法控制喊叫出那个熟悉的称呼：“青山阿姨……”

“打住，我听不得煽情的话，你要是想说‘谢谢’，还是收回去吧。”

闫青山叹了口气，视线从电脑屏幕上移开，转而看向姜西似含了一汪秋水的眼，感慨说：“你这张叽叽喳喳的小嘴，也就早几年会在我面前念叨个不停。自从你爸出了事，你离开研究院来到总部，你在我面前连笑都笑不出来了。你怕什么？怕我也怪你？”

“如果不是我，您和陈铭叔叔早就走到一起了。”姜西低下头，不敢再看闫青山。

闫青山陷入沉思，她无意识地哂笑了一下，说：“是啊，早就走到一起了。我们两个人，真的是到老了才下定决心相伴。”

姜西将头埋得更低，感觉到藏在心里的愧疚感逐渐涌上来。很快，她听到闫青山叫了一声她的名字。

“可是姜西，你没有做错。我相信陈铭对我有过一片赤诚之心，可他亲手签下尾气超标排放同意书就是他对众达的不负责任，从此众达被陈铭抹上污点。你我目的一样，都希望被抹上污点的众达可以转型，有一片低碳的天地，所以我向来支持你的决定，一些重要场合即便被说偏心也要让你出席，算是我对你举报陈铭，让他认清他所犯错误的感谢，算是我代表众达对你的感谢。

“姜西，我们早就对你说过很多遍，包括你的爸爸也说过——你没有做错。你没必要觉得对众达有亏欠，也无须觉得对陈铭有亏欠，更没必要认为亏欠我。我一个人自在惯了，在众达风风雨雨这么多年，看着你们这些小辈越来越好，我很开心。往后的日子，你放宽心，过得自在些吧。”

……

姜西从闫青山办公室出来时，眼眶通红。

灿灿上午请了半天假，才到岗，远远地看到姜西的眼睛被吓了一跳。

“西姐，你哭了？闫总是不是凶你了？”灿灿迎上来，担忧地看着她。

回到工位，灿灿忽然瞥到柯斯哲桌上有盒牛奶，于是道：“你不喝牛奶呀？给西姐喝！”

姜西对着自己桌上突然出现的牛奶一愣，拒绝的话已经在嘴边：“我不……”

“西姐，你别哭了。我都听说了，闵允歌算是什么人啊！大家都站在你这一边的。还有你啊，分手了怎么就走不出来呢？我知道前姐夫哥哥真的很帅，可是他走都走了，你也不要再想着他了，你身边又不是没有好男孩子。”

“谁说我……”

“我知道我知道，你伤心、难过，我都知道。走出一段恋情的方式就是开始一段新的恋情，如果你暂时找不到合适的人，我给你介绍！”灿灿和柯斯哲对上眼，“姐夫哥哥不行，那姐夫弟弟也是可以的嘛！”

“灿灿，我说我……”

“西姐，我知道我知道！”

灿灿还在喋喋不休，姜西彻底失去了解释的欲望。她左耳听着灿灿不停地说话，感受着来自右边暧昧又炽热的目光，她想，或许不能再继续带柯斯哲了。

灿灿一通话说完，兴致勃勃地问姜西：“西姐，你真的不想知道我要把谁介绍给你吗？”

“嗯，不想知道。如果你不想等你姐夫哥哥回来以后被他凶的话，建议你这边先给我介绍十个比你姐夫哥哥更帅的帅哥给我。”

灿灿无语地想，比姐夫哥哥更帅？这不是为难人吗！

灿灿默默地吸了口气，又叹了出来。

西姐这是走不出来了啊！

转眼半个月过去了，新能源分部仍旧没有收到任何计划拍摄以新能源汽车为主题的环保电影的消息。

兴许没戏了。

这一次，姜西也没有感觉太遗憾，她为之付出的努力并不少，她安慰自己，足够了，至少她实实在在地付出过。

况且，在这件事上，她想，她尽了最大的努力了，陈鹤予在努力帮她，就连小仟本人也是。这么一想，在寒风凛冽的冬天里，她的心里突然涌起一丝暖流。

一直到年前，陈鹤予都处于失联的状态。姜西试图从K医生和蒲利江处获知陈鹤予的近况，结果他们居然也不再回复姜西的消息。

姜西有些担心，又安慰自己，如果真的有最坏的情况，她一定会得到消息，而不是没有消息。

K医生也说过，这漫长的等待都是因为他在好起来，一定要耐心等待。

姑婆还是没有回来，她的拍摄团队从福建转移到广西，或许要到年后才能结束拍摄工作。

因为陈鹤予的突然离开，爸爸妈妈没有回来。原本今年父母决定回来陪她过年，姜西就觉得不好，国内有春节假，姜戈可没有，父母回来了，他在国外就落单了。

于是，姜西临时决定飞去加州和父母、弟弟一起过年。

当姜西风尘仆仆地穿着宽大的白色羽绒服出现在带花圃的独栋美式小别墅前的时候，姜父姜母都以为自己在做梦。

日思夜想的女儿，近几年只能通过越洋电话联系的女儿居然主动飞来团聚，姜志滨激动得差点哭出来。

即便没有哭，他也在姜西面前失了态。刚看到姜西时，姜志滨以为是在做梦，还同身边的妻子说："今年还是回去陪西西过年吧，我这都梦到她第几回了，心里太过意不去了。"

姜西开口叫了声"爸爸"，声音清甜，笑容灵动。姜志滨的肩膀被身边的妻子一拍："醒醒，是西西过来和我们一起过年了！"

春节假期有七天，姜西又请了几天假，陪父母在国外过了一个不算冷清的年。

这些天，她安心地享受父母的宠爱。她吃不惯西餐，她父母两人换着花样给她做中餐。他们不逛街，连门都几乎不出，每天就待在家里享受这十分难得的团聚时光。

没有人再提当年那件事。

02

十天后，姜西返程。

经历了十余个小时的飞行后，姜西在S市东浦国际机场落地，她下飞机的第一件事就是给父母发消息。

此刻国内是深夜，加州却是上午，收到姜西平安落地的消息后，大洋彼岸的姜西父母终于放下了心。

姜西回完消息，顺手打开和陈鹤予的聊天框，他最后的回复仍旧停留在去年的12月。

新的一年已经到了，陈鹤予。

姜西在心里对他说。

时间已是深夜，姜西没有急着回临州。她本想在机场附近找家酒店对付过去，人都已经在朝某品牌酒店的接驳车走去，最终她还是拖着行李箱转了个方向，去坐地铁。

姜西去了国展中心附近她和陈鹤予同住过一晚的酒店，巧的是，他们住过的那间行政套房还空着。

套房价格并不便宜，不过她在住酒店方面向来不心疼钱。付了四位数的钱订好房间，姜西拒绝了服务生领路的好意，独自拖着行李箱坐电梯上楼。

繁华的城市还沉浸在浓浓的新年气氛之中，房间里是熟悉的床、沙发，还有那张她磕到过嘴的茶几。

姜西把行李箱放在门口，过去在沙发边坐下，她曾在上面度过一夜。

那天她喝了点儿酒，晚上睡不着，一直呆呆地望着天花板中央亮了一夜的绚丽大灯，满心都是陈鹤予。而那时，陈鹤予就在离她不远的地方安然睡着。

姜西回身望向那张空荡荡的床，脑海里闪过陈鹤予安睡在那里的样子。他睡觉总是很规矩，不常抱她，总是平躺或侧卧，看上去非常安静。

你怎么样了？陈鹤予……

察觉到内心有些许崩溃的前兆，姜西尽量控制自己不要再去回忆，因为他一定在她看不见的地方好好努力着。

一声清脆的短信提示音忽然打破套房里的沉静气氛，姜西吸了吸鼻子，将茶几上的手机拿起来查看，她一时想不到这么晚了谁会给自己发消息。

发信人居然是蒲利江。

姜西点开蒲利江发来的图片，那个她日思夜想的人赫然出现在手机屏幕上。姜西待了两秒，才欣喜若狂地将手机屏幕的亮度调到最大。

漆黑无边的夜里，天空中漫天繁星闪烁，男人面朝夜色下的墨蓝色大海，身前举着相机。冬天的夜里，海边的风极大，将他身上宽松的黑色卫衣吹得鼓起，将他几个月未剪，已经有些长的发丝也给吹乱了。

姜西心中猛地震颤了一下，脑袋里发出嗡的一声，像寺庙里的钟声响起，像出征的号角吹起，像启航的轮船轰鸣。

陈鹤予，他站在夜色里，他站在大海边！

下一秒，姜西的微信弹出新消息，她有预感发来消息的是谁，点开的那一刻，她的预感得到了验证。

陈鹤予：“新年快乐，希望明年能陪你一起过年。”

随着消息发来的是他用拍摄纪录片的相机拍下的漫天繁星和波光粼粼的大海。

这是属于他的星辰与大海，今夜，与姜西共享。

陈鹤予正在以一种惊人的速度恢复起来。

虽然在K医生看来，这并不意味着痊愈，但他们努力了这么久，总算看到了希望，心情十分振奋。日常掌勺做炒饭的蒲利江心血来潮地一连做了好几顿西餐，改善大家的伙食。

“姜一直问我你什么时候可以回去，我该怎么回复她，Cheney？”餐桌上，K医生咬着夹生的意面问陈鹤予。

陈鹤予因为持续的锻炼，整张脸的轮廓更加立体。短短几个月，他不断地健身、跑步，曾藏于眼中的郁气消散不少，取而代之的是男人的坚毅，和与生俱来的曾经被掩埋、而今重新勃发的英气。

番茄意面里番茄放多了，味道发酸，如果是夏天，陈鹤予必定以为这是一份馊掉的意面。

吃了那么多顿蒲老师做的饭，这样的失误简直可以忽略不谈。相较K医生，陈鹤予吃意面的神色淡然很多。他回答对面一头金色短发的男人，说：“我会和她谈的。”

“你已经独立完成了《蔚蓝宝藏3》的剪辑，接下来打算做什么？你要知道，不只是你的女朋友在等你回去，你的团队、你的队友们也一直在等你回去。”

他们的谈话通常是在餐桌上，因为这会显得轻松些。

他们已经不是第一次谈及这个话题，但一旦谈及这个话题，陈鹤予总是沉默。

显然，这个话题太过沉重。

在K医生的理念中，陈鹤予的病完全恢复的标志不是他可以像正常人一样站立在黑暗之中，而是他可以重回大海。

“Cheney？”已经到了今天，他必须让陈鹤予做出一个决定和判断，K医生继续说，“或许我该给你看一条姜在网络上的发言。”

拿出随身携带的 iPad，K 医生在社交平台上搜出姜西元旦当天发的博文，然后将屏幕转向陈鹤予。

大段文字呈现在眼前，陈鹤予逐字逐句地看完了那位头像是一块手绘西瓜的网友的发言，然后，盯着她的昵称微微皱眉。

姜西几乎所有的账号昵称都是“生姜西瓜”。

陈鹤予移开了目光，看完之后没有显出半分受到触动的表情。

K 医生纳闷，提醒他：“你的女朋友说你是她心中最了不起的人！”

陈鹤予神情淡淡地道：“我知道。”

“你不希望她以你为傲吗？看看她博文底下的评论，直到今天，直到十分钟前，她还在坚持回复每一位网友的评论，她在为你的逃避做着辩解！”

“她认识我的时候，我什么也不是。”

“可你并非什么也不是，Cheney！”

“K，请你不要再说了。”陈鹤予放下手中的叉子，神色凛然地站起来，转身欲离开，“蒲老师应该知道，我有很多种办法离开这座小岛。”

“你确实该离开。”K 医生站起来，看着陈鹤予在门口停住的背影，说，“我很佩服你因为姜而有这样的恢复力，同时，我也为时至今日还在等待你归队的队友感到不值！”

当晚，陈鹤予将自己关在房间里整整一夜。按照原计划，他今晚本应该完成浅水区的游泳。

两人争执的时候蒲利江不在场，事后 K 医生才将二人争论的话转述给蒲利江听。听完，蒲利江也感叹了一声：“鹤予或许真的需要考虑一下以后的路该怎么走了。”

一旦他回临州，他或许不必再做讲解员，或许能凭着自己的学历和经历找到一份收入可观的工作，可那都不是最能发挥他特长的领域。

一旦他选择回去和团队继续拍片，哪怕只是再拍一段，他都可以重新成为当年那个意气风发的人。

如果让姜西替陈鹤予抉择，她会毫不犹豫地让他回到自己的专业领域。

可没有人可以替陈鹤予做出抉择，哪怕那个人是姜西。

崔栩仟拍摄的电影终于杀青了。

下午三点，在临州机场接机的粉丝一路簇拥着将崔栩仟送到地下车库，然后目送他上了一辆非常豪华、有格调的……众达汽车？

崔栩仟的座驾绝尘而去，大批粉丝傻待在原地："我没看错吧？哥哥在临州的车一直是宾利欧陆啊，他什么时候开起了众达，还是绿色牌照的新能源汽车？"

有粉丝举着崔栩仟的海报，望着他离开的方向，肯定道："哥哥这么支持环保，一定是为了低碳出行吧！低碳出行，从哥哥做起，也从我们做起！"

几张崔栩仟开车离开的照片被粉丝传上微博，虽说汽车的尾部被打了码，但依稀可辨牌照是绿底。

史乔岳看到网上谈论得热火朝天的消息时，气不打一处来，他接连给崔栩仟打了无数通电话，没有一个被接听，打到最后，那小子居然直接关机了。

姜西和同事们在茶水间刷到这条微博的时候齐齐傻眼，回过神来，有同事乐呵呵地说："崔栩仟虽然没做我们的形象大使，但身体力行地在支持我们众达的产品啊。"

姜西闻言，捧着杯子转了个身。因为她的微信里，话题当事人发来了消息。

崔栩仟："嫂子，我回临州了，有没有空来我家吃个饭？就在街西，你过来很方便。”

姜西实话实说：“改天吧！我今晚加班，会忙到很晚。”

崔栩仟：“行啊，我这次放长假，你哪天有空了联系我就行。我在临州没什么朋友，基本上会一直待在塘东。”

崔栩仟又发了一条消息问：“陈庭呢？她也加班？”

姜西：“都加。”

崔栩仟：“好，改天见。”

姜西收起手机，茶水间的同事还在继续谈论方才的话题。有人得到消息，说今晚突然召开的大会是要通知一件事，事关新能源第五代汽车，所以运营部的人都要留下来开会，新能源分部更是一个都不能缺席。

“该不会直接官宣形象大使了吧？你们看，崔栩仟都开上众达的新能源汽车了。”有人猜。

“不可能，所有签约合同都会经过我们部门审批，真签了我怎么可能不知道？”法务部一位同事说。

法务部同事说完，戳了戳一旁姜西的手肘：“姜西，你说呢，你知道是什么事吗？这么突然开会，我今晚的相亲活动都取消了。”

姜西还在发呆，她刚刚瞥了眼置顶的聊天框，陈鹤予自从给她发了那张星空图之后，人又失联了。

突然的失联让她患得患失，她发现自己的喜悲好像已经和陈鹤予挂上了钩，这很不像原来的她。

姜西摇摇头，说：“我不知道是什么事，不过不可能是代言的事。上头已经决定新能源第五代汽车不请任何明星代言，所以，大概率是有什么营销方案要公布。”

如果众达集团准备筹拍以新能源汽车为主题的环保电影算是众达要公布的营销方案的话，那么，姜西也没有猜错。

偌大一间会议室，人坐得满满当当。台上说话的人是闫青山，她公布了众达新一年度最重要的项目之一——众达环保大电影的筹备拍摄计划。

底下传来一片低声议论，因为众达从来没有涉足电影领域，更不用说这次还是以自己品牌的产品为主角。

“很多同事都对此感到惊讶，不过在惊讶的同时，也希望大家能抱几分期待。集团目前已通过电影筹拍计划，届时我们会请专业的导演执导。”

闫青山简单介绍了该项目，并给各部门布置了接下来需要配合的工作。剧本预计今年年中完成初稿，电影的拍摄也会从年中开始。

项目的保密工作做得非常好，就连部门的几位部长也是在会议现场才得到消息。

会议结束后，大家都没着急走，没有人感到兴奋，反倒是期待落空后的落差心情占据多数。

毕竟大家都以为能请到明星代言为新产品造势，哪怕不是崔栩仟这样的当红优质青年演员，也可以是别人，却怎么也没想到本是用来请代言人的经费，被转而用来投拍一部不知道效果好不好的电影。

集团高层对电影项目关注度颇高，公布筹拍计划后的一个多月，好几位高管借着体恤员工的名义下至二十五楼，实际上都是来现场询问运营部的工作进展。

高层如此重视，各部门自然不敢松懈，尤其是运营部。

电影开拍前，整个运营部不断被施压，电影要造势，公关要方案，官媒账号要养成，直到电影开拍前一周，运营部都在疯狂加班，只有到周末才得以喘口气。

运营部的正式员工普遍加班到晚上九点，实习生们也没能轻松多少，毕业论文都是趁着下班后和周末的一点儿时间拼命完成的。

03

六月，闫青山通知将于六月八日开启第一场剧本会议，届时各部门派代表参加会议，并且众达集团董事长亲自邀请到的青年导演也会到场。

所有人都松了一口气，而后开始猜测董事长亲自邀请到的会是哪位导演？

六月八日这天。

一大早，姜西进入茶水间，就见满室寂静，一片昏暗。平常这个时候，保洁阿姨应当早就完成了打扫，也开好了灯才对。她有些诧异，正准备去按开关，忽然听到“啪”的一声，茶水间的灯被打开，新能源分部的同事已经全员到场，以两位组长为首，其余同事站在后面，灿灿和柯斯哲一起举着一个硕大的圆形蛋糕。蛋糕用蓝色的奶油打底，中心立着一只精致可爱的翘尾海豚。

“当当当——”

“西姐，生日快乐！”

“姜西，生日快乐！”

面对这突然的惊喜，姜西整个人都有点儿蒙。

“谢谢你们，大家来得这么早。”

姜西走近，笑着低头接过自己组长递上来的生日皇冠。

灿灿在点蜡烛，说：“西姐，来许愿！”

姜西昨晚还在回想去年那个和陈鹤予不欢而散的生日，想到今年的生日也没能和他一起过，她心中很是遗憾。过去这么久，他一直处于失联的状态，只有K医生和蒲利江偶尔会告诉她陈鹤予平安，且在稳定恢复中的消息。

部门同事带来的生日惊喜给姜西注入一股巨大的暖意，她说了好多声谢谢。看着一张张热情洋溢的脸，她把水杯放在旁边的桌面上，双手虔诚地在胸前合掌，道：“那我简单地许个愿吧。希望大家都能身体健康，平平安安，还有接下来我们的大电影可以顺利拍摄，往后，众达的发展越来越好。”

姜西说完，轻轻地吹灭蛋糕上的小蜡烛，笑道：“这么早，大家有兴趣吃蛋糕吗？”

二组组长摆摆手：“大早上的我可吃不下奶油，先放到食堂冰箱里存着吧。姜西，你今晚有约会吗？没有的话，大家就一起吃个饭，我请客，这段时间辛苦大家了。”

“好啊，我万年没人约，组长请客我当然去。”

柯斯哲下楼放好蛋糕上来的时候，同事们已经在处理各自手头的工作，为十点整开始的剧本会议做准备。

“今天的剧本会议这么隆重，要在二十九楼的特级会议室开？我听说那位导演今早刚到临州，董事长亲自去机场接人了，是吗？”

灿灿这个月拿毕业证，下个月才能转为正式员工，所以没办法参加今天的剧本会议。她心里羡慕得很，时不时就要问几句。

可惜姜西只了解剧本的大概内容，并不知道董事长邀请到的是哪位青年导演。

闵允歌正好脚下生风地路过，她也是代表部门出席的一员，今天她的妆容、衣着都很精致，穿着紧身裙，脚踩一双十厘米的高跟鞋，样子十分得意。瞥了一眼都快贴到姜西手臂上的灿灿，她摇头冷笑了一声。

姜西拍拍灿灿的手：“我去倒杯水。”说着，她拿起杯子站了起来。

闵允歌坐回自己工位上，看着姜西走远的背影，刻意提高嗓门说道：“都到今天了，我也不瞒着大家了，实际上我对今天要来的导演是有几分了解的。”

大家纷纷朝她看去，姜西没有回头，背影消失在转角处。

闵允歌享受这样的引人注目，说：“他不是专职导演，但在环保界很有声望，他的父母是享誉全球的研究鲸的专家，一家三口都是海洋领域内响当当的大专家。他年纪不到三十岁，身价已经过亿。A海大家知道吧，他家在A海还有一座私人岛屿。”

“哟，真的假的？集团这次的保密工作做得这么好，怎么会让你知道？”灿灿看不惯闵允歌总是一副高高在上的样子，对她说的话也是半信半疑。

闵允歌挑了下眉：“我怎么知道的你不用管，你爱信不信。反正十点一到，大家就知道那位到底是谁了。”

姜西只隐约听到了闵允歌说的“环保界”“研究鲸”，一时还以为她说的是陈鹤予，但转念一想，环保界研究鲸的专家也不少。

员工们本就对集团一直保密的导演感到好奇，剧本会议开始前又听闵允歌这么一说，一些没资格参与剧本会议的同事都开始心痒痒。

有些人想得远了，觉得来的肯定不是位普通的导演，说不定是堪比崔栩仟咖位的大明星。

九点半，所有与会人员都在会议室落座。

姜西坐在倒数第三排，左手边是会议室的后门，右手边是部门同事小佳。二十五楼的员工除了陈庭，其余人都坐在她这一排。

陈庭大概是有特殊任务，今天坐得尤为靠前，位子在董事长的斜后方，是第二排。

二十九楼整层楼都是会议室，无人办公，只有电梯正对着的门口有坐守前台的工作人员。

九点三十五分，有几个未参会的职员忍不住特意上到二十九楼，询问前台小姐他们是否能在走廊列成两队，等董事长带着导演来了，作为气氛组鼓掌以表欢迎。

前台小姐做不了决定，说要问会议室里的傅经理才行。

姜西眼看着熟悉的同事身影出现在演讲台前，不知道和在台上试话筒的傅经理说了什么，傅经理点了点头。同事出门后，姜西透过一侧的玻璃墙，看见外面一瞬间多出很多人，站满了走廊两侧。

外面的队伍整齐得很，而且安静，没有人窃窃私语，他们站姿端正得像是接受过礼仪培训。

“都是上来看闵允歌说的那位神秘人物的吧。”小佳手里绕着笔，语气颇为八卦。

十点整，会议室内外的人各个翘首企盼，望眼欲穿地等人来。

前台对面，电梯“叮”的一声，穿着整齐制服的三位前台小姐立即起身，双掌交叠覆在腹前，倾身问好。

伴随着三位前台小姐整齐的“董事长好，陈先生好”的声音，身穿黑色制服的保镖们从电梯里出来分列两侧，而后，从电梯门口走出来两个人，其中一人西装革履，宽肩窄腰，身高腿长，气场之强大似乎要胜过旁边的董事长。

闵允歌早就托关系获知来者是谁，也托人要过他本人的照片。

照片上是他在拍摄纪录片期间的侧脸，一看就知道拍摄条件艰苦，泥土糊在他脸上和鼻尖，但依然难掩他好看的五官。

会议室里，闵允歌透过玻璃墙也看到了来人，她一时没忍住，惊呼出声：“是 Cheney，好帅！”

似乎还有点儿眼熟！不是看过照片的眼熟，好像在哪里亲眼见过……

长廊上，众人开始鼓掌欢迎，场面十分热烈，只有十余位来自二十五楼的员工一边心不在焉地拍着手，一边默契地将目光从为首的男人身上移到了会议室内的姜西身上。

他们对这个男人的印象还是很深刻的，虽然现在面部轮廓棱角分明，给人凌厉之感，但他分明就和与他们有过一面之缘的姜西的男朋友长得一模一样。

除非是双胞胎，不然这世间不会有两个长得这么相像的人。

会议室里的人都站起身鼓掌。

两人越走越近，董事长在门口做了个邀请的手势，紧接着两人进入会议室。

挨着姜西站的小佳此时看清楚了站在前方意气风发、英姿飒爽的男人，逐渐瞪大了双眼，忍不住用手肘推了推姜西的手臂。她诧异地问道："姜西，这不是你那个没钱没势，还抛弃了你的前男友吗？"

耳边巨大的掌声让姜西产生了一刹那的眩晕，她盯着那张熟悉的脸，没敢眨眼。

恍惚间，她似乎听到有人在问："这不是你那个没钱没势，还抛弃了你的前男友吗？"

谁？谁抛弃谁？

姜西只抓住了"男友"二字。她挤出一抹僵硬的笑容，反问："长得真的很像，对不对？"

因为离得远，姜西不敢相信那是陈鹤予。

他们的脸似乎是同一张脸，可他身上散发的气息陌生至极，何况陈鹤予要是来，怎么会不提前告诉她？

小佳在一旁说她傻了，在说什么胡话。即便只见过一次，小佳也能确定就是同一个人。

第二排的陈庭回头看向姜西，同一排的同事除了闵允歌，也都侧头看向姜西。

"姜西，那是你男朋友吧……"

"你男朋友不是你们艺术馆的讲解员吗？他怎么会是董事长特聘的电影导演？"

掌声渐歇，董事长示意大家坐下，便开始致辞。二十五楼的几位同事的惊讶程度不亚于姜西本人，没有人还有心思听董事长讲话，他们纷纷侧头向姜西求解。

闵允歌像看白痴一样看了一眼刚刚问话的两位男同事：“你们是什么眼神，这都能认错？台上那位可是轰动全球的海洋纪录片《蔚蓝宝藏》的总策划人，是国际上知名的海洋环保专家，Cheney Chen！他的英文大名你们总听说过吧！”

经过闵允歌这么一解释，几位同事露出恍然大悟的表情：原来就是他？

闵允歌急于介绍，又道：“Cheney 还有一个中文名，他稍后一定会做自我介绍，我现在提前告诉你们也无妨，他叫陈鹤予，白鹤的鹤，给予的予。”

下一秒，在莫壁微订婚典礼上和姜西、陈鹤予同桌用餐的男同事小声惊呼：“陈鹤予？那不就是姜西的男朋友！”

姜西这下真的不知道该说什么了。此刻台上侃侃而谈的男人光芒万丈，太过耀眼，像极了那天在环保论坛上被那些环保领域的大佬众星捧月的陈鹤予。

“是啊，他好像真的是我男朋友。”

在董事长的隆重介绍下，陈鹤予上台了。他先是做了简单的自我介绍，在提到他参与拍摄的作品时，底下有人发出了非常大的惊呼声。

就像是你内心的神坛上存在的那个人，忽然有一天走进现实，活生生地站在你面前。

姜西此刻的感受大致也如此。

漫长的剧本会上，她专心地对着面前的笔记本电脑做记录。她也在这漫长的三个小时里，逐渐接受了陈鹤予回来的事实。

因为只要一抬头，她就能看见那个好看的背影坐在第一排，交叠着双腿，目视前方的大屏幕，认真地听着台上人所讲的一字一句。

三小时后，剧本会议结束。

傅经理组织所有与会人员统一从后门离开，董事长和高管们还在前排。

姜西侧身让同事们先行离开，等他们走得差不多了，她才慢悠悠地沿着玻璃墙往前走，等一个和陈鹤予打招呼的机会。

傅经理看到姜西没走，催促道："你是哪个部门的？退场了，你怎么还不走？"

"傅经理，我能去前面打个招呼吗？我是陈庭陈主管手下的员工姜西。"姜西将挂在脖间的员工牌给他看。

陈庭还没有走，前面三排的人除了领导，都是电影制作项目的重要参与者，会后他们还有事情要商议。

陈庭看到还等在后面的姜西，于是拍了拍她斜前方男人的肩。

陈鹤予转身看到陈庭没有惊讶，而是礼貌地叫了声："庭姐。"陈庭确实比陈鹤予大一岁。

陈庭指了指后门，傅经理已经把姜西拦住了。

不知道是哪里的消息转达有误，陈鹤予并不知道姜西也在场。看到姜西后，他面露迟疑，陈庭见状，笑着说："不用想着躲了，她不是刚刚上来的，她从会议开始前就在这里了。"

"我男朋友在前面。"因为人还没走光，所以姜西把声音压得很低。

"你男朋友在前面？"傅经理皱了皱眉。

最后一拨离席的是其他楼层的职员，姜西并不认识，听到傅经理这么说，众人纷纷把八卦的眼神投向了她。

姜西涨红了脸，无措地将笔记本电脑抱在怀里。

“里面哪个人是你男朋友？你指给我看看。小姑娘，年纪轻轻的想什么呢？坐在前三排的不是高管就是董事长，你的男朋友是谁，高管还是董事长？”

“是我。”一道清冷的声音突然响起。

熟悉的声音近在耳畔，姜西抬眼，便见到了那张朝思暮想的脸。

她眼眶一热，毫无顾忌地上前两步，扑进陈鹤予怀里。

笔记本电脑的一角撞在他的胸前，陈鹤予有些吃痛，但还是笑出了声。他伸手接过她臂弯里的电脑，下一秒，姜西已经像只八爪鱼一样牢牢地缠住了他的腰。

“见到你的第一秒就想抱你了，我的男朋友。”

陈鹤予单手抱住她的背。

K 医生说过，他的治疗期之所以不断延长，是因为他的心中始终有一块缺口，这个缺口一天未填满，他就一天没办法完全好起来。

如果说这个缺口占据了他心脏的百分之二十，那么此刻抱着她，陈鹤予已经觉得有了百分之九十九的圆满。

姜西只觉得耳边陈鹤予的声音像隔着山海传来。

“我回来了，姜西。”

04

会议室里的人散得差不多了，陈鹤予送姜西下楼，走的是楼梯。

许久未见，两人连牵手都更加用力。

自从陈鹤予出现在姜西面前开始，姜西的心跳一直很快。他们已经多久没见了？从去年的八月到现在，都快一年时间了。

两个人分开的时间比在一起的时间还长。

这段时间两个人都有了很大变化，姜西消瘦了许多，陈鹤予的变化则来自气场。身体恢复健康后，他自信了很多，走路的时候脊背挺直，人更有朝气了。

公司的楼道每一层都有窗，也有声控灯，他们下一层楼，头顶便亮起一盏灯。下至二十六楼的时候，陈鹤予手掌微微用力，将姜西压到了窗边的墙上。

他温热的呼吸缠绵在她唇边，两个人什么话也没说，姜西仰头就开始和他接吻。

久别重逢，起初陈鹤予还能耐心吮吸她的唇瓣，很快，觉得不过瘾的他就加深了这个吻。姜西嗅着鼻尖熟悉的陈鹤予身上特有的气息，闭着眼，痴迷地沉醉在他不带任何情欲的吻里。

唇与唇紧密地贴合在一起，陈鹤予捧着姜西的脸迫使她将头仰得更高。最后，他在她唇上落上重重一吻，然后又在她鼻尖落下温柔的一吻。

姜西觉得痒，偏头将脸埋进他脖间。

“生日快乐。”陈鹤予抱住姜西，一只手轻抚在她细软的发丝上，又说了一遍，“生日快乐。”

“还记得我生日，算你有点儿良心。”

两个人怀揣着巨大的惊喜，紧紧地拥抱彼此，表达思念之情。

姜西深深地在他颈窝里吸了一口气，忽然笑了。

陈鹤予刚想问她笑什么，姜西就说：“为什么特地挑这一天回来，为什么不告诉我？蒲老师给我透露过消息，他告诉我你要到下个月才会回来。”

“我跟你说实话，你不要生气。”

姜西爽快地说：“好啊。”

“我逃出来的。”陈鹤予用力按住要抬头的姜西，说，“机票是你们董事长买的，西装是你们董事长送的，所以我现在身上什么也没有，钱没有，手机也没有，只有我这个人回来了。”

“你说的是真的还是假的？”姜西挣扎一下，脑袋又被陈鹤予按了回去。

他的笑声有些轻佻，姜西太久没听他这样笑过，一时之间还有点儿恍惚。陈鹤予执着地又说了一遍："你答应了，不生气。"

谈不上生气不生气，他人都来了，她还能将他打包丢回岛上去吗？

"那你呢，身体怎么样，真的都好了吗？"

陈鹤予笑了下，认真地点头。

"我想听你亲口说。"姜西的手揪住他腰侧的衣角说，"蒲老师只会报喜不报忧，我不信你治疗过程中一点儿小伤小病都没有。联系不到你，我只会乱想，又不敢想太多，蒲老师每一次都说你在好起来，可好起来的过程是什么样的呢？你有好好吃饭吗？晚上能好好睡觉吗？最开始尝试关灯的几个夜里难受吗，会吐吗？这些蒲老师都没告诉我。"

"虽然你也不会告诉我。"姜西把脸贴在他胸口，感受久违的他的体温。

陈鹤予圈着她，将下巴抵在她香软的发丝上，说："一切都过去了，我已经好了。蒲老师没安慰你，我恢复得很快、很好。"他想了一会儿，又说，"最开始确实有难受的时候，但我都熬过去了。我没再休克过，不过经历过一次抢救，因为在海里呛水了。蒲老师当时想告诉你，我没让他说。"

他笑了下："我觉得我在海里呛水挺丢人的。"

"呛水？"姜西早在听到"抢救"两个字的时候就抬起头了。

"嗯，第一次下海的时候。"陈鹤予说，"后来就顺利多了，你放心。"

姜西说："是你让我放心的，你可千万别再有事了。我就谈过你这么一个男朋友，以后也不会有别人了。"

"好。"他笑着，哄她，"我也没别人了。"

腻歪得差不多了，姜西催陈鹤予上楼。

陈鹤予离开了这么长时间，董事长和其他几位高管还有傅经理都知道陈鹤予是送姜西下楼了。姜西还记得刚才在会议室里她情难自禁地抱了陈鹤予后，他们投过来的惊讶、八卦又好奇的眼神。

但愿董事长对此睁一只眼闭一只眼，否则他一个电话给她远在国外的爸爸打过去，她还要不要面子了？

陈鹤予临上楼前约她晚上一起吃饭，姜西点点头，转身回了办公室。

散会后已经是午饭时间，办公室里只有少部分员工留在工位上午休，大部分参会人员在散会后就直接去吃午饭了。

姜西怕打扰到别人，悄悄地回到工位拿了包，准备去公司对面的综合体商场给陈鹤予买手机。毕竟他说了，他是孤身一人回来的，身上什么都没有，连他身上的正装都是董事长给准备的。

众达大楼和对面的综合体商场仅一条马路之隔，姜西走到路口等红绿灯，正好碰上六十秒红灯开始倒计时。她稍稍往边上靠了靠，选了个安全的位置给蒲利江拨电话。

陈鹤予说他是从岛上逃出来的，姜西相信他做得出这种事。

电话接通，没有姜西预料中威严的语气，蒲利江轻快地“喂”了一声，说：“小西，鹤予到你那儿了？”

姜西有点儿蒙：“您知道？”

“知道。”蒲利江说，“我在监控里看着这小子跑的。”

果然姜还是老的辣。

蒲利江在电话里叮嘱了几句，说陈鹤予的身体恢复得确实很好了，在黑暗的环境中也没有问题，只是人在岛上快憋坏了。他和K医生怕陈鹤予抑郁了，所以陈鹤予要走，他也就睁一只眼闭一只眼当没看见。

姜西了解了大致的情况，便安心地接受了这份惊喜。

红绿灯交替闪了好几遍后，姜西穿过马路，先在商场里找了家手机店给陈鹤予买了个手机，又在商场外围的营业厅里办了张自己SIM卡的副卡，最后才找了家面店坐下。

在等待老板煮面的时间里，姜西给陈庭发了条微信，问他们中午怎么吃饭。

一直到吃完了面，姜西才收到陈庭的回复。她说他们刚刚结束小会，现在董事长请大家去“宴殊”吃饭。“宴殊”是个高消费场所，姜西小时候跟爸爸去过几次，工作后就没再去过了，以她的工资水平，买单有些吃力。

姜西怕陈庭待会儿又不看手机，赶紧又给她发去一条消息：“吃完午饭回公司的话知会我一声，庭姐。”

陈庭回应：“好的。”

姜西吃过午饭后拎着新买的手机匆匆赶回公司，一出二十五楼的电梯，从门口开始，就有意味不明的目光朝她投来。姜西尽量让自己的表情显得自然，面上坦然地回到工位坐下，开始敲键盘，解锁电脑。

灿灿偏头看姜西第一眼时，姜西正双手捧着杯子喝水。

灿灿偏头看姜西第二眼时，姜西正握着鼠标刷新邮件。

灿灿偏头看姜西第三眼时……

姜西侧身和灿灿四目相对，低声说：“好好工作。”

“西姐！”灿灿眼睛亮亮地看着她，佩服地说，“你好沉得住气啊！”

姜西知道灿灿这话是什么意思，陈鹤予的身份从一个艺术馆讲解员到海洋环保界神级人物的转变大概已经传遍了二十五楼。不怪他们惊讶，姜西当时知道的时候心情比他们还复杂。

“是啊。”姜西还是那句话，“但还是好好工作，灿灿。”

平日时常八卦聊天的办公区今天下午格外安静，以至于闵允歌敲打键盘的声音在办公区内显得十分响亮。

下午三点，组长来到姜西的工位旁边，问她“晚上的饭还一起吃吗？”毕竟现在大家都知道传闻中那个抛弃姜西的男朋友并没有真的抛弃她，跟姜西说的一样，对方真的只是离开了临州一段时间，在姜西生日的这天，他又回来了。

姜西心里顿时冒出两个想法：一是晚餐照旧，她带陈鹤予一起过去；二是聚餐推迟，下次聚餐由她来请客。

思来想去，姜西最终选择了第二种。

虽然在莫壁微的订婚宴上，陈鹤予和她的大部分同事一起同桌吃过饭，也跟很多男同事碰了杯，如果今晚陈鹤予以姜西男朋友的身份和大家吃顿饭，那倒没什么，但他现在正在和集团合作，是众达即将拍摄的环保电影的特聘导演。

电影开拍前，导演和一小部分电影幕后工作人员吃饭，这些工作人员中还有个是导演的女朋友……

这样不太好。

姜西向组长道了声抱歉，拿出手机给两个小组的人各点了杯咖啡。

一楼就有咖啡店，手机屏幕上弹出咖啡制作完毕的消息后，姜西叫灿灿和柯斯哲帮忙，三个人下楼去店里把咖啡拎了上来。姜西一边分咖啡，一边对每位同事说不好意思，下次她请大家吃顿大餐。

姜西自认为已经算低调，连取咖啡上楼都坐的是货梯，为的就是避免从客梯上来被太多人看见。

但哪怕再谨慎的行为，落到有心人眼里还是成了钉子。闵允歌忽然把杯子往办公桌面重重一放，隔着老远就不顾脸面地说：“姜西，你是不是太得意了？这会儿就开始庆祝起来了？”

灿灿和柯斯哲已经回到工位，姜西手里还有一杯咖啡，是准备给办公室的部长送去的。

闵允歌的一番话让办公区所有人都停下了手里的工作，敲键盘的声音瞬间停止，办公区的氛围逐渐降温。

这事儿闵允歌要是不提，姜西绝不会说什么难听的话，或做什么让闵允歌尴尬的事，可闵允歌非要跟她过不去，那她就不客气了。

姜西左手捏着白色的纸杯，右手托着杯底，站在那里朝她看了一眼，说："让你看出来了真不好意思，我是挺得意的。"

闵允歌站了起来，冷笑道："你早就知道你男朋友今天来吧，还装出一副什么都不知道的样子，别人的笑话很好看吗？哦，不，我说错了，我的笑话很好看吗？"

"虽然说出来你可能不信，但我确实不知道执导众达这部主题电影的人是他。"姜西说。

大家的眼神在闵允歌和姜西之间来回游移，一点儿都没掩饰。会议结束之后，二十五楼原本不知道的同事估计也都知道陈鹤予是她男朋友的事了，反正总要解释，姜西索性趁这个机会把话说清楚。

"参加小莫订婚宴的同事应该知道，我和他在一起很久了，我们认识和在一起都跟工作无关，除了这一次，我们也没在工作上有过交集。还有，这次集团对电影的导演人选秘而不宣，我之前真的不知道。"

姜西叹了口气，看着闵允歌说："允歌，我没看过你笑话，也没想过看你笑话，你也别这么代入地把自己当笑话，何必呢？"

姜西说完，头也不回地去部长办公室送咖啡了。

姜西从办公室出来的时候，闵允歌不在工位上，也不知道去哪里了。姜西坐回位子，灿灿凑过来，用气声叫她："西姐，你何必跟她解释呢，要我说，你刚刚要是一句话都不说、直接无视她才是最酷的。”

姜西摇头：“我真的没想看她笑话，况且，这么多双眼睛看着，我也不想让他们误会陈鹤予。”

第九章

我将竭尽所能完成你对我的期待

01

电影开拍在即，第一次剧本会议也在今天结束，大家普遍有些松懈。五点整，两位组长各自在群里通知自己的组员说今天不加班，到了五点半大家可以准时下班回家休息。

姜西跟着众人一起回复“收到”，列表框里，陈庭发来了新的消息。

陈庭：“我们的会议结束了，他没手机没法联系你，让我转告你，他在停车场等你。”

姜西：“我知道了！谢谢庭姐！”

五点半一到，姜西拎起自己的挎包和买好的手机，还有半个没有分完的蛋糕，从工位跳起来，留下一声“我先闪啦”之后就迅速地消失在电梯口。

在座的众人一连加了几个月的班已经习惯了，都还没有适应突如其来的准时下班。灿灿还在写着分析稿，姜西那声“我先闪啦”把她从工作中叫醒。

灿灿看着姜西火速消失的方向，若有所思地喃喃自语：“西姐很久没有这样好的心情了。”

灿灿对面坐的是小佳，作为剧本会议期间坐在姜西邻座的人，她是唯一看见姜西对着会议里坐在第一排的男人的背影落泪的人，是落泪，不是哭，因为当时姜西笑得很开心。

小佳说：“情情爱爱，爱爱情情，哎，我总算知道西妹过去一年为什么像变了个人一样，原来是困在‘情’里了。”

“他们之前到底是分手了还是没分手？”灿灿好奇道。

“谁知道呢。”小佳说。

众达园区凡是能停车的地方，都只能停众达汽车。姜西的车停在园区的北广场，初夏，天朗气清，日光透过云团照耀下来，汽车上反射着灿烂的金光。

姜西走近，看见陈鹤予靠在她的绿牌小白车上，他将西装外套脱了挂在臂弯，白色衬衫领口的扣子被解开了两颗，露出迷人的锁骨。

她的左手里是挎包和装手机盒的袋子，右手里是剩下半个蛋糕的蛋糕盒。看见陈鹤予，她加快脚步像只企鹅一样跑到他面前，钻进他怀里。

“好难得啊，今天有人等我下班。”姜西踮脚，迫不及待地在他嘴唇上啄了一口。

陈鹤予轻笑，接过她手里的东西，说：“电影开拍前还能接你几天，开拍后恐怕就没时间了。”

两只手空了出来，姜西摸出包里的车钥匙，对着车子按了一下，说：“说起这个我还没来得及问你，你怎么会接下众达的电影拍摄工作？在岛上，K医生连网都不让你上，电话也不让你打，难道我们的电影项目是K医生给你接的吗？”

陈鹤予低头在看蛋糕盒子，里面还有一半蛋糕，是姜西的同事们特意留下来的。

透过透明的蛋糕盒，陈鹤予看见里面立着的那只淡灰色的小海豚，他移开目光，“嗯”了一声。

“准确地说，接下项目的是蒲老师，K医生是项目审核人之一，他们两个商量得差不多了，才来问我的意见。”陈鹤予晃了晃手里的东西，说，“先上车。”

姜西正准备启动车子，眼角余光忽然瞥见陈鹤予把所有东西都放在腿上，一双长腿无处伸展，她便示意他伸手去按边上的按钮调座椅。

“去哪儿？”姜西问道。

姜西手握着方向盘，心想，如果带陈鹤予回艺术馆，那大家应该会很惊喜，艺术馆里的讲解员阿姨们，小应、小达、袁姐，还有姑婆，这么多人，要是一一地打招呼、寒暄，那她今晚和陈鹤予相处的时间岂不是会少了很多……

姜西一时没做出决定，陈鹤予先开了口：“去你那儿。”

他露出一副无辜的表情，说：“你们董事长没给我订房间，所以，我这段时间恐怕要先住在女朋友家里了。”

原来他也没有想过要在今晚回艺术馆跟大家见面。

姜西扑哧一声笑了，嘴上还在问：“我们董事长是这么小气的人吗？中午请你们吃饭的钱都够你在临州住几晚了吧。”

“他确实说过要给我订酒店。”陈鹤予说得自然。

毕竟董事长也是看着她长大的，她知道他没有小气到那种地步。

陈鹤予调好座椅，优哉地往椅背上一靠，不急不忙地说：“不过考虑到某人今天见到我的时候就来了个非常夸张的拥抱，他特意问了我在临州是否有别的住处。我说，有，姜西在塘东……”

话没说完，陈鹤予的嘴已经被脚踩刹车的人伸手牢牢地捂上。

陈鹤予什么行李也没带，回家的中途，姜西带他去商场买了生活用品和几身换洗的衣服。

衣裤是姜西挑的，内裤是陈鹤予自己拿的。

姜西到家的第一件事，便是将新衣服丢进洗衣机，选了快洗加烘干的模式。她让陈鹤予在客厅里看电视，她先去洗澡，等会儿来做饭。

姜西进了浴室又推门出来。陈鹤予坐在客厅中央的那张布艺沙发上，手里拿着遥控器刚刚开启电视，转头看见从浴室出来的她，问：“怎么了？”

姜西瓷白的脸上还有没擦干的水珠，她披散着头发，没穿拖鞋，踮着脚小跑过来，从茶几上拿起一样东西。发丝擦过他的脸，姜西不好意思地说：“我忘记拿 MP3 了，我洗澡的时候要听歌。”

拿完东西她也没走，甚至身子都没直起来，看着陈鹤予的脸。

他一脸正经，一副“拿完东西可以走了，别挡着影响我调频道”的表情。

姜西眼珠一转，怀着捉弄的心态凑过去亲他。她的舌头灵活地溜出去撬开他的牙关，陈鹤予配合地启唇，没想到她亲了半天还不走，于是，他丢掉手上的遥控器，单手捧住她的脸。

怕她俯身会累，他伸手稍一用力，将她揽坐到身上。姜西也丢开手里的 MP3，搂住他的脖子专心和他接吻。

阳台上的滚筒洗衣机发出哗哗的水声，除此之外，房间里只剩下二人投入的吮吸声。姜西坐得有些不舒服，她小幅度地摆了摆腰肢，被他掐住腰，暗哑的嗓音在她耳边响起：“别动。”

姜西老老实实地把下巴搭在他肩上，视线透过落地窗望向暗下来的天空，说：“天黑了。”

夜幕在降临，天是浓重的墨色，落地窗外的高楼纷纷亮起了灯。她没有拉上窗帘，是故意的，进门的时候她也没有开灯。房间内逐渐陷入昏暗，茶几对面的电视屏幕是唯一的光源。

“我已经好了。”

曾经以为再也好不起来，这辈子再也见不了黑暗的人，现在好了。

陈鹤予说着，手换了个地方。

姜西还是搂着他的脖子，觉得有些痒，微微地收紧手臂，将他抱得更紧了些。

“瘦了。”陈鹤予问，“你减肥了？”

姜西摇头，她的发丝都散乱在他脖颈处：“吃得少了，运动多了，自然就会掉体重。我没刻意减肥，我原来也没多胖吧？”

“除了游泳，还做什么运动了？”

“没别的，我好像就对游泳有些上头，一周必须得游三四次，天冷也一样。我现在游得可好了。”

姜西一想，她好像也没资格在陈鹤予面前说自己游得好。

果然，下一秒，她就听到了他的嘲笑：“自己没去玩海上摩托？不去芜周岛找那人教你？”

姜西猛一下站了起来，回头看见他脸色也没多好，把上衣往下扯：“我去洗澡了！”说着，冲进了浴室。

过了半分钟，浴室的门被敲响，陈鹤予略含戏谑的声音在门外响起：“你听歌的东西没拿。”

“不听了！”姜西在里面说。

“我在门口给你放？”

姜西衣服都脱了一半，还是穿了回去。

她开门时，陈鹤予像个没事人似的站在门口。姜西从他垂在身侧的手里接过MP3，愣了两秒，她忍着笑关上了门。

她看到了，他也并不是没事人。

姜西洗完澡出来去做饭，他们回来的路上没有买菜，冰箱里剩的东西不多，她蒸了米饭，又简单炒了两个菜。

听到阳台上烘干模式结束运作的提示音，姜西洗了个手，把洗干净的衣服从洗衣机里抱出来，给正在洗澡的陈鹤予送去。

陈鹤予只开了条门缝，他从门缝中伸出手臂拿衣服，没露面。姜西心里一动，不只是把衣服送进去，把自己的手也放在了他伸出的手上。

一切结束得很快，因为两人都已经很饿了。

姜西放在餐桌上的手机里已经接收到许多条生日祝福信息，而她今天是真的很快乐。

餐桌上有三道菜，一道是上汤娃娃菜，另一道是清炒莴笋丝，姜西觉得太素，特意又做了份炒蛋。

娃娃菜汤色金黄，莴笋丝碧绿清爽，炒蛋也干干净净，没有任何煳锅的痕迹。

陈鹤予坐在姜西对面，先给姜西倒了杯水，他将递杯子过去的时候，姜西正好递勺子过来，两人一递一接，姜西看着他的手，忽然就笑了。

“笑什么？”

姜西盯着他的脸，满目的欣赏：“你好帅。”

只要他在，她的目光就总在他身上，看不厌，他的一举一动她都想尽收眼底。

离别的时光对两个人来说太漫长，最初两个人还有联系，后面就完全失联了。

失联后，姜西很遗憾手机里他的照片太少，他匆匆地走了，两人连张合照也没有，她手机相册里仅存的都是她偶尔偷拍，甚至强迫他用她的手机自拍的照片。他拍照时不爱笑，就是那张没有什么表情的脸，曾让她强撑着度过一个又一个难挨的夜晚。

这么一想，姜西忍不住端着碗到陈鹤予旁边的椅子上坐下。她紧挨着他，乐呵呵地吃完了这顿饭。

吃过饭后，陈鹤予去洗碗，他系着围裙站在水池边，每一个碗都被洗得干干净净。姜西在后面抱着他的腰，他每放下一个碗或者盘子，姜西都会在后面夸“哥哥好棒”“哥哥好会洗”“哥哥洗碗的样子真帅”。

“没什么好夸了是吗？”陈鹤予回头笑着看她一眼，姜西趁机踮脚又在他唇上亲了一下。

陈鹤予把所有的碗和盘子都洗完了，放在一旁的架子上沥水，又洗了一遍手，然后他双手抬起转身，让姜西贴到他的胸口。

“好不真实的感受。”她仰着头望着他优美的下颌线，“你真的回来了吗，陈鹤予？”

由于手是湿的，他摊开在她身体两侧和她对视，说：“你的感觉要怎么样才能和现实融为一体？说说看，我帮帮你。”

“你先说说，你在岛上不能用手机的日子无聊吗？想我吗？”

“还好。”他说，“想你，但不无聊。”

回到岛上后，最初半个月时间他一直在休息，等他身体恢复过来，很快就开始执行K医生制定的康复方案，包含体能训练和心理舒压，强度从低到高。正式开始进行脱敏治疗后，根据K医生的建议，他暂时中断了和姜西的联系。

他不上网，但也不是无事可做。他要看的片子很多，蒲老师还把《蔚蓝宝藏3》的素材交给了他，让他剪辑。

《蔚蓝宝藏3》的剪辑也是脱敏治疗的一部分。

陈鹤予病发于拍摄《蔚蓝宝藏3》期间，K医生希望他在剪辑片子的过程中找回过去的自己，试图以此唤醒他当初的那一腔热血。K医生的预料没有错，在剪辑《蔚蓝宝藏3》的过程中，陈鹤予的治疗的确取得了很大进展。

在那段难熬的日子里，他当然是想她的，他也想和她联系，但整个医疗团队和蒲老师的管束太过严格，他也没办法。他唯一能做的就是让自己快点好起来。

两个人靠在水池旁又亲了一会儿，越吻情欲越浓。分开太久，重逢后好像无论怎么做都无法完全地表达深深的思念之情。

在她破碎的呓语里，出现了很多遍他的名字，句句有回应。

事后，他抱她去洗澡，先她一步出了浴室。

姜西出来的时候，浴室外所有的灯都关了，唯独墙上的电视机散发着蓝光，电视上已经有了画面。

黑夜里的浪潮扑向神秘的群岛，中文片名及英文释义缓缓地出现在群岛中央——蔚蓝宝藏。

姜西拿着干毛巾擦脸上的水，看到片名之后，她怔在原地。

“这是什么？”

这是《蔚蓝宝藏》，但不是第一季的开头，也不是第二季的开头。

姜西心里有了点儿想法，但不敢确定，直到陈鹤予不知道从哪里变出一根浅蓝色的蜡烛。他用茶几上的打火机点燃蜡烛，蜡烛顶端燃出一簇光，被呈到她面前。

“我的女孩今天生日，一句生日快乐总归是不够的。那么久不见，就算今天不是你的生日，我也该带礼物给你。”

陈鹤予举着那根蜡烛，停在她身前，火苗倒映在他眸中，让人心醉神迷。

“如同你所见，无论是以前还是现在，我的名字必会和这部我参与拍摄的纪录片捆绑在一起。与其有一天别人提到陈鹤予，提到你那个不争气的男朋友就想到那部明明拍完了却没播出的片子，我还不如在你生日这天，发布《蔚蓝宝藏 3》的上映预告。”

姜西不可置信地看着他，看着微弱火光之中，他声含笑意道：“生日快乐。”

如果重回我喜欢的领域是你对我的期待，那么我将竭尽所能完成你对我的期待。

02

电视画面中已经开始浮现出工作人员名单，陈鹤予的名字在第三个出现。

副导演、总策划、总摄像：陈鹤予。

姜西的目光落在屏幕时恰好看见了他的名字，不是Cheney Chen，是陈鹤予，是她的陈鹤予。

姜西想哭。

陈鹤予伸手在她面前晃了晃，又将另一只手中的蜡烛举高了些，说："不许个愿？蜡烛都快燃没了，这蜡烛可是我亲手做的。"

"你什么时候做的蜡烛……"姜西神情茫然地看着他。

他低着头看着她笑："不是想你的时候。"

"那就是想我的时候！"她深深地看了他一眼，闭眼许愿。

她今天一共许了两次愿望，这一次的愿望和早上许的一样，她双手在胸前合掌，心里说着：一定一定要实现。

一口气吹灭蜡烛，蜡烛还剩下半截，姜西小心翼翼地从他手里接过，说："我要保存起来，这是你第一次做蜡烛给我。"

"以后每年都给你做。"他站在一边看着她说。

姜西沉默一瞬，说："那你得每年都在我身边。"

陈鹤予没有马上回答，只伸手把她抱在怀里，然后叫了声她的名字。

姜西带着鼻音回答："嗯？"

"如果我回去拍片，可能没办法每年都陪在你身边。"陈鹤予说，"生病前的日子，我居无定所，我的队友也是一样。他们有的成家了，有的孤身一人，都是凭着一腔热爱才继续做这份工作。

网上的人说得没错，我是逃兵，离开团队后，我确实很享受现在这种生活带来的安逸。”

他没有用力，只要她挣一下，就可以挣脱他的拥抱。

姜西靠在他怀里，声音难得温柔地说：“生活都是自己选择的。你过去很好，现在也不差，没有人会怪你，也不会有人否定你曾经的一切努力和成绩。”

“只是——”姜西伸出指尖，触碰他的下巴，她说，“你既然和我说起，是有计划了吗？你要回到你的团队中，继续和他们一起拍摄“蔚蓝宝藏”系列吗？”

电视界面的投屏结束，湖面自动跳回了投屏前正在直播的纪录片，电视机里先是播了段广告，接着屏幕上跳出了熟悉的画面，《蔚蓝宝藏》第三季的预告来袭。

两个人相拥着沉默时，网上已经开始了热烈的讨论。尘封多年的《蔚蓝宝藏》第三季突然播出第一版预告，并将于近期在国内独家首播，Cheney Chen 的名字再次被热议，他的中文名字也被大众知晓。

如果他能重回他的蔚蓝之巅，姜西一定是举双手赞成的那个人。

不知道陈鹤予什么时候拉开了窗帘，姜西贪婪地在黑暗中看他的脸，因为他们已经很久没有这样面对面过。

“我没那么脆弱，听到你说‘嗯’也没什么。不过如果你说出的不是我想的那个答案的话，你就不要回答我了。”

陈鹤予只是觉得对她不公平，他来来去去，总是要她等，他不忍开口。

“从前和你说过，我让很多人失望过，包括那些和我一起出生入死过的队友。他们陆陆续续地问过很多遍我什么时候回去，或是问我能不能给个痛快话，大不了就是不回去了，他们也就不等我了。”

“那你怎么回应的？”

“我说，要回。”他叹了口气，说，“我妈的死的确对我的打击很大，可我躲着更做不了什么。我的信仰崩塌过，可是现在，我好像又找到了信仰。”

姜西心口酸酸的，她更加用力地抱紧他，然后抬起头，看着他的眼睛说：“你回去前会帮众达拍完电影，是吗？”

陈鹤予坦白说：“我是帮你。”

姜西摇摇头：“你不是帮我，我也不要你帮我。无论这部电影的播出效果怎么样，无论众达以后发展得好与坏，我都不会离开众达。我们的工作看似不同，本质上其实是一样的。你说你的团队成员无论成家与否都漂泊不定，我则是不管集团发展好坏都会扎根于此，但我和你，和你的队员们，心里的期待是一样的，我们都希望未来能更好。”

“拍完第四季就好了。”他抱紧她，说，“拍完了，我们就结婚。”

姜西点头，笑着和他强调：“你们一路做的所有不求回报的事，一路拍摄的所有片子就是在为这个世界创造美好。我永远都为你们骄傲。”

晚上十一点，虽然塘东老街不再热闹，但临近护城河的商铺才开启夜生活，一个接着一个的摊子摆了出来。

姜西和陈鹤予手牵手花了十多分钟走到护城河边，他们本来是散步的，却被烧烤的香味吸引住，于是两人随便来到一家店挑了几样东西。

陈鹤予扯了两张抽纸细致地把桌子擦了一遍，从姜西那边擦到自己这边。夜风湿热，旁边是近在咫尺的护城河，姜西撑着下巴看陈鹤予擦桌子，心想以前哪儿敢奢望晚上和他一起出来闲逛。

她忽然惆怅地感叹了一声。

陈鹤予问怎么了，姜西说："我第一次和你面对面吃饭，你还记得是哪次吗？"

陈鹤予当然记得。

姜西说："那天我约你在老街吃早饭，一到店里，我去柜台前点东西，你就坐在椅子上用纸巾擦桌子。"

擦过的纸巾被他揉成团丢进桌旁的垃圾桶里。

陈鹤予微微蹙眉："你一大早蹲在我房间门口，差点儿把我吓得半死那次？"

姜西一噎："我哪有吓你！"

她那天特意打扮过，穿上了新买的浅蓝色碎花裙子。去艺术馆之前她其实犹豫了很久，甚至在走到艺术馆门口的时候，她都起了掉头回去的心思。

但她太想单独和他见一面，于是她还是静悄悄地溜进艺术馆。她在后院荡了一会儿秋千，等得无聊了，又蹲到青石板上掐小草玩儿，没多久，陈鹤予就开门出来了。

一见钟情，二见起意，三见沦陷。

从此以后，她看向陈鹤予的每一眼都带上了星星点点的柔光。

只是姜西不知道，在她每一次移开目光后，都有同样温情的目光向她投来。陈鹤予的眼神比她更专注，即便是在人潮涌动的艺术馆里，多数时候他的眼里要么看不到任何人，要么就只有她一个。

见她把啤酒从自己手里抢了过去，然后自顾自地打开仰头灌了一口，陈鹤予笑了，由衷地说："很漂亮。"

姜西感到有些莫名其妙，含混不清地说："什么漂亮？"

"我说，你那天的碎花裙子很漂亮，头发也很香。"

姜西嘴角露出几分笑意："你居然还记得我那天穿的是碎花裙子。"

“我还记得你吃小笼包要蘸醋，吃小馄饨要放辣椒，什么东西都小口小口地吃。”陈鹤予打开了面前的啤酒，笑道，“最后还是被馄饨烫到了舌头。”

姜西清了清嗓子，说道：“最后那句可以不说。”

陈鹤予做了个闭嘴的手势，这时，老板端着餐食过来了。

普通的市井街道，他们坐在挨着马路的桌子边，偶尔有汽车或是电动车从他们旁边经过。旁边坐的有把酒言欢的老友，有嘴馋下楼吃路边摊的一家三口，路人的笑声不断，热闹洒满了整条街。

这中间有两张充满笑意的脸庞，男人气质洒脱，女人灵动靓丽，他们是谁？他们是久别重逢的恋人，是芸芸众生中充满爱意的两个年轻人。

如此而已。

酒足饭饱时已经接近十二点，姜西执着地要和陈鹤予牵着手再走一段路。

绕了个弯，他们走到护城河边。河面平静，没有一丝涟漪。

陈鹤予突然回来，姜西现在还处于时不时就要发出感慨的状态。看着此情此景，她突然深情地说：“你生病的时候，我从没想过在晚上和你一起出门。”

她偏头看向他，继续道：“你回岛上治病以后，我幻想过很多遍，晚上和你手牵手在街上散步是什么样子的，和你一起去电影院看电影是什么样子的，还有像刚才那样，家里的灯都熄灭后，你的表情和以往开灯的时候会有什么不同。”

听到前半句时，陈鹤予有些动容，听到她后面半句话，他愣了几秒，在她腰上轻轻掐了一下。

“没正形。”他问得一本正经，“哦，所以你观察出什么了？我跟以前有什么不同？”

姜西笑嘻嘻地用手指点了一下他的左侧嘴角。

“就是这里，你记得自己咬嘴唇了吗？”姜西学他，只咬住一点儿嘴唇。

他没有意识到，他用力的时候、蹙紧眉头的时候，往往会咬紧自己一侧的唇，而开灯的时候并不会。

“我没有。”陈鹤予维持着表面的一本正经，并不承认，“咬你还差不多。”

姜西料到了他不会承认。

她绘声绘色地把他今天的表情上的区别一一列举出来，讲到最后姜西自己笑了起来，一点儿也不顾身旁眼神逐渐变得危险起来的男人。

姜西说起话来喜欢手舞足蹈，因此此时两个人牵着的手已经松开了。陈鹤予稍稍用力把姜西牵回身边，姜西问：“怎么了？”

“都快被你说……”陈鹤予低头亲她一口，说，“走了，回去了。”

“回去干吗？”

“困了，睡觉。”

姜西抿唇忍笑，忍了一下还是笑出声来。她也就不再忍着，在他面前笑弯了腰。披散着的头发从背后散落到胸前，她把头发撩起来，抬头的时候，就看见陈鹤予已经黑了的脸。

往前走是一条小巷子，他们停下来接吻。

小区老旧，墙面斑驳，一蹭掉一层灰。两人都已经洗过澡，即便回去还要再洗一遍，他们也特意避开了墙，只在边上拥抱、亲吻。

深夜了，人都已经散去，只剩下蝉声和蛙鸣。如果说夜间散步对曾经的他们来说是奢望，现在塘东上方的夏季星空就是给他们的最好馈赠。

“陈鹤予。”姜西低声叫他。

“嗯。”他轻声应答。

姜西停下来，抵着他的鼻尖问：“你好点儿了吗？”

“嗯。”他说。

她被用力吻过的嘴唇有点儿发红。她出门前涂的薄薄一层唇膏早没了痕迹，姜西拉着陈鹤予的手晃晃悠悠地出了巷子，另一只手还在自己嘴唇上抹了抹：“好了就走吧！”

她回头看他一眼，月色下，他眉眼深邃，鼻梁高挺，嘴角还有意犹未尽的笑意，此时别说他了，要不是嫌墙太脏，她都很想把陈鹤予按在墙上亲。

这晚之后，连续几天姜西都在晚饭后拉陈鹤予出来逛夜市。

陈鹤予笑她是之前忍得太久了，现在恨不得把以前晚上错失的约会都补回来。

03

姜西今天穿了条新买的碎花裙子，裙摆宽松，走路的时候裙摆随着步子晃荡。

“难道你不觉得晚上的人间烟火是最足的吗？白天大家都忙于上班，尤其现在天气热了，就算是周末的白天，街上也不会有多少人，晚上多热闹啊。”

她今天把头发都束在脑后，一张小脸干干净净，冲陈鹤予得意地笑着说：“我和你，我们也是这条街上的一缕人间烟火。哥哥是火，燃情似火；我是烟，你燃烧过后的余烟。”

陈鹤予被自己的女朋友逗笑了：“有点儿味道，只是我没懂这句话的逻辑在哪里。”

“听听就好了，我胡说八道的。”

姜西说完，看到街边一家门口摆着摊，可以套圈玩的玩具店，顿时来了兴趣：“陈鹤予，你玩过那个没有？”

顺着她指的方向看过去，陈鹤予摇了摇头。他出国后就再没见过这东西了。

没等他说什么，姜西已经兴致勃勃地把他拉了过去，朝着店里面的老板喊道：“老板，十块钱三个圈吗？你这也太贵了吧，我在古城那边玩过，人家一块钱一个圈。”

老板是个中年男人，摇着把蒲扇从收银桌前走出来，定睛看了一下两个人，用本地方言说：“妹妹，你想十块钱几个啊？十个肯定不行哦。”

“十块钱八个嘛。”姜西也用方言和老板商量。

老板为难道：“这样，妹妹，十块钱五个。你们要是套中第五排，我送个娃娃给你。”

“什么娃娃？”

“飞天小女警。”

老板变戏法似的从店里拿出一个将近一米的飞天小女警，是绿眼睛的毛毛。

姜西被惊呆了：“我十几年没见过飞天小女警了，老板。”

老板指了指自家店铺招牌——八零九零怀旧集市。

地上摆的是五排小小的不倒翁，每一排之间的间隔极大，套圈却是小小的。姜西观测了一下，估摸着凭自己不协调的手脚，大概一个都套不到，于是她向身边的男朋友求助：“你能套住第五排的东西吗？”

“试试。”陈鹤予接过老板递来的五个圈。

他说是试试，自然真的是试试。圈儿太小，地上又是七倒八歪的小东西，陈鹤予一个都没套中。

姜西讪讪地付了十块钱，不好意思笑他笑得太明显，细声细气地在他耳边说：“怎么回事啊？偶像剧里可不是这么演的，你应该全投中才对啊，哥哥。”

陈鹤予可没觉得有什么不好意思，他第一次投，投不中很正常。他搓了搓掌心，说：“所以说你一开始的定位就错了，我们两个就不是在演偶像剧。你要想谈偶像剧那样的恋爱，一开始就找错人了，小仟不比我更合适？”

姜西摆摆手：“别别别，我对弟弟下不了手，我这人就不适合谈姐弟恋。我有自知之明，我不够成熟。”

“嗯，所以你才找‘哥哥’？”

姜西笑嘻嘻地点头。陈鹤予也跟着笑，然后问她：“回去吗？”

“不要，再逛逛。”姜西牵着他的手继续往前走。

他们在街上晃了两个多小时，几乎把整个塘东区都走遍了。陈鹤予还好，姜西感觉脚酸得不行，她嚷嚷着走不动了，要在街边找家店坐下歇歇。

两人就找了家茶馆坐下。

其实这里离家已经很近了，茶馆就在老街对面，再往东走一段路就能到家。

他们进店要了一壶六安瓜片，店家给了两个小茶杯，用食指和拇指就可以捏起的小杯子。往杯子里倒上澄净的绿茶后，姜西说：“我们闫总每天早上都喝这个茶，喝了十多年了，没见她换过。”她抿了一口，向陈鹤予举杯示意，“你尝尝。”

陈鹤予拿起杯子喝了一口，味道醇厚，还有一丝回甘。

“闫总是你们副总？”他突然问。

“是我们副总，我们二十五楼整个楼层的部门都归她管，二十四楼有一半的人也在她的管理范围内。”

茶馆内的桌子是四四方方的八仙桌，桌面上摆着一碟瓜子和一碟带壳的花生，两个人都不爱吃坚果，因此谁都没有动。

茶馆位于塘东老街的东街口对面，从店门口望出去，能望到络绎不绝的人流。此时正是热闹的时候，姜西端着自己的第二杯茶，闲适地望着外面街口进出的人。

陈鹤予把茶杯放回桌面，有些不知道怎么开口。片刻后，他问：“她和陈庭关系怎么样？”

街口的红灯笼也不知道是什么时候挂出来的，在姜西的印象中好像挂了很久了。她把视线从红灯笼上移开，回头看向对面的陈鹤予：“闫总和陈庭？”

姜西想了一下，说：“这要怎么说，你是指工作还是生活？工作的话，一个是副总，一个是部门主管，她们两个就是上下级的关系。庭姐来公司很久了，我是庭姐一手带出来的人，所以虽然庭姐是我的领导，但我们还是能成为朋友，我们生活中的关系还不错。而庭姐呢，她是闫总亲手带出来的人，所以在庭姐的平级中，相比其他人，她和闫总的关系会更亲密一点儿，这你能理解吧。”

“嗯。”

“怎么突然问起这个？”

陈鹤予摇头：“没什么，好奇而已。”

他给自己杯子里添了茶水，给姜西的杯子也倒满。

剧本会议结束之后，陈鹤予暂时没有别的工作。

众达董事长嘴上说他刚到临州，给他几天休息的时间，其实是在得知姜西等他回来已经等了很久后，他出于关怀小辈的心理，给他们两个人留了点儿过二人世界的时间。

毕竟等到电影开始拍摄，这样悠闲的时光可不会再有了。

剧本会议结束的那天，董事长特意请大家吃饭。众人在“宴殊”的包厢内坐定，那位闫副总姗姗来迟。

在饭桌上一聊天，大家都知道陈鹤予就是姜西的男朋友。在座除了陈庭，都是总部集团高管，而姜西的爸爸又是前任众达汽车研究院的院长，这些人基本上都和姜西的爸爸有过交集，有些关系不错的几乎是看着姜西长大的，所以在知道陈鹤予是姜西的男朋友之后，他们第一反应是惊讶，第二反应就是连连说好。

闫青山在饭桌上将姜西从小到大的糗事都抖出来了，不过言语之间颇为赞赏。

她说姜西一个小姑娘，明明可以仗着众达汽车研究院院长女儿的身份，在总部或是研究院谋得一个不错的职位，但她偏偏隐瞒自己这层身份去研究院做BMS项目的工程师学徒，来总部后也只当一个基层小白领，还说姜西家家底丰厚，她却一点儿富家女的样子都没有，也不在公司混日子，做什么事都尽心尽力。

同桌的人都赞同她的说法。

陈鹤予也趁机说了不少自己女朋友的好话。

这顿饭吃到一半，陈庭先出的包厢，紧接着闫青山也出去了。二人半天不见回来，董事长找助理去看了一下，助理回来的时候说两位女士在卫生间外边吵架，吵得还挺凶。

后来自然是有人去劝了，闫青山没再回来，陈庭回来的时候一双眼睛有点儿红。

事后陈鹤予虽然是和陈庭坐同一辆车回的众达，但也不好意思多问。

他不清楚闫青山和陈庭吵架的原因，更不好在姜西面前说她们两个的是非。

一壶茶喝完，姜西抱着陈鹤予的手臂走出茶馆。

姜西还在纠结老街口的红灯笼是什么时候挂上去的，她说是旧的，去年就有了，陈鹤予说是新的，他记得很清楚，原先的灯笼是圆形的，而现在的是椭圆形的。

“肯定是你记错了。你看啊，这上面的灰都很厚了，肯定是没人管才会这样，你不信我们去问老街的管理人员，不过他们今天已经下班了。明天，我们明天来问。”

陈鹤予任由姜西抱着自己的手臂。他一边走，一边说："特地来问？"

"主要是逛街，不算特地。"

陈鹤予拉住她的手说："你这么喜欢逛街，能不能换个地方？临州这么大，去市中心或者别的区逛也行。"

"那明天我们去码头怎么样？去我第一次见你那个地方。"姜西好商量地说。

码头有很多集装箱，在那边拍照也好看。

陈鹤予答应："行。"

水果摊上，半个切好的西瓜被摆在瓜堆上，西瓜的切面用保鲜膜封着，瓜瓤看着沙沙的，卖相很好，陈鹤予过去买了下来。

半个西瓜装在厚实的袋子里，陈鹤予单手拎着西瓜，另一只手连手掌带手臂贡献给了女朋友。姜西几乎是将他的手臂抱在怀里走路的，腻歪的样子完全就是热恋中的小女人。

憋了将近一年，姜西囤了许多话要对陈鹤予说，但事多了她也容易健忘，好多准备说的话她都不记得了。

这几天，姜西白天上班的时候，就在微信上给陈鹤予发长长的消息，中午她会找个没人的地方给他打电话，晚上就拉着他出来散步，一路上不停地跟他说话。

起初陈鹤予还有些不自在，即便他已经适应黑暗，可他已经好几年没有在夜晚散过步了。不过身边有个拉着他走的活泼可爱的女朋友，他适应得很快。

不远处有一家崔栩仟代言的品牌店，门口放了块崔栩仟的人形立牌。姜西忽然想到了什么，说道："你在岛上不能和我联系，也不能和小仟联系吧？"

路过街口，陈鹤予朝里看了一眼，说："嗯，他偶尔会给蒲老师打电话，不过也没说什么，就是问问我的情况。"

姜西长长地“哦”了一声：“那你一定不知道小仟和我庭姐……”

陈鹤予忽然停住脚步，问道：“他们两个怎么了？”

“别的不说，肯定有一方喜欢另一方啦。”

姜西回忆起崔栩仟回临州那段时间，经常是打着约她的名头来约陈庭，而且对泽泽尤其上心。他有一次休了长假，还特别好心地每天接送泽泽上下幼儿园。

姜西转述了大致情况，问：“你说到底是小仟喜欢庭姐，还是庭姐喜欢小仟呢？说实话，我觉得他们两个人不是很般配，我还挺担心他们两个走到一起的。”

陈鹤予沉默了片刻，说：“担心他们在一起了会分开？”

姜西摇摇头：“也不是，我担心的是庭姐。她以前和我说过，为了泽泽，她不会轻易找一个男人成家，如果再婚，必然是以‘给泽泽找个爸爸’为前提。无论怎么看，小仟都不适合当泽泽的爸爸，他也不像一个好丈夫。还有，小仟今年才二十四岁，但庭姐快三十岁了，泽泽也四岁了，他又是那样特殊的职业，他肯定不会和庭姐结婚的吧？我也不说什么成家不成家的了。”

街口的红灯笼突然亮起，多了些节日的气氛。

“是小仟喜欢陈庭。”陈鹤予说，“小仟从前在男女感情上没动过什么心思，算起来，陈庭是他第一个动心的人。”

姜西愣在原地：“我只是猜的，原来是真的？”

陈鹤予倒是挺平静：“小仟从小就喜欢年长些的姐姐，他对陈庭可以说是一见钟情。还记得你们在塘东喝茶那次吗？那算是源头，陈庭回去的时候车熄火了，碰上了小仟，后来是他陪她修的车。”

姜西“啊”了一声：“庭姐没和我说过。”

“不说也正常，陈庭心思重些，没和人说也是为小仟考虑。”陈鹤予挺感慨地说，“只是我以为小仟年纪小，遇事三分钟热度，没想到这么久了，他还在追陈庭。”

姜西细细品味陈鹤予刚才那句话中用的“追”字。

她还在发蒙，耳边忽然响起陈鹤予略带诧异的声音：“那是陈庭吗？”

“什么？”

姜西顺着陈鹤予的视线看过去，从挂红灯笼的街口往里看去，两边的商铺几乎家家都有客人在排队。行人来来往往，那个熟悉的高挑身形站在左边两家店铺之间。

泽泽已经搂着陈庭的脖子，趴在她肩上睡下了。她站在那里不动，像是在等人。

陈鹤予和姜西对视一眼，心里都想着，这里是街东，而崔栩仟家在街西，或许陈庭刚从崔栩仟家里出来。

可是很快，一个留着平头、穿着背心和短裤的男人从对面一家商铺门口出来了。走近后，他将手里提着的、刚买的东西递给了陈庭。

陈庭两只手吃力地抱着泽泽，她只能伸出一根手指接过男人手里的袋子。

“那个男人是谁？”陈鹤予问。

“是周小寒。”姜西在公司门口见过他一次，她的心渐渐地凉了下来，“他是泽泽的爸爸。”

04

陈庭转头就看见了站在街对面的陈鹤予和姜西。

幸好是晚上，又有各式各样的灯照着，没人发现她的脸一阵红一阵白，虽然她的表情已经出卖了她。她窘迫得紧，匆匆地低下头，希望街对面的两个人会以为认错了人。

半分钟过去，陈庭再抬头，却看见姜西正朝她走来。

她看了周小寒一眼，用眼神警告他，她的语气更加的不耐烦：“我求你了，你现在走行吗？这么多年的夜路我都自己走过来了，今天更加不需要你送我。你赶紧走行吗？”

周小寒往边上吐了口唾沫，骂道：“你这女人听不懂人话吗？你让我把泽泽带走，就一周，让家里老人高兴高兴。以后我也懒得纠缠你了，陈庭。”

“我不可能让你把泽泽带走，一天也不行，你听不懂是吗！”陈庭后退一步，低头蹭了蹭泽泽的头发。

走近了，姜西听见陈庭压低了音量的嘶吼。她警惕地看了一眼周小寒，转而看向陈庭：“庭姐。”

重新抬头的陈庭面上已经是彬彬有礼的笑容：“姜西，好巧，你们在逛夜市？”陈鹤予一直跟在姜西身后。

姜西冲陈庭点了点头，虽然泽泽看起来睡得很熟，但她还是下意识地放低了音量：“需要帮忙吗？”

看出了陈庭藏在笑容背后的窘迫，姜西只当没看见周小寒这个人。

街上行人很多，有路过的人不小心撞到了陈庭的肩。陈庭趔趄了一下，姜西迅速伸手，稳稳地将陈庭扶住。

陈鹤予也走上前来，说：“我来背泽泽吧。”

周小寒在边上没说什么，直到看到陈鹤予背起泽泽，他才踢了一脚台阶，以发泄心中的不爽。

“别再跟着了。”陈庭回头丢下一句话，同姜西、陈鹤予一起走出塘东老街。

陈鹤予背着一个小小的孩子，很轻松地走在前面，姜西和陈庭并排走在后面。其间姜西多次回头，确定周小寒没跟上来后，终于问出口：“庭姐，周小寒不是在S市吗，他怎么回来了？”

陈庭也回头看了一眼，说：“他回来半年了。”

陈庭身上穿的还是白天上班时的工作服，只不过扎在腰间的衬衣被她扯了出来。她化着淡妆，额头上渗出一层薄薄的汗，与粉底液混合在一起，显得有些许疲惫。

“他回临州是迟早的事。他在S市混得不好，前几年都是强撑着，一直撑到混不下去了才回来。”陈庭叹了口气，说，“他对泽泽没有感情，但家里两个老人总是牵挂泽泽，所以他想接泽泽去住一段时间，我不同意。”

“牵挂就让他们来家里见，泽泽这么小，去他们家里和去陌生人家里有什么区别。”

“嗯。”陈庭看着乖巧地趴在陈鹤予背上安睡的泽泽，道，“我也是这么和他说的。”

姜西和陈鹤予送陈庭和泽泽到停车场，走到半路，陈庭的电话响了。

她握着手机踌躇了片刻，才走到远处接起。

姜西和陈鹤予在原地等她。

“泽泽重吗？”姜西摸了摸泽泽的头，问陈鹤予。

泽泽已经不再留蘑菇头，夏天到了，他的头发剃得很短，额前只留下一小簇刘海。他的睫毛黑浓，眼睛紧紧地闭着，睡得很安稳。

陈鹤予背着泽泽，一只手还提着半个西瓜，姜西想接过那半个西瓜，陈鹤予不给。他看起来似乎挺轻松。泽泽的脸上有汗，他脸上倒是清爽。

陈鹤予看了姜西一眼，说：“比你好多了。”

“你拿我和五岁小孩儿比？那我五岁的时候比泽泽还轻呢。”

“你五岁的时候大概没有泽泽这么高的个子。”毕竟她成年后也没高到哪里去，陈鹤予将姜西上下一打量。

这一年里泽泽长高了许多，他小腿纤长，还被崔栩仟夸过是个当模特的料。

这一点姜西并不否认，还颇为泽泽感到自豪。她笑嘻嘻地说：“泽泽高了很多吧？小仟都夸过呢。”

“是高了不少，像个大小孩了。”陈鹤予问，“这小孩儿全名叫什么？”

姜西说：“陈晥尔，目完晥，泽泽是小名。”

“倒是和我一个姓。”陈鹤予笑道。

“美得你，你想白捡一个儿子啊。”姜西想了想，又说，“不过我是泽泽的干妈，你倒确实是泽泽的干爸。那会儿在芜周，要不是你走了……总之，庭姐说过要让泽泽认你当干爸的。”

陈鹤予偏头看了泽泽一眼，小孩儿白嫩的脸在路灯下看起来格外惹人怜爱，毛茸茸的头发蹭在他耳边，他笑了下：“还真被我捡到一个儿子。”

陈庭挂完电话回来先说了句“不好意思”。

她今晚神情十分窘迫，不知道是因为周小寒，还是别的什么。

姜西很想问陈庭今晚为什么会出现在这里，陈庭的家在市中心，开车过来需要一个小时，而崔栩仟似乎又回临州了。只是话到嘴边，她还是咽了下去。

“陈庭是来见小仟的吧？”看着陈庭驱车从停车场离开，陈鹤予说了一句。

姜西摇摇头。她握紧了陈鹤予的手，怅然道：“不知道啊。”

第二天是个晴天。

朵朵白云飘浮在湛蓝的天空之中，澄明又缥缈。经过一年的洗礼，塘东老街的店铺有些已经换了新东家。

几天前，姜西和陈鹤予来了艺术馆一趟。

彼时姜老太太已经结束了央台特邀的拍摄活动，回到了老街。

见姜西带着陈鹤予回来，艺术馆的所有人都十分惊喜，姜老太太也是笑得合不拢嘴。

跟艺术馆的众人一一打过招呼后，陈鹤予跟着姜老太太回馆长办公室详谈。

知道他的病已经好了，老太太很开心，继而她又说起了他和姜西的婚事。

好像所有人都觉得他们该结婚了，当然，陈鹤予自己也这么想，只是他心里到底还有些顾虑。

今天路过艺术馆，陈鹤予进去打了声招呼，在后院和姜老太太坐着聊了会儿。然后他才离开艺术馆，一路沿着老街往西面走。

那座徽式淡青色建筑的木质大门开了一条缝，陈鹤予推门进去。院子里没人，假山下的池水大概刚换过，清澈见底，池边水流过的地方没有青苔，不知道是请了哪家的保洁阿姨才打扫得这样细致。

崔栩仟的房间在正厅右边第二间，此刻房门紧闭。

陈鹤予过去敲了三下，里面的人懒洋洋地开了门。

门轴发出“嘎吱”一声轻响，室外的日光照进漆黑一片的空旷房间，勉强能看见里面东西很多。地上光是行李箱就摊开了两个，还有一个布满LOGO的黑色行李箱立在床边，衣服、裤子、颈枕……各种各样的东西丢在床对面的长沙发上，沙发边上的古董桌上堆满外卖盒和啤酒瓶……

再看眼前这个人，穿着背心、休闲裤，风格倒是和昨晚见到的周小寒挺像。

印象中崔栩仟没有这样穿过，他的头发不会乱成鸡窝，也不像会这样胡子拉碴的。

陈鹤予拍了拍手，无语地说：“我现在把你拍下来，卖给狗仔能拿多少钱？”

“哥。”

近一年不见，崔栩仟打招呼的神情却是懒洋洋的，没半点精神和热情。

他转身进门，陈鹤予跟进去，把房间里所有的窗帘都拉开。刺目的白光投进来，房间内总算有了点儿生气。

“你是丢了工作还是失恋了？我就没见过你颓废成这个样子。”陈鹤予掀开沙发上的一件衣服，找个地方坐下。

崔栩仟拿起桌子上的矿泉水瓶拧开喝了一口，转身呈“大”字形躺回床上。

“我从来没这么难过过，哥。”崔栩仟目光呆滞地望着天花板，他看到了一处蜘蛛网。这里常年没有人住，他只是偶尔回来一次。回来后他找人清理了整个屋子和院子，看来那人忽略了天花板的清洁。

“所以昨晚陈庭来找的是你。”陈鹤予的语气没有问他的意思。

听到“陈庭”二字，床上躺平的人“噌”一下跳了起来：“你怎么知道，你见到她了？还是她和嫂子说了什么？”崔栩仟瞬间移到陈鹤予面前，中气十足地叫了声，“哥！”

“你先去刷牙。”陈鹤予往后靠到沙发背上，用食指抵住他的额头。

“你等我！”

崔栩仟去外面院子里刷牙，又用凉水洗了把脸，人彻底清醒了。

眼睛里有了光，整个人的精气神都变得不一样。他用手理顺自己的头发，乖巧地坐到陈鹤予对面，静静地等陈鹤予开口说话。

陈鹤予看了他一会儿，先问：“你对陈庭是什么意思？”

“我向她求婚了。”

“这倒像是你会干出来的事儿。”陈鹤予用了几秒接受这突如其来的信息，再问，“陈庭呢，她怎么说？”

崔栩仟双手交握置在膝盖前，失落地说：“她没有答应我。”

“嗯，那她为什么不答应你？”

“我的职业、泽泽，她说这是明晃晃地摆在我们面前的两个障碍。”

“你们在一起了？”

“没，没有的事。”崔栩仟又抓了把头发，说，“这两个障碍摆在面前，她不愿意和我结婚，也不愿意和我在一起。”

“但是陈庭不介意你们的年龄差，是吗？”

“她不介意，我也不介意啊。如果我的工作不需要暴露在公众视野里，那么泽泽大概也不是问题。”

“挺好的。”陈鹤予点点头。

“好什么！”崔栩仟心烦得要死，“我喜欢陈庭，也喜欢泽泽。她要的一切我都可以给，可是我愿意给，她不要啊。”

崔栩仟抱着头，将脸埋进膝盖，声音里带着不同于往日的凄凉：“我没想过别的。她想要一个家，我可以给她一个家，她要给泽泽找个爸爸，我能当泽泽的爸爸，我是真的喜欢泽泽。如果她介意我的职业，我可以转到幕后。面对闲言碎语，不可预知的也许会出现的网暴，我都会挡在她和泽泽面前！”

他的声音渐渐低下去，说：“可是陈庭不相信我。”

“如果是我，我也不信。”陈鹤予语气淡淡地说了一句。

见崔栩仟抬起头，陈鹤予反问：“很难理解？”

崔栩仟说：“你说。”

陈鹤予说：“陈庭不是刚毕业的小姑娘，她没经历过婚姻，但她经历过一段很失败的恋爱，她和泽泽生父相恋的时候，就是你现在这个年纪。那时候的她冲动、无知，对未来充满向往和希望，她有过你这个年纪的一切幻想，也在你这个年纪相信过泽泽生父许诺的很多东西。你要她怎么信你，她凭什么信你？她当初那么相信泽泽的生父，现在呢？她被抛弃，她独自怀孕生小孩，她赚钱还房贷、养泽泽，她过得一点儿都不轻松。这么多年了，你出现在她面前，她完全有可能对你动心，可是要和你组建一个家庭，你站在她的角度想想，这是不是一场冒险？”

崔栩仟一时没有说话。

良久的沉默后，崔栩仟摇摇头：“不是。”

陈鹤予看着他，问：“不是什么？”

崔栩仟眼神倔强，语气坚定，看着陈鹤予，说：“不是冒险。哥，我知道她不想浪费时间冒险了，可我愿意把我的时间送给她。”

第十章

你是昏暗之中，钻进海域照亮我的那束光

01

电影暂未开拍，时不时就有大大小小的会议，因此这段时间陈鹤予来众达总部的次数算得上频繁，但他也不是经常能和姜西见到面。

今天是特例，会议结束的时候正好是吃午饭的时间点，陈鹤予问姜西要不要一起吃饭。

两个人一起去公司食堂吃饭似乎不太好。姜西在二十九楼找了间常年无人用的会议室，叫陈鹤予先去那里等着，然后她又去食堂打包了些简单的饭菜。

会议室虽然不用，但一直有人打扫，桌面和椅子都很干净。

姜西拎着东西进门的时候，陈鹤予已经在那里等着了。

她一边把打包的盒饭放到桌面上，一边说："我找的这个地方好吧？这还是我部门里一个老员工偷偷地告诉我的，只要和前台打声招呼说来吃个饭，前台就会好心地放我们进来。"

陈鹤予不动声色地夸她："小机灵还数你第一。"

他今天虽然没有穿西装外套，但白色衬衣和黑色西裤的搭配

还是令姜西忍不住多看了几眼。

陈鹤予松了袖口的扣子起身，挽起袖子来帮姜西开饭盒。

饭盒是姜西常备在办公室里的，上面是卡通的草莓图案，一共三层，第一层装了满盒的米饭，第二层和第三层各装了一个菜。

“筷子给你，我用勺子。不介意和我吃一个盒子里的米饭吧？”

陈鹤予接过姜西递过来的印着粉色草莓的筷子，忍不住多看了几眼，他无奈地笑道：“你说呢？”

“吃吧吃吧，我饿坏啦。”

一个是炒花菜，一个是板栗炒鸡，众达食堂的菜量一直很足，足够两个人吃饱。姜西的饭量很小，她用勺子挖了一点点米饭之后就说吃饱了。陈鹤予知道她的胃口相比之前小了很多，没再劝她多吃。

会议室里的椅子都是新的，身子往后靠着很是舒适，姜西抱着后脑勺靠在椅子上看陈鹤予默默吃饭，她暗自偷笑。

“笑什么？”陈鹤予停下动作看着她。

“好吃吗？”姜西还是笑眯眯的。

陈鹤予点头：“还行。”

他吃起来米饭很大口，先将一大口米饭塞进嘴里，再塞一个花菜。光是看着，姜西就觉得很香。

“对了，昨晚忘了告诉你，我今晚不回家吃饭了。生日那天，我本来答应了和同事一起聚餐，结果你临时回来，大家念着我刚和你见面，所以取消了那天的聚餐，改在了今天。我今天晚上请他们吃饭。”

“在哪里吃？”陈鹤予又吃了一大口米饭。

“就在公司对面的综合体商场，离得近方便嘛。”

“我请吧。”他突然停下筷子，说，“去‘国大’吃吧，那里的餐厅好像都不错。”

姜西连连摆手，拒绝道：“还是别了吧，我也不是没想过，但还是觉得影响不好。虽然跟我同一楼层的同事都知道我们的关系，但其他楼层的员工很多都还不知道呢。被他们看见你和我们一起吃饭，传出去不好吧？”

“所以去‘国大’，离这里远。”

“也不是很远吧。”姜西十指交叉，开始纠结，“你让我想一下。”

这几天大家对陈鹤予的热情还是很高，也隐晦地问过她是否有机会和他一起吃个饭，姜西嘴上说有机会，心里想的却是等到电影拍摄结束了再聚餐。

片刻后，姜西从“国大”与公司之间的距离考虑到“国大”有什么可吃的，她心里已然接受了陈鹤予要请部门同事吃饭的提议。

接着，她又道：“那我要不要叫庭姐？”

“问一声。”陈鹤予说。

“那我要不要叫小仟？”姜西露出八卦的笑容。

陈鹤予用筷子顶端轻轻敲了下姜西的前额，说：“八卦上头了是吗？”

姜西的确是在开玩笑。

不过在得知崔栩仟对陈庭的感情之后，姜西就已经很上头了。

“一个是万众追捧的新生代青年演员，一个是有五岁儿子的冷淡美女姐姐，你不觉得这很像言情小说的男女主角吗？”

陈鹤予没话说。

“‘我也希望我不是二十四岁，我也希望她当我的小姑娘’，”姜西双手一摊，模仿着崔栩仟的样子，话说完之后她自己都动容了，“小仟太深情了。怎么办？我最近在公司和庭姐打照面都不敢直视她了，我好怕这两个人最后不能在一起。”

“保持平常心。我相信小仟会处理好这件事的。”

“你觉得他们两个最后能成吗？”

如果这是一部正在连载的言情小说，姜西一定追，她特别想从陈鹤予口中得知这一对主角最后是否有可能在一起。

“我说了也不算，决定权在陈庭。我不了解她，你对陈庭的了解也未必有那么深。看她吧，他们两个在一起，有利有弊。”

姜西叹了口气：“怎么就不能像我们两个这样互相喜欢呢，谈恋爱可开心了。”

“他们两个不是不喜欢对方，陈庭但凡有你一半的魄力，或许她和小仟早就在一起了。”

“你是说我当初追你的魄力？”

陈鹤予“嗯”了一声，又笑了下，说：“说你有魄力倒像是夸你了，我收回这句话。”

“说出去的话，泼出去的水，哪有收回的道理？我没做错啊，有喜欢的人就大胆地追，追了才有在一起的机会。”姜西想了一下，趴到桌上，眼巴巴地看着认真吃饭的男人说，“不过，陈鹤予，如果我当时没追你，你能看得见我吗？”

陈鹤予咽下最后一口饭，冲趴在桌上的人笑了一下，没有回应这句话。

“国大”是指临州市中心的国际大厦，是集购物、酒店、商务、娱乐等多功能于一体的高水准大楼。

请客的人是陈鹤予，选餐厅的是姜西。

下午，姜西在群里给一组、二组的同事发了消息，说晚上的吃饭地点改为“国大”顶楼的花园餐厅。姜西还没来得及说出请客的人是谁，群里就已经炸开锅了。

灿灿在边上敲键盘敲得最响：“西姐，你发财了？”

姜西：“我男朋友请。”

众人齐刷刷地发出了三个感叹号……

听了陈鹤予的意见，姜西也问了问陈庭。

陈庭下午在开会，看到消息的时候已经快到下班时间了，她回道："抱歉姜西，才看到消息，我晚上约了人。"

这餐饭最后只有两个组的成员吃。陈庭不去也好，如果她这个做主管的去了，那么部长那边，姜西当然也要问一句。陈庭不去，没有领导，他们两个小组的人也能玩得随意些。

新能源运营部的多数员工都有车，没车的也能蹭到车。姜西的车上载了灿灿和柯斯哲，还有一个和柯斯哲同期的实习生，灿灿坐在副驾驶位上，柯斯哲和小佳带的实习生坐在后座。

夏天五点半下班的时候，天还是亮的。

"突然变成姐夫哥哥请吃饭，我都没做好心理准备。西姐，我等会儿是照旧叫姐夫哥哥，还是叫陈导，或者陈老师，还是陈先生？"

姜西手握方向盘，专注地看着前方的车流，笑了下，说："你叫他全名就行。"

"那怎么行啊！"灿灿纠结了半天，最后决定，"我还是叫姐夫哥哥吧。"

几批人前后脚到达"国大"的地下车库，彼时陈鹤予早已定好位子在顶楼的花园餐厅等候。上楼之前，姜西在手机上跟陈鹤予打了声招呼，等他们坐电梯上来时，陈鹤予收到短信，已经提前站在门口等着了。

花园餐厅名副其实，出电梯便随处可见高大的绿植，鲜花更是每桌都有。餐厅的颜色布置得热烈又大胆，地板是木质的，所有的桌子都是涂过漆的原木桌，森林气息很浓。

陈鹤予仍旧穿着白天的衬衫，只不过袖子被挽了上去，露出肌理清晰的小臂，皮带勾出劲瘦的腰身，下身笔挺的西装裤包裹着修长的腿。他光是站在那里，不凡的气质便扑面而来。

两位组长表现得很夸张。

“陈导，你怎么在这里等？不好意思，路上堵车，你等了很久了吧？”

“下午姜西才说你和我们一起吃饭，还说是你请客，这怎么成？应该是我们请你吃才对。”

其余同事也纷纷向陈鹤予问好。

“两位客气了，一定得我来。”陈鹤予和其余人一一问好之后，请大家落座。

中餐厅大多有圆桌，这里却只有长方形的桌子，通常遇上聚会，就是把几张长桌拼起来。他们一帮人总共拼了六张长桌，两位组长坐两头，姜西和陈鹤予并排坐在一起。

人都坐定后，很快开始上菜，中式菜肴摆了满桌，统统都是姜西点的。毕竟她和大家一块儿吃饭的次数多，对每个人的口味还算了解。

起先众人还是有些拘束，姜西带头和大家聊起来，气氛才渐渐热络。

“忘了问了，鹤予你多大？”在陈鹤予的一再纠正下，两位组长都改口叫他的名字。

陈鹤予看了姜西一眼，说：“我大姜西三岁，今年二十九岁。”

“不到三十岁，真是年轻有为啊。”姜西的组长举杯和陈鹤予碰了下，说，“那你拍纪录片的时候才多大，刚毕业吗？”

“对，刚刚大学毕业。其实我和很多毕业生一样，毕业的时候挺迷茫的，找不到方向。”

这桌的应届生就有七个，灿灿惊讶于大神都会有迷茫的时候，她隔着老远问道：“那你后来呢？”

“我比较幸运，遇到了我现在的团队。后来大家也看到了，我跟着团队一起做纪录片。”

“原谅我之前没看过片子，不过现在已经恶补过了。拍摄条件一定很艰苦吧？你们团队里的年轻人占少数，能留下的都是勇士。”一位组长突然感叹说。

“确实年轻人占少数，不过好在团队里经验丰富的老前辈多，我们在拍摄方面没什么。题。拍摄第一季、第二季的时候最难的其实是集资，不过谁都没问家里要过钱。我们一开始拍摄的时候赚不到钱，拍着拍着就会在当地打工，没想到后来纪录片上映之后反响那么好，现在我们已经有稳定的投资方了。”

陈鹤予发觉大家对拍摄过程很感兴趣，便就这个话题多讲了些。

他难得在这么多人面前讲这么多话，说的有些事连姜西都是第一次听。大家听得津津有味，姜西也时不时惊讶地发出“哇”“啊”“真的呀”的声音。

有人忍不住笑姜西：“怎么回事，陈导都没和姜西说过这些吗？”

姜西故作生气，鼓着脸说：“是啊，他神神秘秘的，拨一下动一下。当初要不是我主动追他，他可能都不会注意到我。我太普通了，等他注意到我太难了。”

在场的年轻同事开始起哄，假模假样地替姜西向陈鹤予讨要解释。

“我没那么想。”陈鹤予看着姜西说，“你说得不对。”

“我哪句说得不对了，说你拨一下动一下？”

今晚没有人喝酒，桌面上摆了好几壶鲜榨果汁，陈鹤予和姜西的杯子里都是红色的西瓜汁。果汁表面浮着一层沫，喝下一半，杯壁上还挂着细碎的果肉。

“最后一句。”

“最后一句，我说什么啦？”姜西出口就忘。

其余同事要么坐得远，要么没听清情侣二人的谈天，谁都没替她开口。

姜西拿起面前的杯子将西瓜汁一饮而尽，她忽然想到了什么，说："陈鹤予，我第一次见你的时候，你也穿了白色衬衫，我还把西瓜汁泼了你一身。你那天穿白色衬衫干吗？后来除了正式场合，我也没见你穿过呀。"

见她杯子空了，陈鹤予顺手拿起手边的果汁壶给她倒满，说："我的目的本来就是去艺术馆，穿衬衫是因为要见姜馆长。我当时的精神状态不好，穿正式一点儿多少显得精神些。"

见其他同事聊得正热络，陈鹤予突然放下手中的果汁壶，侧身附到她耳边说："姜西，你有没有想过，无论我们在码头上是否相遇，最终都会见面？"

姜西微微偏头，嘴唇蹭过他脸侧，她迅速弹开，担心被同事看见。

陈鹤予还在她耳边说话："等我注意到你，不难。即便我们的第一次见面是在艺术馆，相见之后是一声生疏的'你好'，我也会在看你第一眼的时候就记住你。"

我像是坠入深海，包裹我的是混浊旋涡，而你是昏暗之中，钻进海域照亮我的那束光。

人怎么会忽视昏暗中的一道光。

02

姜西的脸唰的一下就红了。

邻座组长的头悄无声息地凑过来，姜西"哎呀"一声，捂住了脸。

灿灿嘴里咬着一块咕噜肉，惊呆了："我没看错吧，西姐脸红了？"

"陈导说什么了，还能把姜西给说得脸红了，不会是我们不能听的那种事吧？”

“陈导和西西两人越看越般配，你们两个有考虑过什么时候结婚吗？”

“是哦，到可以结婚的年纪了。陈导不介意我们催婚吧？”

话题迅速转到了结婚这件事上，姜西捂着脸，听到陈鹤予含笑回了句“不介意”。她把双手放下，抬眼扫了一圈察觉到同事们八卦的眼神，说：“别光说我啊，哪位热心的先给我们灿灿找个男朋友，她来众达都多久了还没男朋友，你们一个个的真不给力啊。”

灿灿有些无语：“我何其无辜，怎么说到我头上来了？”

小佳说：“姜西这么一提醒，我倒真的想起了一个人。”

……

一餐饭吃到晚上九点，若不是因为明天还要上班，大家还想继续聊下去。

开车的开车，打车的打车，一帮人在电梯里告别。

姜西的组长说：“鹤予，这都是莫大的缘分，众达第一次拍电影交给你，我们都很放心。以后工作上我们的接触应该不多了，但是有需要我们帮忙的地方，你尽管提，你要是不方便开口，就让姜西找我们。”

陈鹤予道谢：“姜西也麻烦你们多关照了。”

一轮明月高悬于夜空，底下是闪烁的霓虹。

姜西和陈鹤予在送别同事后重回顶楼花园酒店，俯瞰临城夜色。

晚风习习，姜西沉浸在无边的满足里。这就是她想要的生活，家人安康，恋人相伴，同事和睦，日子美满。

只是，恋人能相伴，却不能常相伴。

这几天她日夜都能见到陈鹤予，早晨睁开眼他就睡在她枕边，有时候她下班回家，他已经做好两菜一汤。姜西恍惚觉得他们已经是新婚的小夫妻。

她被满足感包围着，全然忘记了陈鹤予早在回来当天就说过他还会离开一段时间的事实。

《蔚蓝宝藏》第四季的拍摄遇到了困难。年前，团队在黑海遭遇了一场事故，将所拍摄的素材丢失殆尽，一切都得从头再来。

这两年间，陆陆续续加入的新队友有不少吃不了这个苦，选择了离开，还在坚守的大多还是陈鹤予在的时候的老队员。团队的成员一直很少，此刻拍摄遇到困难，进展就更慢了。

陈鹤予也是近期才得到消息。

过去队友们知道他身体不好，从来不会把任何负面消息带给他，就连这次的事也是蒲利江无意中说漏了嘴，陈鹤予才知晓。

这也是他想要回去参与拍摄的理由之一。

爱一个人，就要支持他的梦想，姜西一直坚定地秉持这个理念。

现在陈鹤予的身体终于好起来，这是一件让她高兴万分的事情。今天他可以好好地站在这里，和她一起看月色和城市灯火，以后他也不会再受困于灯光大亮的一方小天地。身体恢复后，他可以变得更好。

姜西问过他会离开多久，陈鹤予给不了明确的答复。团队的成员需要招募，拍摄方案需要策划，拍摄途中遇到海洋垃圾要清理，这也是一项非常大的工程。

陈鹤予说过，只要碰到了海洋垃圾，他们就不会不管。

月光皎洁，姜西握住扶在栏杆上的另一双手。

“谢谢你回来陪我两个月。”

两个月是众达电影的拍摄时间。

众达电影正式开拍安排在一周后。与传统的电影不同，众达以新能源汽车为主题的环保电影里没有男女主角，电影拍摄从汽车研究院的造车工厂开始，除了保密项目，研究院的多项设施设备、造车流程和车型理念都在拍摄计划中。

人物还是有的，出镜的都是研究院的员工，拍摄过程中虽然有剧本，但剧本完全贴合事实，所以员工在镜头前的表现还算自然。

众达汽车研究总院的地址在塘东，虽然与众达总部相比，这里离姜西家近了，可是投入拍摄之后，两个人在一起的时间反而更少。

研究院常年灯火通明，研究专家和技术工加班是家常便饭，拍摄既然按照实际情况来，那么这些场面也会呈现在镜头下，而为了拍摄职工们的工作情况，整个摄制组都在陪研究院的人加班。

姜西偶尔会在下班以后去研究院。

她和研究院的一帮人更加熟悉，尤其是做新能源电池这一块的。电影拍摄期间，姜西跑研究院跑得格外频繁，这已经让很多前同事感到奇怪，直到有一次，有人偶然看到姜西蹲在那个帅哥导演边上吃饭……

有人好奇，趁姜西不在的时候上前问陈鹤予他和姜西的关系。

“她是我女朋友。”陈鹤予知道来人是 BMS 项目部的人，很自然地回答她。

问话的人得到答案，说话都不利索了：“什么，女朋友？姜姜姜，姜西她手速这么快？我楼上部门的几个小姑娘连微信都没敢问你要呢。”

第二天，姜西来研究院，听说摄制组正在车间取景。

车间空旷明亮，整齐的流水线上都是汽车轮廓，技术工人身穿深蓝色的工作服，有序地操作着面前的机器。

摄影师举着相机取景，其余人在监视器后或坐或站。姜西进门，第一眼却没看到陈鹤予。

临时配给陈鹤予的小助理先看到姜西了。小助理姓隋，陈鹤予叫他小隋。

隔着一段距离，小隋站在监视器后面朝姜西招手：“西姐！”

“嗨，吃饭了吗？”姜西一边走过去，一边问。

“还没。”小隋说，“陈导不在，去了院长办公室。他让我转告你，你要是来了的话先在这里等他一会儿。”

“好，我自己逛逛，你们忙。”姜西在那里坐了一会儿。她不想打扰他们工作，没多久就出了车间。

一出车间，她恰好就碰见了下班去停车场开车的前同事们。

车间外是一片巨大的空地，地面是很久以前铺的水泥地，中间有一个圆盘，圆盘里是大大的众达车标。这里不像城里那样有专人修护，以往标志底下都是杂草丛生，现在因为在拍摄，杂草已经被修剪掉。

“姜西！”

和她同期的实习生已经转正，穿着更加精致的深蓝色研究员制服，肩膀上方两端都有红色的方形肩章，左胸口是银色的众达标志。

众达制服是成套的，员工的脚上都是马丁靴，把裤脚塞在里面，无论男女都是一副英姿飒爽的模样。

这件衣服，她差点儿也穿上。

“好巧啊。”姜西和他们打招呼，“难得啊，今天下班这么早，电池节能研究有新进展了吗？”

“早下班？怎么可能啊，还不是等会儿研究室要被征用进行拍摄，否则我们怎么可能这么早下班？这段时间，最起码也要九点钟下班。你怎么样啊，在总部上下班一定很规律吧？”

姜西点点头：“电影开拍前我们部门还挺忙的，现在好多了。”

“挺好的。”前同事笑盈盈地说着，话说到一半，她突然感觉腰被人戳了一下。

“对了姜西，我差点儿给忘了，听说你和拍电影的陈导在谈恋爱？”同事饶有深意地冲她笑道。

“听谁说的？”

“陈导自己说的呀。”

从一开始，陈鹤予就没打算瞒着，有人问起，他就回答“是”。

姜西起先还担心别人说闲话，可陈鹤予不这么认为。他们两个并不是因为工作才认识、才在一起的，目前的工作中，两个人也没有实质性的交集，被人知道了也没什么。

姜西也学陈鹤予的样子大大方方地承认：“在一起一年啦。”

前同事们祝福了几句，没过多八卦两个人的事。有人叹了口气，问：“姜西，说真的，你就没考虑过回来吗？”

当年他们一帮实习生中只有姜西是本科生，其余人都是硕士，但论实战技能和做研究报告，姜西却是其中做得最出色的那一个。

姜西离开研究院去总部，这帮一起熬夜写报告、熬夜做研究的同事都很舍不得她。

谈及此，姜西不知道该怎么回答，她只能打个哈哈敷衍过去。

同事们刚走，姜西就看见了从对面研究大楼里出来的陈鹤予。

她站在原地朝他挥手。

“吃饭了吗？”陈鹤予今天穿得很休闲，是她给他买的一身国内的运动品牌衣裤。

姜西回想起刚刚在车间小隋朝她挥手，她问他吃饭了没，现在轮到她朝陈鹤予挥手，陈鹤予问她吃饭了没。

她笑了下，说没吃。

陈鹤予说：“今天结束得早，你等我一下。晚点儿我们回艺术馆吃饭，我和袁姐打过招呼了。”

“好呀。”

姜西跟着陈鹤予回到车间，找了个靠后的位子乖巧地坐着等。其间小隋过来给她送了一次水，姜西接水的时候顺口问拍摄过程中有没有什么困难，小隋笑笑说：“没有，一直挺顺利的。”

一个小时后，摄制组收工，陈鹤予起身对大家说了声“辛苦”。他转身，将手里卷起来的剧本交给了一旁的小隋。他看了一眼姜西，刚迈出一步，摸了摸鼻子，又低头对小隋说了几句话。从姜西的角度看过去，看不太清楚他的表情，只看到他立体柔和的侧脸，他嘴唇一启一合，身后是各式各样的拍摄设备，他看起来就像是刚刚收工的俊朗男演员。

“今天的拍摄结束了？”

陈鹤予摸着鼻子走了过来，低着头“嗯”了一声，对她说：“饿了，回去吧。”

姜西皱眉：“你摸鼻子干吗，鼻子怎么了？”

陈鹤予都没意识到自己在摸鼻子，听姜西一说，他立刻放下了手，随口道：“痒。”

姜西不信，走到陈鹤予前面截住他，陈鹤予被迫停下。两个人面对面站着，姜西仰头就看见他鼻梁中间横着一条细细的红印。明明脸上受了伤，他还一脸无所谓的表情，姜西看得眉心抽了抽。

陈鹤予老实交代：“被机器碰了一下，没什么，你们院长听说之后还给我买了药。药在口袋里，我回去就喷。”

“啧啧啧，”姜西抱着手臂，上下打量了一遍陈鹤予，“刚刚你站在那里，我就觉得你挺像收工的男演员，这么一看更像了。负伤回家的陈老师，回家后需不需要小姜助理为你进行特殊治疗？”

工作人员扛着机器路过，跟陈鹤予打了声招呼：“我们先走了，陈老师。”

陈鹤予朝他们点了点头，他左手搭上姜西的肩膀让她转身，还推着她往外走："行，期待，我试试是你治得好还是药的疗效好。"

艺术馆的讲解员阿姨都已经吃完饭下班了，袁姐走之前把饭菜放在了锅里保温。

陈鹤予回到艺术馆后先去洗了个澡，速度很快，他过来的时候，姜西刚把重新加热的饭菜端上桌。

夏夜里，这座后院只剩下他们两个人。院子里的矮脚灯亮着，天上一团一团的云层将月亮遮挡住，姜西坐在古树下的秋千上荡悠。她透过厨房的窗户，看陈鹤予弓着背在水槽前洗碗。

即便他已经回来一段时间了，她还是时不时想要感慨一声不可思议。

真不可思议，那是她爱的人。

姜西摸出手机，对着陈鹤予洗碗的背影拍下一张照片。

陈鹤予洗完碗，端着五角海星杯子过来说："喝点儿水，天热排汗多，你喝水太少了容易脱水。"

"哦。"姜西接过他手里的杯子喝了两口，再把杯子还给他。

"你的鼻子喷药了吗？"姜西问。

陈鹤予挑眉，把杯子放在一旁的石桌上，在石凳上坐下道："这不是等着你治？"

"你还是喷药吧，亲一下又不会好。"

陈鹤予伸直腿，感觉脚底踩了石块。他将石块踢走，故作失望地说："你这是耍赖啊。"

秋千小幅度地一前一后荡着，陈鹤予手臂一伸，直接抓住秋千一侧的麻绳，把姜西拉了过来。姜西"哎哟"一声，从秋千上滑下来，人还没站稳，就被他拦腰抱了过去。

他的手臂上有紧实的肌肉，姜西靠在他的臂弯里，看着他已经半干的头发垂在额前。他低头漫不经心地亲下来，边亲边说："亲一下不会好，那就多亲几下。”

姜西将嘴唇贴在他的唇上，又贴在他嘴角，偶尔轻柔地去触碰他鼻梁上的那抹红印。陈鹤予闭着眼睛一动不动，他不觉得痛，只觉得痒，细微、轻柔的触碰很挠人，勾得他心痒痒。

陈鹤予收紧了抱着她腰的手，将人往自己怀里贴。他低头将脸埋进她的颈窝，闭着眼享受这片刻的温存。

那一夜，两个人都在想：不走就好了。

可谁也没把这句话说出来。

03

电影拍摄有条不紊地进行着，预计的制作周期是两个月。这两个月间，海洋纪录片《蔚蓝宝藏》第三季在央台以每周一期的频率播出。电影拍到末尾时，纪录片已经播出过半了。

大众对《蔚蓝宝藏》第三季的期待颇高，事实也证明《蔚蓝宝藏》第三季没有辜负观众的期待。

正值暑假，据全国各大沿海城市的官方数据显示，七月份，海洋环保志愿者迎来了一个报名高潮，海边的景点也成了学生们的旅游首选。

姜西以前不会对一部纪录片有这么强烈的感受，如今知道片中所有带给她震撼的桥段都是她所爱之人的亲身经历，且他们的努力都有了或大或小的回报，觉得很欣慰。

姜西不是在电视上追直播，就是在手机上看重播，但她从来不敢在陈鹤予面前光明正大地看。

因为她知道，陈鹤予在拍摄这部纪录片期间遭遇了人生重大转折。他拍摄最后两期的时候，已经是他失去妈妈、开始发病之后了。

最后两期还没有播出，姜西也不知道陈鹤予独立拍摄的那两期片子是什么样的效果。

她无心多想，陈鹤予现在好好地在她身旁就够了。

另外，她还得到了一个好消息。

妈妈告诉她姜戈已经顺利取得了加州大学环境学的学位证书，一家人很快就要回来了。

“爸爸呢？”姜西问。视频里，只有妈妈和姜戈。

姜母略微一怔：“爸爸？你是说你爸爸吗？”

姜西坐在客厅的沙发上吃西瓜，陈鹤予在厨房洗碗。听到姜母装傻的话，他在水槽前轻声一笑。

“老姜，老姜，你女儿找你！”姜母对着楼梯那端喊了两声，没人回应，她遗憾地说，“他还没起床。”

“很快就会见面了，宝贝女儿。”挂断电话前，姜母说道。

七月末尾，临州市迎来了今年第一场台风。气象局多次发布预警，提醒市民注意台风影响。

电影拍摄已经进入尾声，但由于台风的出现，拍摄受到了影响，只能暂缓进程。

大雨暂未降落，但风已经很大。下班前，所有人都收到了行政部发送的关于台风的邮件，姜西点开浏览了一遍，开始思考下班后要不要和陈鹤予一起去超市囤点儿东西。

下午五点半一到，办公室的人陆陆续续地出门坐电梯。队伍排得很长，姜西拿着手机发消息，问陈鹤予今天晚上吃什么。

陈鹤予回：“玉米炒蛋，虾仁玉米。”

姜西：“家里没菜了？”

陈鹤予：“没了，吃完饭我去买点儿，要来台风了。”

姜西笑着发消息：“和我想到一块儿去了，所以我们得一块儿去。”

前面的人走了两批后，姜西终于挤进电梯。她的车今天停在负二楼，一出电梯门，她手心“嗡”的一震，陈鹤予又发来一张图片，是一个大袋子。

陈鹤予：“不用出门了，姜老师给我们点了超市的外卖，里面有很多蔬菜。”

她还想趁台风来之前出去逛逛呢，这下出门的理由又少了一个。

进入停车场，浓郁的轮胎橡胶味儿扑鼻而来，她揉了揉鼻子，一边在屏幕上敲打着文字，一边往前走。一时没注意到前面有人，她不小心撞在别人的肩上。

“对不起对不起，我没看……”她立马道歉，抬头看到人后却愣在了原地。

“周小寒？”姜西直呼其名，“你在这里干什么？”

周小寒的头发长了些，黑色短袖配一条灰色中裤，模样流里流气。

姜西心里已经有了答案，因为陈庭的车就停在负二层，他显然是来找陈庭的。

对方将她上下打量一遍，并没有认出眼前的人是谁，皱着眉头问了句：“你是谁啊？”

姜西还没来得及说话，陈庭就踩着高跟鞋从电梯间走了出来。

看到姜西和周小寒面对面站着，陈庭的步子瞬间加快，而后又慢慢地变缓。

“姜西。”陈庭在姜西身后叫了她一声。

见姜西回头，陈庭拉住她的手，把她拉到了一边。

平时没有觉得，今天面对面离得这么近，姜西才发现陈庭的气色相较以前差了很多，她眸光暗淡，平日里她都会化淡妆，今天却连口红都没有涂。

姜西满眼心疼地看着陈庭：“你还好吗，庭姐？周小寒怎么会来公司找你？”

陈庭没有血色的嘴唇微抿，她勉强地笑了一下：“姜西，我和他要结婚了。之前没结婚，所以这次我们算不上复婚，不过，我和他确定要重新走到一起了。你不用太惊讶，这事我还没和别人说。”

听到“结婚”二字，姜西只当陈庭是在开玩笑。听到“重新”二字，姜西觉得陈庭简直是在意气用事。

她抓住陈庭的手，回头狠狠地瞪了周小寒一眼，那个吊儿郎当的人怎么看都配不上她眼前这个精致漂亮的女人。

“庭姐！”姜西急得跳脚，“如果你是为了逃避小仟的感情，想要找个人开始一段婚姻，你找谁都不要回头去找他啊！庭姐，你忘了你们为什么分手吗？出轨，是他出轨！”

姜西是真的着急，如果今天她没把车停到地下车库，如果她没在这库里遇到周小寒，难道过不了多久她就要收到陈庭的结婚喜帖了？

陈庭只是笑，姜西情急之下又跺了下脚：“你笑什么啊？庭姐，有些话你和别人开不了口，可我知道，你什么都可以和我说啊，我可以帮你一起想办法。”

陈庭摇头：“崔栩仟不值得我为他逃避。没有别的原因，也不是因为爱情，我只不过是想给泽泽找个爸爸，而周小寒正好是泽泽的生父。”

“如果是这样，论一个父亲的担当，我觉得小仟比周小寒更适合当泽泽的爸爸。”

“姜西，你太年轻，就像小仟一样，你们还年轻。”

“年纪不是借口，庭姐，你想清楚，你和他在一起也是对泽泽的不负责任。”

姜西话一说完，原本脸上还勉强带着点儿笑意的陈庭眼眶瞬间红了。

她红着眼，认真地看着姜西，嘴唇轻颤："那我能怎么办？我还能怎么办？"她的声音里有了哭腔，"小仟不值得……为我的……"

这段破碎的话里，姜西并未听清陈庭说了什么，但她可以肯定的是，陈庭对小仟有感情。

台风匆匆地来，又匆匆地走，姜西在公司见到的陈庭和两天前一模一样，失魂落魄，眼睛无神。

姜西问过陈鹤予，这件事他们有没有能帮忙的地方，或者，要不要把陈庭打算和周小寒复合的事告诉小仟。

陈鹤予却说："这些小仟都知道。"

这件事，陈庭第一个告诉的人就是崔栩仟。

崔栩仟知情，那这件事就更轮不到旁人插手。作为朋友，他们只能多给些安慰。

崔栩仟回塘东了，在姜西得知陈庭要和周小寒复合的两天之后。从陈鹤予嘴里得知崔栩仟回来的消息后，姜西拉着陈鹤予去找崔栩仟，看看能否给些安慰，或者想想还有什么办法。

姜西见到崔栩仟时被吓了一跳，他的状态比陈庭更糟糕，眼眶下是淡淡的青黑色，一看就是很多个晚上都没有睡好。

他没精打采地叫了声"嫂子"，姜西心疼了，他的嗓子都哑了。

进屋坐定，陈鹤予问崔栩仟有什么想法。崔栩仟怅然地说："我还能怎么办？"

他没有办法了，她不愿意和他在一起，甚至选择过或许更糟糕的生活。他还能怎么办？

姜西平时挺能说，这下看见崔栩仟这副样子，居然一句话都说不出口了。她看了陈鹤予好几眼，陈鹤予却一声不吭。

姜西一拍大腿，站起来道：“小仟，你跟我去艺术馆吧！”

“去做什么？”崔栩仟茫然地看着忽然站起来的姜西。

姜西说：“我们艺术馆有很多名画和古董，陈鹤予擅长讲解，让他带你看看，陶冶陶冶情操。你不要一个人待着，今晚你和我们待在一起。”

话一出口，陈鹤予朝她投来错愕的眼神。

姜西冲他挤了两下眼，示意他不要拒绝。

陈鹤予认命地站起来，同意了姜西的提议：“走吧，至少别一个人待着。”

崔栩仟当然不愿意，姜西跟他磨了好久，他才勉强答应去艺术馆逛逛。但是他说今晚不和他们一起住，理由是看不得成双成对的人在他眼前晃悠，他眼下正失恋。

崔栩仟全副武装地出了门，和陈鹤予并排走在前面，姜西离两个男人有三米远。

台风过境之后还残留着丝丝凉意，老街上照旧热闹非凡，崔栩仟帽子、口罩都戴得很严实，在夜晚的行人中并不引人注目。

他们两个人带崔栩仟去了艺术馆，陈鹤予被迫重操旧业，领着崔栩仟将整个艺术馆的展品都观赏了一遍。

姜西站在展厅中心，没跟过去。

小应今晚值班，她观察了好久，最终忍不住凑到姜西面前来问：“西姐，鹤予哥带来的这个是谁啊？他个子好高哦，虽然看不到脸，但是也觉得他好帅。”

姜西笑嘻嘻地开玩笑说：“他是你鹤予哥的朋友哦，确实很帅的哦。”

小应笑得更加灿烂：“可不可以走个后门介绍给我哦？”

姜西笑道：“不可以哦！”

小应嘟囔着“真是小气哦”，回头去招呼客人了。

姜西看着不远处靠在门口的小达，他冲她伸了个大拇指。

姜西冲小达点点头。那边，崔栩仟说闷，拉下半边口罩走到姜西身边说：“嫂子，我想回去了。哥讲得真没意思，以前怎么会有那么多人专门来听他讲解的？”

姜西摸摸鼻子，看了一眼一脸无辜的陈鹤予，说：“他们大概是专注于看脸，不在乎内容吧……”

艺术馆离街西的住宅区有一段路，来的时候几人还走走逛逛，回去的时候崔栩仟一个人走在前面，只顾埋头赶路。

姜西和陈鹤予跟在后面。

“小仟心里一定很难过吧，庭姐心里也是。”姜西说。

街尾有一家酒吧，早两年姜西还会在那里买酒喝，她当时只找一个师傅调酒，味道很好，后来那个师傅离职，姜西也就不再去了。

从酒吧里传出一首伤怀的情歌，崔栩仟正好垂着头经过酒吧，看起来像极了歌词中描写的失意人。

门口有招揽客人的服务生，他朝崔栩仟挥了挥手里的宣传海报，热情地喊道：“帅哥，来喝点酒唱首歌，什么烦恼都过去啦！”

崔栩仟听到这句话，本想装作没听见直接往前走，可他今天心里不痛快，很想回那人一句：“如果过不去怎么办？”

如果过不去怎么办，谁来赔我的酒钱？

他重新戴好口罩，帽檐下黑漆漆的眼睛朝酒吧门口看去，却看见酒吧门口有个熟悉的男人身影。

后面的姜西和陈鹤予也停下了脚步。

“小仟不会是想借酒消愁吧？我今天不行，喝不动，我来例假了。”

姜西话没说完，突然看见崔栩仟跟疯了似的朝酒吧门口一个美女在怀的男人冲去。那男人留着平头，穿着短袖、短裤，流里流气的样子十分眼熟。

“周小寒，你找死！”崔栩仟上前对着周小寒的小腿就是一脚。

被踢的男人吃痛后跌倒在一旁，人撞在酒吧的玻璃门上。他趴在门上蒙了好一会儿，还没来得及看清后面的人是谁，紧接着胸口的衣领被揪住，他的颧骨又挨了重重一拳。

崔栩仟连续打了周小寒三拳才被人拉住。他松手后，周小寒摔回了地上。

“你是谁啊？”周小寒看了一眼打他的人，朝地上吐了口唾沫就要站起来，只是小腿上的痛意传来，他努力了两下还是跌回了地上。

“我是你大爷！”崔栩仟一双眼睛恶狠狠地看着他，说，“陈庭呢，你不是要和陈庭结婚吗？你现在在干吗，啊？你要结婚了还玩女人，你属狗的吧！”

“陈庭？”周小寒恶狠狠地骂了一句。

合着是为了陈庭，他委屈至极，手脚并用地站了起来，试图在对面男人的腿上也踢一脚，结果他没受伤的脚刚有动作，就被旁边另一个高挑的男人结结实实地踩住。

陈鹤予冷冷地看着周小寒，踩住他的脚背碾了碾。他声音发寒，一字一句地道：“你动他一下试试。”

周小寒用力把脚从陈鹤予脚底抽出来，吼道：“合着你们一帮人欺负人是吧！陈庭这个死女人，我怎么可能和她结婚，她在拿我当枪使！她说让我爸妈带泽泽两天的前提是我帮着她骗人，骗人说我要和她结婚了！真没想到这女人这么抢手！”

陈庭当晚来崔栩仟家里和他见了一面。她冷静、理智地把她的心里话说了出来。

当着姜西和陈鹤予的面，陈庭不再遮遮掩掩，她把两个人生活中的所有差距都摆到崔栩仟面前，并且坦诚地对他说，她承认她对他心动了，这样一个男人在她面前，她无法控制自己不去爱上他。如果她和他一样是二十岁出头的年轻人，她一定会毫不犹豫地和他在一起，哪怕是闪婚。

可不同年纪的爱是不同的，爱情有盲目和理智之分，而现在的陈庭明显是理智更占上风。

崔栩仟问她，是不是他把她逼急了。

“你没有逼过我。”

陈庭的情绪很不好，她披散着头发，仍旧是那副没有精神的样子。

无法在看着崔栩仟的情况下继续说拒绝的话，陈庭偏过头，将视线放在一旁的假山上，说：“很多人因为合适走到一起，是因为合适不只对两个人好，对两方的家庭、工作、生活都好。小仟，我们两个不合适。你就当我是懦弱吧，我不知道和你在一起之后，我会面对什么，会失去什么，泽泽又要面对什么，失去什么。”

第二天一早，崔栩仟坐最早班的飞机飞回了京州的常住地。

他给陈庭留了句话，说如果哪一天她战胜了自己的理智，就告诉他一声，他一定会以最快的速度回来。

所有人都知道，崔栩仟近期不会再回临州了。

可大家也都盼着，他能有再回来的那一天。

04

日子悄无声息地过去，这两个多月的时间似乎比以往任何两个月都显得漫长。

电影杀青那天是周五，姜西请了假，特意赶去汽车研究院观看最后一场拍摄。

日头毒辣，暑气正浓。姜西将车停靠在街边，花了五分钟时间步行到研究院。沿路是枝叶繁茂的梧桐树，夏日蝉声清脆。

她刚走到研究院门口，握在手里的手机就发出“叮”的一声响，姜西解锁手机查看短信。

陈鹤予发来三个字：“来天台。”

看着陈鹤予发来的消息，姜西疑惑地走进研究院。

平日进了研究院的大门就能见到摄制组的人，今天是电影杀青日，她四下看了一圈，却没看见任何一个人群聚集的地方。

天台指的是主楼的楼顶，姜西很小的时候去那里玩过，坐电梯直上十楼，再走一层楼梯就到了。后来担心员工在天台上发生危险，研究院开始严格管理天台，除非拿到铁门钥匙，否则没人能进得去。

难道今天的杀青在天台取景？

总部的员工也可以通过刷卡进入研究院的电梯，这个时间点，员工都在岗工作，电梯外等候的只有她一个人。因此收到短信几分钟后，姜西已经从停在十楼的电梯中出来了。

如她所料，天台上那扇常年锁着的铁门果然是开的。

铁门已经生锈，轻轻一推就发出“嘎吱”的声音，姜西才推开第二道门，就感觉到热浪袭来。

她本以为会看见整个摄制组，却发现只有陈鹤予一个人站在前方。

陈鹤予手里拿着一个小相机，镜头对准了天台的入口，他专注地用镜头看着身着浅蓝色碎花裙的女生推门进来。

日光将她的头发照射成栗色，她捋了把耳边乱了的头发，略显错愕地看着陈鹤予的镜头，问：“你是在拍我吗？”

“嗯。”相机后的人轻轻应声。

镜头前的人表情略显僵硬，她看了一眼镜头，无意识地开始理自己的头发。

陈鹤予带着镜头越走越近，然后停在一个最佳的距离上。

姜西问他："为什么拍我呀？"

"礼尚往来。数不清你每天拍我几遍，我也多拍些。"

姜西对着镜头嘟囔了句"小气鬼"，假装生气地说："你马上就要走了，什么时候回来都不知道，还不允许我多留点儿纪念啊。"

电影结束就等于分别，这是他们一开始就知道的。

今天电影杀青，姜西知道陈鹤予出国的机票就定在三天后，他的下一个目的地是M国的加利福尼亚州。他要配合队友，完成《蔚蓝宝藏》第四季纪录片的拍摄。

同时，姜西也即将有一个新的开始。她早在一个月前就向闫青山递交了转岗申请书，三天后，她将要以新能源汽车BMS工程师的身份正式入职众达汽车研究院。

"当然允许，我也在给自己留纪念。"陈鹤予笑了下，说，"现在，允许姜小姐你对着镜头许一个愿。如果我力所能及，一定帮你实现。"

陈鹤予调整相机的参数，视角推移，镜头里的她皮肤白皙，在日光下依然显得十分细腻。她身后是漫无边际的蔚蓝色晴空，像极了一片平静的海域。

"愿望？"姜西对着镜头出神。

时间一分一秒过去，她原本写满了思索的脸上忽然露出了一个笑容。她对着镜头说，也是对着镜头后的人说："那我要你平平安安地回来。"

我许愿让你平平安安地归来。

陈鹤予放下相机，回答说"好"。

三天后，陈鹤予再次启程，远赴山海，奔向热爱。

这一天，《蔚蓝宝藏》第三季迎来了最后一期的播出。陈鹤予走了，原本拥有两个身影的客厅只剩下姜西独自一人蜷着膝盖坐在沙发上，她终于不用再躲着他看节目。

与以往的画风不同，最后一期节目播出后，网上的评论两边倒。

节目前三十分钟都是同一片海域，同一个人，做着重复的动作，没有任何剪辑：身着潜水服的潜水者在乌黑的海域内寻找并且清理海洋垃圾，拾捡完再往上游去，把海洋垃圾丢进渔船，再次潜水，拾捡海洋垃圾，再往上游去，丢进渔船……这一环节整整播放了三十分钟。

看直播的观众开始不满，弹幕被吐槽刷屏。

“现在播的是什么东西，是在水视频时长？请问央台怎么会允许这一段过审的？”

“没什么拍了吗？谁要看一个人重复捡垃圾啊，点到为止，一直放有意思吗？”

有人耐心地看完了三十分钟的海洋垃圾清理。

垃圾清理结束后，视频画面一转，转到了极其干净的一片海域。那片海域的海水是清澈的蔚蓝色，与刚才乌黑的海水形成鲜明的对比。

电视机前，姜西早已泣不成声。

早在纪录片中潜水者出现的第一秒，姜西就认出了那个身影，那是从来不曾在镜头前露过面的陈鹤予。这一段视频拍摄于他的母亲离世后，是他独自一人下海拍下的影像，这大概是他想要传达的唯一的东西。

网友所谓没意思的片段，正是许多人日复一日在做的单调工作，是他们拍摄之余身体力行在做的事情，不盈利，无回报，或许的确没意思，但一定有意义。

恍然大悟的观众在弹幕上刷着“精彩”，粉丝们纷纷刷屏说《蔚蓝宝藏》摄制组不愧是天才团队，他们一定继续支持“蔚蓝宝藏”团队的环保理念。

很多年后，《蔚蓝宝藏》这部纪录片在国际上斩获了多项大奖，世人都夸这个拍摄团队有着一种坚不可摧的信念和力量，而作为代表上台领奖的陈鹤予，始终都说这部纪录片能成功，最重要的不是他们，而是所有观众敬畏自然的心。

他不敢说自己感知过生命，但他敬畏过生命。

2020年，国家发改委和生态环境部于年初联合印发了《关于进一步加强塑料污染治理的意见》，到2020年年底，全国范围内的餐饮行业禁止使用不可降解一次性塑料吸管。

这一规定被业内称为“禁管令”。

姜西起先出门喝饮品，包里总会自备些粗细不一的纸吸管，而现在她在街上买一杯饮料，配备的已经是纸吸管或者可降解吸管了。

姜西将这一国内新规发送给远在加利福尼亚的陈鹤予，他在当晚回了姜西四个字：“国家伟大。”

2021年年中，众达以新能源汽车为主题的环保大电影经过一系列审核后终于得以在国内各大院线上映，这是国内首部以汽车研究院为背景的环保电影。

电影上映前夕，网友对这部电影持观望态度，难听的声音不多，因为关注的人本身就很少。

6月5日是世界环境日，众达给全体员工放了一天假。大家愿意看电影就去看电影，不愿意去的就单纯休个假。

这天，姜西拉着已经回国近一年的父母和弟弟一同前往电影院观看电影。她骄傲万分，恨不得在电影院门口对每一个路过的人说这是他男朋友为众达拍的电影。

电影的上座率一般，午间场连一半的座位都没有坐满。姜西心想，这里的观众要么是众达的员工，要么就是陈鹤予的粉丝或是《蔚蓝宝藏》系列纪录片的粉丝。

姜西看得很认真，电影里的场景都是她熟悉的，也是她爸爸所熟悉的，那些亲切的面庞和熟悉的机械让他们忍不住热泪盈眶。这部电影拍得其实更像一部纪录片，但于众达而言，这已经是最好的作品。

电影最后以众达新能源汽车的驱车并行画面作为结尾，姜西望着几辆汽车朝一个方向越行越远，长长地嘘了一口气。她得意又感慨地道："我男朋友拍得真的很好吧！"

妈妈说："再等等，有彩蛋。"

电影的末尾居然还有一段对姜志滨的采访。

大屏幕上，穿着众达汽车科研部研究员制服的姜志滨坐在椅子上侃侃而谈。姜西没忍住惊呼出声："爸爸！"

前排的人听见声音神色不悦地回头，而后一愣，他居然看到了跟大屏幕上一模一样的脸。

姜志滨拍拍女儿的手，示意她不要激动。

这是电影拍摄期间，陈鹤予拜托他在M国的记者好友去加州姜父姜母租住的地方做的一段采访，采访向大众呈现了姜志滨从研究院离职的前因后果。

在采访中，姜志滨只字不提举报人，只说这对众达来说是一个警醒，对众达来说未尝不是一件好事。

采访结束，屏幕上渐渐浮出一行字：感谢众达汽车研究院现任院长：姜志滨。

姜院长还是那个最好的姜院长，姜西所有的心结顷刻间统统消散了。

电影激起的水花不大，但对众达的新能源汽车来说已经是一个非常好的广告。

当月，崔栩仟正式与众达签订代言合同，一时之间众达在国产车界再次名声大噪。

和崔栩仟对接工作的一直是陈庭。

合同签订仪式安排在众达汽车研究院，项目负责人利落地在合同上签下大名。签约仪式结束之后，崔栩仟一个一个同众达的员工握手，陈庭是最后一个。

二人握手打招呼，他叫她“庭姐”，她叫他“小仟”。

崔栩仟握着陈庭的手，一直没有松开。当着众达众多员工的面，他倾身凑近陈庭耳边说：“等会儿是我去接泽泽，还是你去？”

“嘘。”陈庭伸出另一只手的食指贴在嘴边，而后松开和崔栩仟相握的手，低声笑道，“等我下班，我们一起去。”

同一时间，在众达汽车研究院对面的药店内，空调开得很低，男人的衬衫被风吹得扬起，他对着货架上琳琅满目的药品已经发了足足十分钟的呆。

穿着药店工作服的药师终于看不下去，走上前来询问：“您好，请问您要找什么？我可以帮您拿。”

陈鹤予双手抱胸，心里酸酸的，又带着隐隐约约的期待和兴奋。

“您这边有生命探测仪吗？”陈鹤予问。

“什，什么仪？”店员以为他找错店了。

陈鹤予把手放下，说：“我要买验孕棒。”

姜西从前不信命，可遇到陈鹤予之后，她好像开始信了。

“你买好了没有啊？”

烈日灼人，姜西在店门外面等得有些不耐烦。

直到那个身着白色衬衫的男人推门而出，姜西恍惚间以为自己看到了初见时的陈鹤予，耳边似乎响起远处的邮轮发出的巨大轰鸣。

原来那是爱人归来，那是执念不死。

此刻，药店门口，陈鹤予挥了挥手里的东西，笑得很无奈。

“来了。”

番外 这是我的

姜西重新回到研究院之后，并没有完全放下总部的工作。她一个月里总有一周的时间在总部上班，这样的状态持续了一年多。

新来的一帮实习生转正之后，工位又有所调整，好在灿灿还是姜西的邻座，两人的关系愈加好了。

这个月工资到账的时候正好在周五下班前，灿灿的工资加上绩效之后十分可观，她连忙拉住往电梯口冲的姜西：“西姐，周六请你吃个饭吧？”

姜西想了一会儿，说：“周六吗？可是我有约了……”

“那改天？”灿灿说。

“还是别改啦，介意我带人吗？”

姜西当时笑得神神秘秘的，不过灿灿也没多想。

周六上午十点钟，灿灿特意去塘东老街找姜西。

一进门，她就问展厅里的一位讲解员阿姨姜西在哪里。阿姨笑眯眯地说她在后院，还说两个人都在后院。

灿灿便默认这“两个人”是姜西和陈鹤予，结果她刚踏过门槛就惊呆了。

上个月崔栩仟和众达汽车集团正式签约，成为众达品牌的代言人。签约仪式安排在汽车研究院，不在总部，当时灿灿因没见到崔栩仟本人而感到遗憾。

现在，崔栩仟居然就在几米之外。

灿灿不禁发出一声感叹，而后迅速用手捂住嘴，不敢往前走。这还是她第一次亲眼见到活着的明星。

“你就是灿灿吧？嫂子陪泽泽上厕所去了，你等一下她。”崔栩仟说。

陈鹤予也和灿灿打了个招呼，让她过去坐下等。

灿灿磕磕巴巴地跟两个人问好后，僵硬地走到古树前，坐到秋千上，一不留神还滑了一下，差点儿摔了闹笑话。

但这还不是最让她惊讶的。

没过两分钟，姜西带着泽泽从卫生间里出来了。

泽泽穿着和崔栩仟同款的运动T恤，张着手臂直直地朝崔栩仟跑去，嘴里还自我嫌弃地说：“爸爸，我拉的屎好臭呀！”

灿灿顿时傻了。

中午吃饭的时候陈庭也来了，吃饭的地点是塘东老街一家口碑很好的老饭店。由于崔栩仟的艺人身份，六个人要了一个包厢。

气氛不算尴尬，毕竟有姜西在场。平时话比姜西更多的灿灿，今天话却少得可怜。

“在一起没多久，希望没吓到你。”陈庭安慰灿灿。

陈庭和崔栩仟坐在一起，姜西和陈鹤予坐在一起，俊男美女十分养眼。灿灿看了一眼挨着自己坐的泽泽，忽然就宁愿自己这个月没发那么多工资。请人吃饭是小事，可她现在吃的是饭吗？是羡慕和嫉妒！

灿灿不服气，于是吃到一半的时候点了瓶酒，她自己倒了满满一杯，顺带着给崔栩仟和陈鹤予的杯子也倒满了。她举起酒杯豪迈地说："小仟哥，姐夫哥，干了这杯酒，从此以后我就是你们的妹妹了，希望以后你们身边有优质单身男青年的时候，能够记起我这个妹妹。"她又专门敬了崔栩仟一杯，说，"尤其是你小仟哥，我很喜欢你们公司的路易显，你懂我的意思吧？"

崔栩仟乐得不行："哥懂。小事儿，今晚我就让他加你微信。"

最后陈鹤予主动去前台买单，灿灿说什么也不愿意，在前台拦了他半天。

崔栩仟在后头潇洒地手插裤兜，围观了一会儿后，叫了灿灿一声，说："你就让他买单吧，这对他来说只是小钱。他昨天才从S市签完他家长辈的遗嘱确认书回来，现在口袋里的钱说出来能把人吓死。"

"啊？"灿灿好奇地问，"多少钱？说出来吓吓我。"

崔栩仟伸手比了个数字，说了个单位。

灿灿瞬间离前台一米远，说："姐夫哥，你请。"

中午十二点，小佳和灿灿还有姜西一起在二楼食堂吃饭。小佳前几天刚给同部门的同事们发了结婚请帖，婚礼定在国庆节这天。

"姜西，陈导最近在临州吗？"小佳问。

"最近在呀。"姜西点点头，说，"他出差一个月，回来半个月，来来回回的，说不准什么时候又要走了。"

"陈导最近在忙什么？听说他是拍完《蔚蓝宝藏》第四季才回来的，又开始筹拍第五季了？"

姜西摆摆手，说："哪有这么快，第四季的片子都还没开始剪。他接了个京州的项目，上个月去了京州。那个项目好像挺棘手的，需要他本人过去。"

"那现在你上班，陈导就在家休息？"小佳又问。

姜西笑嘻嘻地说："没有，在家休息多无聊啊。我上班，他就在我姑婆的艺术馆做讲解员，要是临时有工作，他就直接在艺术馆的后院办公。”

小佳笑了一声，说了句“挺好的”，欲言又止半天，最终还是把话说了出来。

她想请姜西当伴娘，但知道姜西和陈鹤予两个人聚少离多，她有点儿不好意思开口。

但姜西不这么想，去哪里都行，只要带上陈鹤予就好了。

姜西答应了给她当伴娘，小佳下午摸鱼在网上挑了好几套伴娘裙给姜西发过去。看到链接上的价格，姜西有点儿被惊到。她回道：“穿一次，不用买这么贵的……”

小佳执意要买，姜西最后挑了条简单、大方，价格也还算适中的淡蓝色纱裙。

小佳老家在隔壁省的一个村子，婚礼定在十月一日。姜西和陈鹤予提前一天开车去小佳的老家。

之前出行都是姜西开车，陈鹤予坐在副驾驶座上替她看路。也不知道从什么时候开始，两个人位置互换，坐在驾驶座上的那个人成了陈鹤予。

路上要开一百多公里，出发之前姜西准备了两杯奶茶，还到超市买了零食和水果。一路上，她不是吃吃喝喝，就是叽叽喳喳地说话，嘴就没停过。

姜西两只手捧着奶茶，靠在座椅背上，歪着脑袋看驾驶座上的人。

他还是很爱穿黑色T恤，但身上的疏离感已经较之前淡了很多。前不久陈鹤予的几个朋友来临州看他，姜西才知道原来陈鹤予的朋友比她想象中多很多。和朋友在一起的陈鹤予是另一个样子，自信、坦荡、意气风发，让她心动不已。

十月一日当天，姜西一整天都在忙。下午拍外景，姜西把同去参加婚宴的陈鹤予也带上了。

外景拍摄地点在湿地公园，新郎新娘拍了半天的照片后，小佳要求摄影师给姜西和陈鹤予这一对也拍几张。

姜西穿着淡蓝色的纱裙，手指比了一个大大的“耶”。画面定格的瞬间，陈鹤予偏头去看她的脸，嘴角有浅浅的笑意。

晚上，他们留宿新郎家，小佳夫妻二人忙于招呼客人，于是他们两个手牵着手出门散步。

十月初的风已经有了凉意，姜西裹了件针织衫，一只手拢着衣服，一只手牵着陈鹤予。

她很喜欢牵他的手。

姜西的步子比陈鹤予快一点儿，回头催他：“你走路好慢，走快点儿嘛。”她浑然未觉陈鹤予一路都在看她，或者说，他今天一直在看她，穿伴娘裙的姜西很漂亮。

姜西仰头看天，感叹：“这里的星星好多啊！”

浪漫的氛围适合接吻，他高大的身影很快俯下。姜西猝不及防地躲了一下，感觉到一个亲吻落在脸颊上。很快，陈鹤予又探身过来，两人嘴唇相贴，温热的鼻息洒在二人相贴的肌肤上。

姜西笑出了声，她顺势抱住他的腰，又将手插进他的外套口袋。

陈鹤予闭着眼，沉浸在甜蜜中。姜西眉头忽然一皱，左手在他外套口袋里一抓，另一只手轻轻地推开他，然后从他口袋里拿出了一样东西。

“这是什么？”她眯眼看着手里这张小小的照片，是他们今天在湿地公园的合照。

照片画面上湖水荡漾，日光正好，两个人在柳树下看起来十分养眼。

她觉得奇怪：“这是谁拍的啊？我怎么不知道？”

“一个路人拍了送给我的。”陈鹤予从她手里扯照片，没扯动，说，“看好了吗？看好了还给我，这是别人送我的，所以是我的。”

姜西问：“不告诉我是怕我给你抢走了？”

“难道你不会？”陈鹤予将照片收回口袋里，往前走了两步，回头看她还站在原地，他无奈地摇头道，“回去复印一份给你，这张归我。”

“一张照片宝贝个什么劲儿！我人不就在你面前嘛。”姜西小声嘀咕。

陈鹤予点头，一个劲儿地迎合她：“你说得对。”

他的工作性质注定了需要长时间漂泊，往后无论哪个孤单的航海夜晚，他都能在船上看到她的照片，一张照片足够寄托思念。

全新番外一

祝贺年度最佳纪录片——《蔚蓝宝藏》

海洋纪录片《蔚蓝宝藏》频频获奖，纪录片团队拿奖拿到手软。年初，整个团队成员都给自己放了个长假回国休息，没多久，大家接到消息——《蔚蓝宝藏》在国内电影节上被提名为最佳纪录片。

这次的电影节在芜周岛举办，团队里正好有个芜周人路子东，于是这次他们团队的代表成了他。这是路子东第一次上台领奖，还是国内最有含金量的电影节，他“挑衅”地在群里问陈鹤予来不来，因为之前领奖时基本上都是陈鹤予上台。

陈鹤予打开微信群的时候，路子东问他来不来的那条消息已经被刷得没踪影了。群里的队友起哄要他去，说要趁机见见他的女朋友。

春意正浓，姜馆长在艺术馆的后院留了块地种花苗。那块地就在厨房门口，离食堂很近，一大帮人中午过去吃饭的时候都得看着点儿路，否则稍不留神就会踩到馆长的迷你小花圃。

看管这片花圃的人是陈鹤予，因为现在整个艺术馆里就数他最闲。虽然他放了假，但他的女朋友很忙，晚上九点钟能下班已经算很好，很多时候她甚至都要工作到半夜。陈鹤予其实挺担心她的身体状况。

今天阳光挺好，陈鹤予给花圃里的小苗浇了一遍水，靠到竹子上查看手机消息。

手机里，女朋友在哄他，说下下周就能做完手头的项目，下下周一定有假，等她放假了两个人就找个地方玩一下，让每天都闷在艺术馆里的他散散心。

陈鹤予回了一句“嗯”，然后切回了蔚蓝团队的群聊，问路子东电影节开幕的时间。

看见陈鹤予竟然在群里冒泡，路子东乐了，私聊他：“鹤哥，你这是想来的意思？”

陈鹤予又问了一遍：“哪一天？”

路子东：“就在下下周的周末。”

陈鹤予：“行，我有空。”

“稀奇！”路子东最后把“稀奇”两个字回在了群里。

陈鹤予大多数时候都住在崔栩仟家里，偶尔住姜西家。他虽然不算个保守的人，但也觉得婚前常住在女生家里不太像话。他还拜托姜馆长把艺术馆的空房留给他住，说真的，在那间房里住了那么久，他对那间房还挺有感情。

艺术馆的屋子很久没人住了，屋子里积了一层灰，需要好好打扫一番。陈鹤予婉拒了老太太帮忙打扫的好意，自己花了半天时间把房间打扫好，当天就搬进去了，结果把姜西给气着了。

姜西还在研究院干活儿，被气得给他打了一个多小时的电话：“是谁出去工作就几个月见不着人，去的地方断电、断网、没信号，我连话都跟你讲不上一句，现在出息了，我这边开始忙项目了，你倒跟个受委屈的小媳妇儿似的。怎么着呀，离家出走啊？真是气死我了！”

“没说你不能好好工作，也没生你气，我住艺术馆就是图省事儿，真的。”陈鹤予在电话里无奈地笑着，哄了姜西半天。

结果当晚姜西下班后也来艺术馆了。

午夜时分，陈鹤予都睡下了，姜西“砰砰砰”地敲房间门，陈鹤予没第一时间起来开门，姜西就拉开窗户直接翻了进去。

“你病好了就是方便，我又能翻窗进来了。”

姜西动作利落地跳下来，借着月光看向床上的人，陈鹤予已经抱着手臂坐了起来。

陈鹤予说：“你属猫的？”

姜西去洗手，说：“不是，我属于你。”

她连换洗衣服都带过来了。

洗完澡，姜西爬上床，把手和腿搭在陈鹤予身上。陈鹤予被缠得没睡意，转头一看，小姑娘已经闭上眼睛安安静静地睡着了，大概是太累了。

第二天，姜西起床的时候，陈鹤予已经在厨房煎鸡蛋。

看姜西就要出门，陈鹤予把鸡蛋往两片煎过的面包片中间一夹，装进饭盒，塞进姜西手里：“带上早饭，去单位吃。”

“谢谢哥哥，么么哒。”姜西飞快地在他嘴上亲了一下。

看着姜西飞奔出艺术馆的背影，陈鹤予在原地站了很久。他哪里想得到姜西回到研究院之后会这么忙，忙到连恋爱都没空谈了。

不过工作要紧，他能理解。

后院的秋千上积了些灰尘，陈鹤予去拿了一块抹布擦秋千，放在石桌上的手机一直“嗡嗡嗡”地振动。

几条消息都是姜西发来的，她发了好几个大哭的表情包，说今晚不回来了，要通宵。

陈鹤予猜她今晚大概又顾不上吃饭，或者又要到半夜才吃东西，于是提前和她说，今晚他会去给她送饭。

晚上，袁姐做好了饭，陈鹤予打包了一份带去研究院。

陈鹤予开着艺术馆的车往研究院赶，觉得自己还真的挺像小媳妇儿的。他看了一眼放在副驾驶座上的饭盒，是那个姜西用了很久的草莓饭盒。

艺术馆的工作用车也是众达汽车，在众达研究院录入过车牌，可以把车开进园区里面。陈鹤予在停车场停好车子，下车的时候听到身后传来几声关车门的声音。他回头看了一眼，发现旁边几辆车上都有人下来，为首的那位，不巧，正是他的老丈人。

“姜院长。”当着另外几位的面，陈鹤予恭恭敬敬地打了声招呼。

“鹤予。”姜志滨哈哈大笑，走到陈鹤予身边拍了拍他的肩膀，朝身后的同事们介绍道，“大家不都说要见我女婿，巧了，今天就遇上了。我说西西眼光好，找的男朋友一表人才，没说错吧？”

陈鹤予捧着饭盒跟众人打了个招呼。姜志滨问他：“今天怎么过来了？”

陈鹤予笑笑，晃了晃手里的草莓饭盒，说：“来给姜西送饭。您吃了吗？”

姜志滨“啧”了一声，说：“刚从外面吃完回来。西西今晚又加班？”

“她最近在忙项目。”

姜志滨点头：“那个项目确实挺赶，不过再过两周就好了。等项目做完了，你们就有时间一起出去玩了，她过年的时候还嚷嚷着想出去玩。”

“是有这想法，等她得空了我会带她去。”陈鹤予点点头。

实验室在实验楼，和姜志滨在主楼前面道别后，陈鹤予给姜西拨了个电话。他提早跟姜西打过招呼，让她记得接电话，所以姜西接得很快：“喂。”

姜西那边有“乒乒乓乓”的声音，陈鹤予问：“你在干什么？”

姜西边跑边说：“一看到来电显示我就下楼了，你在哪里呢？”

“快到你楼下了。”陈鹤予说，“我没到，你别跑。”

此时的实验楼门口，不少穿着工程师制服的人正在往里走，大概都是刚从食堂吃完饭回去继续工作的。

姜西从实验楼出来的时候也是一身这样的制服，深蓝色的连体工装，脚上是黑色的马丁靴。她留长了刘海，头发束成一个低马尾。

“刚下楼的时候瞥了一眼微信，我爸说我了，让我不要叫你送饭过来，说你在艺术馆指不定有多忙呢。哥哥，你见着我爸还邀功了？”姜西跑过来贴上他的手臂，说。

“停车的时候碰见了。”陈鹤予无辜道，“没邀，我哪有什么功！普普通通送饭人而已。”

“那你在艺术馆不忙吧？”

“不忙。”姜馆长的花苗都快被他浇死了。

陈鹤予现在已经进不去实验楼，但他知道姜西最常去的实验室在哪里，之前为电影取景的时候他特地留意过。

因为他知道她总有一天会回到这里，现在，她也确实回到了这里。

食堂的窗口大多已经关闭了，此时里面只有零星几个人。找了个位子坐下，陈鹤予将饭盒打开，摆在姜西面前。

姜西夹了一片莲藕，眯着眼睛激动得想哭：“好吃！袁姐永远都是我的偶像。”

陈鹤予变戏法似的变出一个保温杯。他拧开盖子散热气，然后将杯子放到饭盒边，哼笑一声：“你偶像挺多啊。”

姜西一愣，想起一次她在陈鹤予耳边说他是她的偶像，于是说：“哥哥好像样样都行哦，而且样样都很行。”她低头吃饭，又说，

“公众场合不宜谈论这种事，如果非要讨论，明晚艺术馆再说。”

“明晚我会锁门。艺术馆新装了报警系统，你要是翻墙或者爬窗，等着跟警察坦白罪行吧。”陈鹤予抱着手臂，说得一脸认真。

姜西嘀咕着说他小气，鼓着脸在桌下踹了他一脚。

陈鹤予看过天气预报，未来半个月的天气都很好。两周后，姜西终于赶完了项目，将之前加班换来的调休整合成一星期的假期，在一个大晴天和陈鹤予踏上了前往芜周岛的旅程。

上一次去芜周岛已经是两年多以前，姜西其实对那里有心理阴影，因为在那里发生过令她非常难过的事。

陈鹤予倒还好，他让姜西别想太多，故地重游，为的就是产生美好的回忆。

知道要去参加电影节，知道会遇见很多陈鹤予的队友，姜西特意准备了好看的裙子。姜西也很紧张，这种紧张的情绪持续到了电影节的前一天，突然反映到了她的脸上，姜西脸上爆痘了。

“不去了不去了，我好难看！”姜西一大早对着酒店的镜子照了又照，望着那颗长在左脸正中心的大痘痘欲哭无泪。痘痘是刚冒出来的，十分显眼，眼下距离电影节开幕只剩一天的时间，也来不及消除了。

陈鹤予将被子掀到一边，躺床上玩手机。听到卫生间里的姜西哀号不断，他放下手机，走了过去。

看着趴在洗手台上满脸哀怨的姜西，陈鹤予忍不住笑出了声。姜西听见声音回头瞪了他一眼，他收起笑容，出主意道：“化妆不能遮住这颗痘痘吗？”

“能遮，但也不能让它变没啊。”

姜西拉着陈鹤予去美容院紧急处理痘痘。

店里的美容师看了一眼姜西脸上的痘，说是小问题，她笑眯眯地道："您皮肤底子很好，处理完了恢复也快。"她又看了一眼边上的陈鹤予，说，"做脸还有男朋友陪啊，您男朋友真有耐心。"

陈鹤予没有耐心，姜西除了挤痘还顺便护了肤。他坐坐站站，自个儿在美容室里转悠了很久，无聊透了。

聊天软件里，团队的人一直在聊他，问他带着女朋友到芜周了没有，他们几个兄弟都到了，要不要趁着电影节开幕仪式还没开始先见个面。

陈鹤予没回应。

姜西倒不是怕自己长了痘难看，而是不好意思见他队友。她说因为他们的工作很神圣，首次见面很重要，她得好看一点儿。

陈鹤予只觉得她想得太多，神圣什么，大家其实都是普通人。

处理完之后果然好多了，姜西清清爽爽地走出美容院，她第一次从自己身上体会到了"容光焕发"四个字的含义。

傍晚，电影节开幕式开始，姜西穿着得体的礼服在后台见到了陈鹤予的队友们。如他所说，他的队友确实是一帮糙老爷们儿，皮肤都被晒得黝黑，有个年轻小伙子脸上还有被晒脱皮后留下的痕迹。姜西看得揪心，只是不好在面上表露出来，于是只能一直微笑。

陈鹤予一一为姜西介绍他的队友，姜西郑重地跟他们打招呼，眼里都是崇敬的神色。

脖子上挂着相机的记者们起初不知道角落里围在一起的这些人是谁，只随意抓拍了几张照片，直到有人路过说了一句"那不是《蔚蓝宝藏》的制作团队嘛"，记者们的眼睛顿时亮了，对着他们一顿狂拍。这些人中只有姜西一位女士，她理所当然地成了焦点。

陈鹤予皱了下眉，让姜西跟他的队友聊，他过去找记者。

记者们答应不发姜西的照片，前提是他们能够得到Cheney Chen的签名。

陈鹤予笑了笑，答应下来：“好，我待会儿让他签了给你们。”

这是姜西第一次坐在观众席上观看颁奖典礼，她全程都很激动，随着时间渐渐流逝，她的激动中又掺杂了更多的紧张。

参加电影节的人都穿得很正式，陈鹤予也一样，一身得体的黑色正装显得他矜贵又疏离。姜西侧头看了陈鹤予一眼，此刻他闲适地坐在座位上，偶尔跟坐在他另一侧的队友说几句话，表情从容又淡定。

终于到了纪录片单元。

知名导演在台上宣布“年度最佳纪录片——《蔚蓝宝藏》”的时候，姜西悄悄地握紧了脖子上戴着的那条项链。

颁奖典礼现场灯光璀璨，“蔚蓝宝藏”团队成员路子东身着西装自信地走上舞台，跟颁奖人握手，向观众点头致意。

台上，主持人的声音透过话筒传遍了整个颁奖典礼的会场：“让我们掌声祝贺：年度最佳纪录片——《蔚蓝宝藏》！恭喜！”

全新番外二

蔚蓝之巅，热爱永不停歇

陈鹤予第一次叫姜西“宝宝”是在除夕当天晚上，从那之后无论姜西再怎么哄他，他都不叫第二遍了。

不过，还是有第二遍的，就在陈鹤予求婚的那一天。

陈鹤予单膝跪在沙滩上，所有人都在起哄，他举着戒指，姜西却不答应，她控诉他不叫她“宝宝”。

“宝宝，宝宝，宝宝，嫁给我吧。”陈鹤予当着所有人的面叫了姜西很多遍“宝宝”。

他是在电影节结束的第二天求婚的。

姜西不知道她穿着花裙子蹲在沙滩上玩沙子的时候，爸妈是怎么冒出来的，姑婆和姜戈又是怎么冒出来的，还有陈庭、崔栩仟、泽泽、伍清越、灿灿，以及陈鹤予的爸爸、蒲老师、K 医生。

她神情茫然地站起来，涨红着脸拍掉了手里的沙子。

那天的海风格外轻柔，拂过她裙子的下摆和她脑后的长发。

不远处，《蔚蓝宝藏》团队的几位成员扛着几架专业摄影机和相机全程拍摄。无人机从沙滩一角缓缓地升上半空，停顿一会儿后，朝着海面上空移去。姜西还不知道发生了什么，直到看到远处的蔚蓝色海面上出现了一辆海上摩托。

看着那辆疾速朝她驶来的蓝白相间的海上摩托，她心中顿时有了答案。

今日的海浪正好，她的爱人在所有人视线可及的蔚蓝海面上，用姜西心心念念的海上摩托描画出了一个饱满的爱心。

海波荡漾，爱心很快被冲散，但照片被无人机拍摄了下来。姜西看到图片后感到非常满意，还特地将这张照片放到了他们婚礼仪式的背景墙上。

婚礼选在夏末。

房门上的“福”字都被替换为“囍”字，红丝带、彩色气球……姜戈一手操办好了房间的装饰。

姜西结婚前两天还在加班，直到回家看到这喜庆的布置，她才有了要结婚的真实感。

房间的地上铺满了红色和金色的气球。婚礼前一晚，姜西失眠了，半夜起来开了灯捡地上的气球抛着玩。

还是有些不可思议，她居然真的要结婚了，就在明天。

她大半夜给陈鹤予发消息，说她紧张。

以为他不会有回应，姜西发完消息就把手机放下了。

结果没过半分钟，陈鹤予的电话直接打了过来。他清澈的嗓音从电话那头传来，在寂静的夜里显得尤其好听，他问她：“还没睡？”

“你也没睡？”

陈鹤予“嗯”了一声，说：“我也挺紧张的。”

失眠的时候有人做伴，姜西觉得心情好了一些。她笑话他：“你紧张什么？你胆子那么大。”

陈鹤予难得语气正经地回答：“要娶你了，不一样。”

姜西问他：“那你现在在干吗呢？”

两个人随意聊了一会儿，陈鹤予就催姜西早点儿睡，免得明天婚礼上她哈欠连天。

结果，还真就被陈鹤予说准了。

第二天早上五点，只睡了三个小时的姜西被叫起来化妆。她勉强爬起来洗漱完毕，昏昏沉沉地坐在椅子上任凭化妆师摆布，整个化妆过程中，她的哈欠就没停过。

姜戈给姜西端了杯咖啡送上来，姜西眯着眼睛说“谢谢”。姜戈站在原地看了她半晌，没说什么，转身出了门。

伍清越和灿灿是伴娘，两个人在姜西起床后没多久也到了。趁着化妆师在给姜西上妆，她们一人占据了一个卫生间，对着镜子自行化妆。

这是灿灿和伍清越继陈鹤予求婚之后的第二次见面，不过两个人都有些自来熟，半个小时之后她们已经在热络地帮对方穿伴娘裙了。

陈鹤予到的时候，伍清越和灿灿已经早有准备地关上了门。陈鹤予早料到会被为难，从门缝里狂塞红包。

几个小游戏之后，陈鹤予单膝跪地给姜西穿好了婚鞋。他捧着她穿好婚鞋的左脚，用指节叩叩她的脚背，问她：“新娘子，你还紧张吗？”

他今天精心打理了头发，额前的几缕碎发盖在眉毛上，五官立体。姜西感叹给陈鹤予化妆的化妆师技术绝佳，他今天帅得有些过分。

姜西手里捧着花，笑眯眯地说“还好”。

塘东的习俗是娘家人背新娘出门、上车，姜西有弟弟，自然就是姜戈背姜西出门。

一长列众达婚车队伍浩浩荡荡地出发，姜西坐在婚车后座上，看着窗外的景象迅速倒退，说不出心里是什么滋味。

一旁的陈鹤予起初没出声。他握着她的手，陪她安静地坐了一会儿，而后才说："别哭，咱们随时可以回来。我爸说了，孩子跟谁姓都行。"陈鹤予想了下，又说，"生不生都行，依你。"

"我当然要生了。"姜西吸了吸鼻子，说，"我喜欢热闹，想跟你有一个小孩。"

"行，依你。"他将纸巾递给她，说，"都依你，我努力。"

婚礼仪式选在临州的南岸码头举办，就在海边，他们第一次相遇的地方。那年，一次无意的碰撞，将他们的命运捆绑在了一起。

海域辽阔无际，姜西身披白纱朝仪式台前的他缓缓走来。那一刻，陈鹤予认为他这一生走过的所有荆棘都值了。

日月交替，我们曾看透人间，好在热血尚存。

给姜西戴上戒指的那一刻，陈鹤予忽然很想对多年前的自己说："请等待。"

鲸会回归大海，你会好起来，就干干脆脆去做、去长大。晴空之下，蔚蓝之巅，热爱永不停歇。